Ritta Lin

von Michael C. Sedan

Ritta Lin

von Michael C. Sedan

. Auflage,

Verlag: BoD · Books on Demand GmbH,
In de Tarpen 42, 22848 Norderstedt
Druck: Libri Plureos GmbH,
Friedensallee 273, 22763 Hamburg
ISBN: 978-3-7693-0789-4

Kapitel 1 Mutterliebe

Im Frühling hatte man den kleinen Alex Schneider in Übermaßberg aufgenommen. »Papa hat versprochen, dass ich zum letzten Mal irgendwo hin muss.« Seitdem war die Station hundertzwölf der Kinder-Psychiatrie sein vorübergehendes ›Zuhause‹.

In den ersten Tagen hatte er gegen hohes Fieber gekämpft. Seine Mutter hatte von alledem nichts mitbekommen. Sie war zu der Zeit im Skiurlaub. Stattdessen kam ihn sein Vater besuchen, obwohl er kein Sorgerecht besaß. Alex' Papa und seine Lieblingserzieherin Franzi verwöhnten den Kleinen mit einem reichhaltigen Frühstück. Man konnte förmlich zuschauen, wie schnell Alex wieder gesund wurde.

Das war vor sechs Wochen gewesen – fast so lang wie die Sommerferien. Sein Vater besuchte ihn danach noch einmal mit seiner neuen Freundin. Seitdem hatten sie sich nicht mehr gesehen.

Nun saß Alex traurig auf seinem Bett. Peter, sein Zimmermitbewohner, war gerade zuhause. Alex' schöne große Augen schauten ins Leere, bis es plötzlich an seiner Zimmertür klopfte.

»Alex, Besuch für dich.«

Der Kleine mit den blonden Igelhaaren saß reglos auf dem Bett und schaute vor sich hin.

Franzi betrat das Zimmer. »Hey, mein kleiner Prinz, Besuch für dich.«

»Na, Alex?«, begrüßte ihn seine Mutter.

Von Alex kam keine Regung.

»Ich habe dir ein Teilchen mitgebracht, das du so gerne isst.« Sie legte es ihm auf den Nachttisch.

Die Erzieherin mit den roten Dreadlocks war gerade dabei, zu gehen, als sie sich noch einmal umdrehte. »Frau Schneider, unsere Stationsärztin möchte gleich noch mit Ihnen sprechen.«

»Okay.«

»Sie ist gegen vierzehn Uhr wieder auf der Station.«

»Okay.«

Alex sprang auf und lief hinter Franzi her. »Franzichen?«

»Ja, Alex?«

»Darf ich in den Lego-Raum?«

»Du weißt doch, der Lego-Raum ist immer von zehn bis achtzehn Uhr geöffnet!«

Schon war der Kleine im Spielzimmer verschwunden.

Nach einer Weile kam Caroline Schneider dazu und setzte sich auf einen Stuhl. Alex brummte vor sich hin. Wenn sein Staubsaugerfahrzeug rückwärtsfuhr, gab es laute Pieptöne von sich.

»Hast du das alles gebaut?«, fragte Caroline leise.

»Peter auch.« Der Kleine war in seiner Welt. Sein Spezialfahrzeug sammelte alle umherliegenden Steine auf. »Peter kommt gleich«, fügte Alex noch hinzu. Auf einem Motorrad düste Alex zu einem Haus auf dem Stuhl, welches über ein Brett erreichbar war. Laut dröhnte es die steile

Auffahrt hinauf. »Mama, will nach Hause. Will nach Hause«, wimmerte Alex.

»Das geht nicht.«

»Warum?«

Caroline antwortete nicht.

»Warum? Warum? Warum?«

»Das weißt du doch.«

»Das weiß ich nicht!«

»Ach, komm, Alex.«

»Weiß das nur die Oma?«

»Ich glaub schon.«

»Ich will wieder nach Hause! Der Papa sagte, das ist das letzte Mal, dass ich nach sowas muss, du blöde Mama!« Alex' Lego-Männeken stieg wieder auf das Moped und sauste durch den Raum. Dann sprang es in die Lego-Kiste. Klötze, Fenster, Räder und sonstige Bauteile flogen durch den Raum.

»Alex, nicht so wild.«

Wie aus einem Vulkan wurden noch mehr Teile aus der Kiste katapultiert. »Nach Hause! Nach Hause! Nach Hause!« Alex nahm die Kiste und begann sich im Kreis zu drehen – immer schneller, immer schneller. Zunächst fielen erste Klötze heraus, dann wurde der ganze Inhalt durch den Raum geschleudert. »Nach Hause, nach Hause, nach Hause!«

Franzi kam hereingestürzt. »Hey Alex! Was ist denn los?«

Außer Atem sank der Kleine zu Boden und begann bitterlich zu weinen. Franzi kniete sich neben ihn. Der kleine Junge legte seinen Kopf auf ihre Oberschenkel und weinte und weinte. Caroline Schneider saß auf ihrem Stühlchen und schaute vor sich hin.

Die Erzieherin streichelte dem Kleinen über den Kopf und schaute dann zur Mutter. »Frau Schneider, Sie können ins Besprechungszimmer gehen. Frau Doktor Mairainer wird jetzt da sein.«

Caroline Schneider verließ den Raum.

»Franzi, kannst du bitte mal den Papa anrufen?«

»Du weißt doch. Das darf ich nicht.«

»Och, warum denn nicht?«

»Ach, Alex! Das Leben kann manchmal ganz schön gemein sein.«

»Aber du bist doch nicht gemein. Und mein Papa ist auch nicht gemein.«

»Dein Papa ist ein lieber Mensch.«

»Dann kannst du den doch anrufen.«

»Das müssen wir mit Frau Doktor Mairainer besprechen.«

»Mein Rainer ist auch ein lieber Mensch.«

Franzi musste sich ein Lächeln verkneifen. Doch der kleine Alex konnte es ohnehin nicht sehen. Er lag weiterhin auf Franzis Beinen und strich mit einem Zeigefinger über das ausgefranste Loch am Knie ihrer Jeans.

Caroline saß im Wartezimmer und schaute gedankenlos vor sich hin. Dort saßen mehrere Frauen mit Kindern. Zwei Jungs stritten sich über ein Buch. Ein Mädchen schrie immer wieder laut auf. Ein Kleinkind mit erröteter Wange weinte die ganze Zeit. Das alles schien Caro nicht zu stören.

Die große schlanke Frau Mairainer mit hochgestecktem brünettem Haar kam zur Tür herein, schaute in die Runde und rief freundlich: »Guten Tag zusammen … Frau Schneider bitte.«

Drei Frauen gaben den Gruß zurück.

Das schreiende Mädchen beruhigte sich schlagartig und rief: »Hallo Frau Doktor Mairainer!«

»Hallo Lina, wie geht es dir?«

»Gut! Und wie geht es dir?«

»Auch gut.«

Caro stand auf und folgte ihr in das Besprechungszimmer.

»Bitte setzen Sie sich, Frau Schneider.«

»Danke.«

»Wie geht es Ihnen?«

»Nicht so gut, ich mache mir solche Sorgen um Alex.«

»Ja, Alex macht uns auch Sorgen. Er wird immer verschlossener. Ich habe ihn als lebhaften und lustigen Jungen erlebt.«

»Vielleicht helfen Tabletten, um ihn wieder fit zu bekommen.«

»Tabletten hatten wir doch schon eine Woche erprobt. Die Therapie zeigte eher eine Verschlechterung seines seelischen Zustandes.«

»Vielleicht waren es die falschen.«

»Frau Schneider, lassen Sie uns offen sprechen. Alex wurde in einen traumatischen Zustand versetzt. Da sind Tabletten nicht zielführend. Alex erzählt viel über seinen Vater. Er vermisst ihn sehr. Wieso wurde Herrn Schneider das Sorgerecht für den Bereich Gesundheit entzogen? In den Akten finde ich keinen triftigen Grund.«

»Er hat mich verletzt.«

»Können Sie das etwas näher beschreiben?«

»Na, verletzt halt.«

Peter kam ins Lego-Zimmer gestürmt: »Alex, guck mal. Das hat mir mein Opa geschenkt.« Voller Stolz stellte er den Karton mit dem Bausatz in den Raum.

Die beiden Freunde schauten sich die Bilder auf dem Verpackungskarton an.

»Wow, den kann man ja sogar lenken!«, freute sich Peter.

»Den habe ich auch zuhause bei Papa. Jetzt haben wir schon vier gleiche Fahrzeuge.«

Franzi ließ die Jungs allein.

»Hast du keinen Papa mehr, Peter?«

»Doch, aber der will eine Mama sein.«

»Das geht doch gar nicht.«

»Das sagt mein Opa auch.«

»Ich vermisse meinen Papa.«

»Ich meinen auch.«

»Komm, wir bauen den Bagger auf.«

Die beiden Jungs verstanden sich von der ersten Sekunde an. Als Alex bei seiner Aufnahme das Fieber erwischt hatte, passte Peter auf ihn auf. Er holte Franzi, wann immer es ihm schlecht ging. Peter war in der Kinder-Psychiatrie aufgenommen worden, weil er angeblich, laut Aussagen von Nachbarn, in seinem Hinterhof Tiere verbrannt hätte – zuletzt die Katze einer älteren Dame, die gegenüber seinem Wohnhaus lebte.

Franzi glaubte die Geschichte mit den Tierverbrennungen nicht. Sie war sogar schon bei Peters Wohnhaus gewesen und hatte sich dort mit einem der Nachbarn angelegt. Franzi, Franziska Albers, war eine rebellische junge Frau. Für die flippige Erzieherin mit den feuerroten Dreadlocks gab es nichts Schlimmeres als Ungerechtigkeit. Mit voller Energie setzte sie sich gegen Lügen und toxisches Verhalten ein. Das brachte sie öfters in Schwierigkeiten. Regelmäßig beschwerten sich die Jugendämter über ihre ausgefallenen Erziehungsmethoden und Recherchen. Manchen dürfte einfach ihr äußeres Erscheinungsbild nicht gepasst haben: Oft waren ihre Augenlider provokant gefärbt, ihre Lippen mal tiefschwarz oder blutrot. Ihr rechter Arm war komplett tätowiert. Den anderen Arm, die Oberschenkel und andere Körperteile schmückten ebenfalls Figuren und Zeichen.

Frau Dr. Mairainer und auch der Einrichtungsleiter Herr Sommer schätzten sie sehr und versuchten ständig, ihr

Temperament zu zähmen, was ihnen natürlich nur mäßig gelang. Wenn der biedere Herr Sommer sie darum bat, ihre Tattoos zu verdecken, zeigte sie ihm am nächsten Tag ein frisch gestochenes.

Franzi nannte die beiden Jungs Max und Moritz, weil sie immer für einen kleinen Streich zu haben waren. Wenn die Löffel auf dem Kaffeewagen plötzlich fehlten, die Sprudelflaschen auf einmal Leitungswasser enthielten oder auf der Toilette mal das Licht nicht brannte, brauchte man nur auf das Zimmer ›Starke Jungs‹ zu gehen. Die beiden grinsten dann schelmisch oder rückten die Glühbirnen freiwillig wieder raus.

Caroline betrat erneut das verwüstete Spielzimmer. Die Jungs waren schon ein gutes Stück vorangekommen. Der Rumpf des Baggers stand bereits auf dem Tisch.

»Alex, ich fahre jetzt wieder.«

»Gut.«

»Möchtest du kein Küsschen zum Abschied?«

»Küsschen sind eklig«, flüsterte Alex.

Die beiden Jungs kicherten.

»Komm, ein Küsschen bekommst du.«

Alex hielt sich die Ohren zu und vertiefte sich in die Bauanleitung.

Seine Mutter ging zu ihm, beugte sich zu dem Kleinen runter und gab ihm einen Kuss auf den Kopf. »Dann macht es mal gut, ihr beiden.« Caroline fuhr wieder nach Hause.

Kaum war sie in ihrer Wohnung, kam Mutter Bertha die Treppe runter.

»Und? Wie geht es weiter mit Alex?«

»Irgendwie geht es gar nicht weiter. Ich weiß nicht, ob die ihm da helfen.«

»Das geht so nicht. Dem Jungen muss endlich geholfen werden. Dann müssen wir weitere Schritte einleiten. War denn die Frau Doktor Ämtchen da?«

»Wer ist das denn?«

»Das ist die Oberärztin. Mit der habe ich letzte Woche ausführlich telefoniert. Die wird Alex fördern.«

»Da war nur die andere Ärztin, die bei der Aufnahme auch da war.«

»Frau Mairainer?«

»Ja, ich glaube, so heißt die. Und diese freche Erzieherin, die mit den roten Haaren, die war auch da. Alex saß auf ihrem Schoß und hat geweint.«

»Was?! Das gibt es doch wohl nicht. So geht es aber wirklich nicht weiter. Morgen rufen wir mal das Jugendamt an.«

Am anderen Morgen stand Bertha Schmidt am Wohnzimmerfenster, wie immer gestylt und in einem schicken roten Kleid. »… Ich verlasse mich auf Sie, Herr Beule. Bisher haben wir ja auf der ganzen Linie Erfolg gehabt. Bis Ende der Woche werden Sie die Beweisstücke bekommen. Dafür werde ich persönlich sorgen. Dem

Jungen muss endlich geholfen werden.« Sie lächelte, vernahm die Abschiedsworte von Herrn Beule. »Danke, gleichfalls, wir besprechen dann alles am Freitag um neun Uhr.«

Die attraktive Frau ging runter zu ihrer Tochter. »Caro, Freitag gehen wir zu Herrn Beule. Der wird das schon regeln. Es muss jetzt endlich was passieren. Immer nur warten und warten! Das muss ein Ende haben. Der Junge leidet und verkümmert.«

»Ich mache mir solche Sorgen um Alex. Ich habe von Anfang an gespürt, dass er was hat. Aber keiner hat mir geglaubt. Michael sagt ja immer noch, dass er nichts hat.«

»Der ist krank. Gut, dass du den verlassen hast, diesen Schauspieler. Die ganzen Jahre hat der uns was vorgemacht. Unser Hermann hat das auch viel zu spät begriffen. Aber dann hat er ihn ja achtkantig rausgeschmissen. Blieb der einfach in unserem Unternehmen. Sowas Dreistes! Der führte sich doch auf wie ein Konzernchef. Dabei hatte der uns alles zu verdanken. Was macht der jetzt überhaupt?«

»Ich glaube, der ist arbeitslos.«

»Das ist ja wieder typisch. Jetzt uns auch noch auf der Tasche liegen. Ne, was hat der Junge mich enttäuscht!«

»Ich muss jetzt arbeiten. Morgen Abend fange ich an mit Packen.«

»Leg mir die Wäsche dahin. Dann bügele ich die gleich. Warum willst du denn schon packen? Du fährst doch erst Ende nächster Woche. Aber mach, wie du möchtest. Ein paar Dinge kannst du ja schon mal zusammenstellen.«

Noch während sie redete, verließ Caroline den Raum. Bertha ging wieder hoch zum Telefon.

»Kinder-Psychiatrie Übermaßberg, Sie sprechen mit Frau Voss.«

»Guten Morgen Frau Voss, hier ist Bertha Schmidt. Ich möchte mit Oberärztin Frau Doktor Ämtchen sprechen.«

»Tut mir leid, Frau Schmidt, die ist heute nicht im Haus. Die ist dienstags und donnerstags immer in der Tagesklinik in Hennstätt.«

»Okay, dann versuche ich es mal da, vielen Dank.« Sie wählte die Nummer aus ihrem Telefonbuch.

»Tagesklinik Hennstätt, Sie sprechen mit Frau Vogt.«

»Guten Morgen Frau Vogt, hier ist Bertha Schmidt. Ich muss die Frau Doktor Ämtchen sprechen. Es ist wirklich dringend.«

»Frau Doktor Ämtchen hat gerade Sprechstunde. Möchten Sie einen Telefonkontakt vereinbaren?«

»Ja, das möchte ich.«

»Nächste Woche m hätten wir noch einen Termin um sechzehn Uhr frei.«

»Geht es nicht heute Vormittag? Es handelt sich um einen Notfall. Es liegt der Verdacht eines Kindesmissbrauchs vor. Nächste Woche haben wir einen Termin am Familiengericht. Es geht um Alex Schneider. Wir sind privat versichert.«

»Wir rufen Sie um elf Uhr dreißig zurück und verbinden Sie mit Frau Doktor Ämtchen.«

»Haben Sie vielen Dank.« Bertha betrachtete das Abbild ihres Enkels, das in einem goldenen Rahmen an der Wand hing. »Jetzt wird dir geholfen, mein armer, kranker Alex.« Beim Bügeln der Wäsche ihrer Tochter murmelte sie vor sich hin: »Was haben wir schon alles mitgemacht …« Im Gehen faltete sie den Lieblingspullover ihres zweiten Enkels Jan, der vier Jahre älter war als Alex, und ging noch mal zur Bildergalerie an der Wand. »Jeden Tag denke ich an dich, mein Kleiner. Deine Mutter wird dich nie vergessen.« Mit einer Träne im Auge schaute sie auf das Bild ihres Sohnes Daniel, der im Kindesalter plötzlich verstorben war. Enkel Alex sah Daniel ähnlich.

Die Wäsche war schnell ordentlich gebügelt und gefaltet. Bertha stellte die zwei Wäschekörbe auf den Küchentisch ihrer Tochter. Dann nahm sie den Staubsauger und saugte das ganze Haus, angefangen im Dachgeschoss, in ihrem Schlafzimmer. Um elf Uhr achtunddreißig rief sie in der Tagesklinik an: »Hier ist noch mal Schmidt. Haben Sie uns vergessen?«

»Nein, nein, Frau Schmidt, wir hätten Sie jetzt angerufen. Sie sind uns eine halbe Minute zuvorgekommen. Montags ist es immer etwas turbulent hier.«

»Das ist kein Problem, da habe ich vollstes Verständnis für.«

»Ich stelle Sie durch – zu Frau Ämtchen.«

»Vielen Dank.«

»Ämtchen.«

»Guten Morgen Frau Ämtchen, hier ist Bertha Schmidt, es geht um Alex Schneider.«

»Guten Morgen Frau Schmidt.«

»Alex ist seit sechs Wochen bei Ihnen auf der Station hundertzwölf in Übermaßberg untergebracht.«

»Das ist die offene Kinderstation. Da müssten Sie sich bitte mit Frau Doktor Mairainer verbinden lassen.«

»Mit Frau Mairainer haben wir schon gesprochen. Sie meint, man könne die Situation noch nicht …«

»Moment, Moment! Nun mal langsam! Bei uns stehen Datenschutz und Kindeswohl an erster Stelle. Sie sind die Mutter von Alex?«

»Die Großmutter – ich bin die Oma von Alex.«

»Dann sind Sie nicht erziehungsberechtigt und ich kann Ihnen leider keine Auskunft erteilen. Auf Wiederhören, Frau …«

»Nein, nein! Meine Tochter hat mir eine Vollmacht unterschrieben. Sie ist in psychologischer Behandlung und nimmt zeitweise sehr starke Medikamente zu sich und wird ab nächster Woche für mehrere Wochen in einer Psychiatrie in Hamburg stationär aufgenommen. Sie hat mir eine Vollmacht erteilt, dass ich die Interessen von ihr bezüglich der Kinder Jan und Alex vertrete. Die Vollmacht hatte meine Tochter Ihnen letzten Montag überreicht, als sie bei Ihnen zur Besprechung der therapeutischen und medizinischen Möglichkeiten in Ihrer Einrichtung war.«

»Ah, jetzt erinnere ich mich. Sie sind die Mutter von der schlanken Frau mit den langen blonden Haaren. Der ich gesagt hatte, dass sie wie eine Achtzehnjährige aussieht.«

Bertha Schmidt kicherte wie ein Schulmädchen. »Ja, genau, das ist meine Tochter.«

»Dann kann ich Ihnen natürlich telefonische Auskunft geben. Eine Schweigepflichtsentbindung liegt ja vor. Also sechs Wochen ist Alex schon bei uns auf Station hundertzwölf? Dann müssen wir aber in der Lage sein, eine Diagnose zu formulieren. Das ist schon längst überfällig. Ich werde mal mit der Kollegin Mairainer sprechen.«

»Das sehen wir genauso. Dem Jungen muss unbedingt geholfen werden. Der Vater redet ihm immer ein, dass er gesund wäre. Dabei wurde schon im Kleinkindalter die Diagnose ADHS gestellt. Meine Tochter kam nicht gegen den an. Die durfte nichts bei dem. Die sollte zuletzt nur noch im Haus bleiben und den feinen Herrn bekochen und ihm die Wäsche machen.«

»Na, die Spezies Herren haben wir ja besonders gern.«

»Genau! Dieser Mann hat meine Tochter verletzt, verletzt und verletzt. Das haben wir viel zu spät erkannt. Ich bin ihm auf die Schliche gekommen. Meine Tochter hat mir ihr Herz ausgeschüttet. Sie hat geweint. Ganz oft hat sie geweint und mir nach und nach alles erzählt. Er hat über Jahre auf der Seele meiner Tochter herumgetrampelt. Meine Tochter bekam Angst vor ihm. Sie ist total traumatisiert und kann sich bis heute nicht klar zu dem ehelichen Missbrauch äußern. Ich habe ihr gesagt: ›Du verlässt sofort diesen

Mann!‹ Das hat sie dann auch gemacht. Und dann kam alles raus. Er hat das Ganze natürlich abgestritten. Aber wenn eine Frau ihren Mann mit zwei Kindern über Mittag verlässt, dann muss ja wohl was vorgefallen sein. Sein eigener Bruder hat ihn zur Rede gestellt. Er hat ihm den Spiegel vorgehalten. Aber selbst auf den hat er nicht gehört, dieser scheinheilige Hochstapler. Wir haben dann Michaels Lieblingstante über die Gegebenheiten informiert. Die ist aus allen Wolken gefallen. Michael hat sich mit allen angelegt. Zum Schluss stand er ganz alleine da. Er hat keine Freunde und selbst in seinem eigenen Dorf hat er einen sehr schlechten Ruf. Den mag keiner. Aber es traut sich auch niemand, es ihm zu sagen. Als Geschäftsführer hat er seine Macht missbraucht und wurde immer arroganter. Der war ja in unserem Unternehmen beschäftigt. Mein Mann hat ihn zum Geschäftsführer gemacht. Und das ist ihm zu Kopf gestiegen. Wir haben ihn mehrmals freundlich gebeten, unser Unternehmen wieder zu verlassen. Aber er ließ sich einfach nichts sagen und stand über allem. Er macht keine Fehler. Er ist nie an etwas schuld. Es sind immer nur die anderen! Nur mit Hilfe eines Notares haben wir ihn wieder aus unserer Firma herausbekommen. Ihm wurde das Sorgerecht für Alex entzogen. Die Sachlage war eindeutig. Dann hat er sich mit der Richterin und den Richtern angelegt. Am Oberlandesgericht hat er eine unzumutbare und respektlose Show abgezogen. Er hat die Richter ausgelacht.«

»Das hört sich nach einem wahren Bilderbuch-Narzissten an.«

»Sie sagen es, Frau Doktor Ämtchen. Endlich versteht uns mal jemand. Frau Mairainer ist eine liebe und nette Frau. Wir schätzen sie sehr. Aber sie ist zu weich. Sie möchte nicht anecken. Dadurch erkennt sie aber die grausame Wahrheit nicht an. Unser Junge wurde in die Pflegestufe drei eingruppiert und ist zu achtzig Prozent schwerbehindert. Kein Kind bekommt ohne Weiteres Pflegegrad drei. Und der Vater sagt, er wäre ein ganz normaler Junge.«

»Frau Schmidt, ich möchte das Ganze hier abkürzen. Ich habe genug gehört. Hier hat ja wohl irgendjemand – entschuldigen Sie den Ausdruck – gepennt, gewaltig gepennt! Ich werde ein Schreiben aufsetzen mit der klaren Notwendigkeit, dass dieser Person – das Wort Mann möchte ich in Bezug auf diese Kreatur erst gar nicht in den Mund nehmen – der Kontakt zu dem Jungen verboten wird oder nur noch in Begleitung einer geschulten Fachkraft ermöglicht wird.«

»Bis wann könnten Sie das Schreiben fertig haben?«

»Das werde ich bis Mittwoch diktiert haben. Dann haben Sie es Freitag in der Post. Hier besteht dringender Handlungsbedarf!«

»Haben Sie vielen Dank, Frau Doktor Ämtchen.«

Caro fuhr auf den Hof.

Bertha kam vor die Tür auf den Treppenstein: »Caro, komm, wir rufen eben beim Jugendamt an.«

»Ich hab Kopfschmerzen.«

»Das dauert nicht lang. Die Frau Zeck ist nur bis vierzehn Uhr da.«

»Okay, ich komme sofort.«

Bertha ging in ihre moderne Küche und wählte über ihr Telefonbuch die Nummer der Sachbearbeiterin des Jugendamtes der Stadt Neukirchen.

»Jugendamt, Vanessa Zeck.«

»Guten Tag Frau Zeck, hier ist Bertha Schmidt.«

»Guten Tag Frau Schmidt, lange nichts mehr von Ihnen gehört. Wie geht es Ihnen? Läuft alles mit Alex?«

»Nein, leider überhaupt nicht.«

Caro kam in die Küche und setzte sich an den Tisch.

»Meine Tochter war am Wochenende in Übermaßberg. Sie war total schockiert über den Zustand von Alex. Der Vater hat das Personal der Kinderstation auch wieder instrumentalisiert. Er kann es einfach nicht lassen.«

»Dann müssen die Rechte des Kindsvaters weiter eingeschränkt werden.«

»Das sehen wir genauso. Er versucht, den Therapieverlauf wieder zu verändern, und redet dem Jungen ein, er hätte nichts. Er hat seit vier Monaten die Pflegestufe drei.«

»Pflegestufe drei?«

»Ja, die hatte meine Tochter beantragt und die Pflegekasse hat den Antrag im ersten Anlauf bewilligt.«

»Das sagt schon einiges aus. Dann hat sich der Zustand von Alex rapide verschlechtert.«

»Ich habe heute Morgen ausführlich mit der Oberärztin Frau Ämtchen gesprochen. Sie möchte Alex selbst behandeln und wird ihn wohl für ein paar Wochen auf der geschlossenen Station unterbringen.«

»Was sagt Frau Ämtchen zu dem Verhalten des Kindsvaters?«

»Die meint, man solle den Kontakt zum Vater verbieten, solange er nicht seine Meinung ändert. Oder der Kontakt soll nur noch mit Begleitung genehmigt werden.«

»Ich denke, das wird das Beste sein. Irgendwann muss endlich mal Ruhe in den Konflikt kommen. Wir brauchen eine klare Diagnostik.«

»Meine Tochter fährt nächste Woche für mindestens acht Wochen zur Kur. In der Zeit hat sie mir eine Vollmacht erteilt für das komplette Sorgerecht.«

»Die vollumfängliche Vollmacht für Ihren Enkel liegt bereits beglaubigt durch Rechtsanwalt und Notar Beule vor. Die hatte, glaub ich, Ihr Ehemann vor ein paar Tagen hier eingereicht.«

»Ja, meine Tochter hatte ihn darum gebeten. Ihr geht es wirklich sehr schlecht. Wir hoffen so sehr, dass man uns nun endlich hilft. Und dass unser Alex endlich die Therapien bekommt, die er benötigt. Wir haben viel zu lange gewartet. Hoffentlich können wir den seelischen Schaden noch abwenden.«

»Das wird nun das oberste Ziel sein! Alex vor einem dauerhaft bleibenden Schaden zu bewahren.«

Bertha ließ sich zufrieden, aber dennoch erschöpft in ihren modernen Ohrensessel fallen. Die Sorgen der letzten Monate hatten Spuren in ihrem Blick hinterlassen. Wem ging es schon gut, wenn die eigene Tochter, wenn das eigene Kind so litt? Sie schaute aus dem ersten Rundbogenfenster in die Ferne. Man hatte von hier aus einen sagenhaften Ausblick auf den Staufenkamm, der sich wie ein großes Krokodil in die Hügellandschaft des Oberstaufenwaldes schmiegte. Dann schaute sie zur Wand, an der die Bilder ihrer Enkel und ihrer Kinder hingen. Plötzlich realisierte sie: In ebendiesem Sessel hatte sie auch damals gesessen, als ihr einstiger Traumschwiegersohn zum ersten Mal auf ihrem Treppenstein gestanden und an ihrer Tür geklingelt hatte. Viele schöne gemeinsame Jahre waren es gewesen.

Kapitel 2 Das Leben in der Psychiatrie

Im Vergleich zu den Erwachsenen verlebten die Kinder der Station hundertzwölf ihre Tage eher unbeschwert und wohlbehütet. Sie dachten noch nicht an die Zukunft, waren frei von Sorgen und Nöten. Alex und Peter besuchten mit den anderen den Wald hinter dem Gelände. Einmal die Woche ging man in die Stadt und konnte sich vom Taschengeld etwas Süßes oder etwas zum Spielen kaufen. Nach dem Abendbrot schaute man gemeinsam fern, baute mit Lego oder spielte in geselliger Runde am großen Tisch. Jeden Mittwoch wurde gekegelt. Das gefiel Alex am besten. Die Einrichtung hatte eine eigene Kegelbahn. Vormittags musste man zur Schulstation. Das war Pflicht. Doch nur die Hälfte der Klienten konnte man mit gutem Zureden zum Unterricht bewegen. Die meisten Kinder waren nicht beschulbar.

Die Betreuerinnen und Betreuer kümmerten sich liebevoll um die Klienten der Station, besonders Franziska Albers, die von allen Franzi genannt wurde. Das Mittagessen wurde in der Kantine eingenommen, das Abendessen in der Gruppe. Bei Franzi war der Tisch immer lieblich gedeckt. Geschnittenes frisches Obst, Gurken oder Tomaten lagen stets griffbereit neben den Weidenkörbchen mit Grau- und Vollkornbrot. Links vom Herd befand sich ein Buffet mit Müsli und Quark. Man achtete auf eine gesunde und vollwertige Ernährung. Für den Pfefferminztee hatte die Waldpädagogin ein Pfefferminzbeet im Wald angelegt. Im Sommer gab es frischen Bio-Pfefferminztee. Die Neuankömmlinge waren meist skeptisch. Tee kam aus der Pappschachtel, aus dem Filterbeutel und nicht aus dem Wald. Die Erzieherin brauchte keine Überzeugungsarbeit zu leisten. Das machten die Kinder, die schon länger auf der Station waren. Oft kochte sie noch Milchreis oder eine Milchsuppe, die der kleine Alex besonders gerne schlemmte.

In der Regel saß man gemütlich am Tisch und erzählte sich Geschichten oder was in den letzten Stunden so vorgefallen war. Doch an jenem Tag, als Bertha Schmidt nachdenklich in ihrem Sessel vor sich hin träumte, war etwas anders. Die zehn Zwerge, wie Franzi ihre Gruppe nannte, starrten beim Abendbrot Löcher in die Luft. Keiner hatte etwas zu erzählen. Selbst die redegewandte und flippige Erzieherin rührte verträumt in ihrem Waldfruchttee.

»Franziska?«

»Ja, Alex.«

»Nix da!«

Der ganze Tisch brach in Gelächter aus.

Auch Franzi lachte laut auf. Sie schaute Alex gestellt frech an und musste erneut auflachen. »Ihr seid ganz schön frech, ihr Zwerge.«

»Dann bist du aber das Schneewittchen«, sagte Peter.

»… mit roten Haare und schwarzen Lippen«, ergänzte Alex schnell. Alle Kinder lachten wieder.

Die hübsche Erzieherin trug tatsächlich öfters schwarze Lippen, feuerrote Dreadlocks und zerrissene Jeans. Wie bereits erwähnt, kam das nicht bei allen gut rüber – weder bei den Kolleginnen noch bei der Oberärztin Frau Doktor Ämtchen noch bei den Jugendämtern. Es kam immer mal wieder zu Beschwerden. Franzi musste des Öfteren bei Herrn Sommer, dem Einrichtungsleiter, vorsprechen. Herr Sommer war ein Endfünfziger, sehr bieder und vornehm, immer im Anzug und mit Krawatte. »Ein Mann der alten Schule«, wie Frau Mairainer ihn gern umschrieb. Herr Sommer war ein Oberstaufenwälder Urgestein. Franzi liebte seine Begriffe: »Muss das denn sein, so eine zerrissene Buxe?«, »Hast du auf ’ne schwarze Patrone gebissen?«, »Kannst du nicht wenigstens ein Plätt über die Zottelhaare machen?« Franzi hatte nachfragen müssen, was ein Plätt war. Gemeint war ein Kopftuch, das die Frauen früher auf dem Feld getragen hatten. Herr Sommer wusste, dass er die wilde Kollegin nicht zähmen konnte. Außerdem schätzte er ihre Arbeit sehr. Die Kinder liebten sie. Man brauchte nur über das Gelände zu gehen. Der Name Franzi fiel oft. Franzi war immer in Aktion, immer ›am Klienten‹. Schreibkram hingegen hasste sie. Herr Sommer und Frau Mairainer mussten mindestens dreimal nachfragen, wenn sie von Frau Albers einen Bericht oder eine Stellungnahme benötigten. So wie an dem ›Schneewittchenabend‹: Es herrschte eine ausgelassene Stimmung. Schon lange waren die Kleinen nicht mehr so fröhlich gewesen. Franzi blickte zufrieden in die Runde.

Frau Doktor Mairainer schaute zur Tür herein. Auch sie erfreute sich an der guten Laune bei Tisch. Franzi bemerkte sie erst nicht. Sie nahm genüsslich einen Schluck von ihrem Tee.

»Oh! Die schöne Frau Königin kommt mit ihren Äpfeln«, flüsterte Peter leise zu den anderen ›Zwergen‹.

Franzi beugte sich ruckartig nach vorne, schluckte schnell ihren Tee runter, nahm eine Hand vor den Mund und bekam einen Lachanfall.

»Na, hier ist aber eine fröhliche Stimmung!«, freute sich die Stationsärztin Mairainer erneut, ließ sich von dem Gruppenlachen anstecken und sprach zu Franzi: »Denken Sie bitte an Ihren Bericht, Frau Albers. Morgen kommt Frau Ämtchen auf Station.«

»Den mache ich fertig und legen ihn auf den Tisch.«

»Aber bitte nicht wieder auf den allerletzten Drücker, Frau Albers.«

»Logo! Sie kennen mich doch«, erwiderte Franzi süß.

»Deshalb sage ich es ja«, gab Frau Doktor mit einem freundlichen Grinsen zurück und schloss die Tür wieder hinter sich.

»Die Frau Mairainer ist die Apfelkönigin«, sagte Noel mit reichlich Mayo im sowie um den Mund und zwischen den Zähnen.

»Noel!«, riefen sowohl Franzi als auch drei andere Kinder gleichzeitig.

»Doch! Sie ist die Apfelkönigin.«

»Noel, machst du bitte den Mund leer, wenn du mit uns kommunizieren möchtest«, sagte die Erzieherin bewusst etwas geschwollen.

»Nein, ich will nicht musizieren«, plapperte er einfach weiter, lachte aus tiefer Kehle, sodass ein wenig Mayonnaise auf den Tisch gekleckert wurde.

»Noel, es wird wohl Zeit für die Tablette«, zischte es aus Franzi heraus. Diese stand auf, ging in das Büro, schloss den Medikamentenschrank auf und entnahm aus Noels Sieben-Tage-Tablettenbox eine dicke weiße Pille heraus.

Noel weigerte sich, sie einzunehmen.

»Noel, nimm sie einfach und mach keine Welle.«

Noel schaute sie an und schmatzte provozierend an seinem letzten Stück Brot mit seinem ›mayonnaisierten‹ Mund. »Und was ist, wenn ich doch eine Welle mache?«

»Na, dann mach halt eine Welle!«, erwiderte Franzi, wobei sie gelassen wirkte und einmal tief ausatmete.

»Nein! Ich mache keine Welle«, beschloss Noel, wobei er seine Tonlage erst senkte und diese dann wieder anhob. Am Ende zog er die Sätze immer etwas in die Länge, »Weil, dann ist Franzi sauer, und wenn Franzi sauer ist, bekomme ich keinen Milchreis mehr. Weil Milchreis ist ja nur für die lieben Kinder. Und Franzi macht den besten Milchreis von der ganzen Welt. Und wenn ich eine Welle mache, darf ich nicht auf das Krisenkroko und auch nicht mit Franzi Zug fahren oder mit Franzi auf den Aussichtsturm laufen. Und deshalb mache ich keine Welle. Ich glaube, ich mache nie mehr eine Welle.« Noel nahm die Pille, quetschte sie in den verschlossenen Mund, trank das Wasserglas mit fünf Schlucken leer und grinste Franzi mit seinem schönsten Schlitzohrengesicht an. Dann sah der freche Bengel zuckersüß aus. Alle Betreuerinnen und Betreuer kannten diesen verschmitzten Blick. Er klimperte unschuldig mit seinen rehbraunen Augen. Die Schultern hingen etwas runter, während das stoppelige strohblonde Haar wie immer kreuz und quer stand.

Noel war sehr gern draußen. Er war ein Langstreckenläufer. Er lief nicht schnell, besaß aber die Kondition eines Roboters. Zuhause kam seine Mutter nicht mit ihm klar. Der Zwölfjährige hatte immer stärkere Wutausbrüche. Das Jugendamt suchte für ihn eine geeignete Wohngruppe. Doch das war das Leid der Jugendhilfe zu Beginn des einundzwanzigsten Jahrhunderts: Es gab viel zu wenig Gruppen. Solange keine geeignete Bleibe für die minderjährige Person gefunden war, wurde diese im Rahmen einer sogenannten Inobhutnahme untergebracht. Das war eine Art Zwischenstation. In so einer Einrichtung war Noel gewesen, bevor man ihn zur Tabletteneinstellung in die Kinder-Psychiatrie eingeliefert hatte. Der Naturbursche Noel war in einer Inobhutnahmegruppe in dem schmucken Städtchen Alsberg mitten im schönen Oberstaufenwald, am Hang des gleichnamigen Berges, dem Alsberg, den ein Gipfelkreuz krönte. Noel liebte seinen Alsberg. Wenn er sich eine Woche an die Gruppenregeln gehalten hatte und es gut in der Schule lief, ging Noel mit einem seiner Betreuer – dem ›lieben Herrn Mister‹, wie er ihn nannte – hoch zu seinem Lieblingsberg. In der Gruppe arbeiteten noch sechs Frauen, die für Noel alle ›liebe Frau Mister‹ hießen. Noel konnte sich keine Namen merken. Doch es gab eine Ausnahme: ›Franzi‹ behielt er problemlos im Gedächtnis.

Das Abendessen war zu Ende. »Wer hat heute Küchendienst?«, fragte Franzi in die Runde.
Wie so oft meldete sich keiner.
Franzi ging zum Plan am Kühlschrank. »Peter steht auf dem Ämterplan.«

In den meisten Wohngruppen für Kinder und Jugendliche gab es einen Ämterplan. Jedes Kind bekam Aufgaben - ›Ämter‹ oder umgangssprachlich auch ›Posten‹ genannt. Zu den Ämtern gehörten zum Beispiel der Küchendienst, Staubsaugen oder das Rausbringen des Mülls. Der Küchendienst war in der Regel sehr unbeliebt, da er mehrere Ämtchen in einem Amt vereinte. Auf Station hundertzwölf hieß Küchendienst: die Spülmaschine ausräumen, den Tisch decken, den Tisch abdecken und feucht abwischen sowie das Esszimmer und die Küche fegen.

Der Küchendienst durfte als Erstes vom Tisch aufstehen. Peter nahm seinen Teller, sein Messer und seine Tasse, ging mit geneigtem Kopf zur Küche und sagte: »Dann bin ich halt heute Frau Doktor Ämtchen.«

Die Kinder schauten ihm neugierig nach.

Peter blickte sich einmal um, schaute zu Boden. »Komm, Lucky!«

Alle Jungen und Mädchen lachten.

Peter blieb noch mal stehen. »Lucky, nun komm. Wir haben nicht den ganzen Tag Zeit.« Ohne anzuhalten oder sie eines Blickes zu würdigen, ging er an Franzi vorbei, die am Ende des Tisches saß. Dann hob er zur Begrüßung den Zeigefinger und sagte: »Hi Franzi, alles gut heute?«

Nun musste Franzi mitlachen, versuchte aber, die Lage wieder etwas zu neutralisieren, um den Respekt vor der Oberärztin zu wahren. »So krass ist die Frau Doktor Ämtchen doch gar nicht.«

»Doch, genau so ist die!«

»Ritta Lin mach euch stark, Kinderchen.«, rief Peter zu den Kindern am Tisch rüber.

»Die geht genau so daher«, sagte ein Junge, der noch am Tisch saß.

Franzi kicherte vor sich hin. »O Mann, Kiddies, ihr macht mich fertig.«

Peter machte sein Amt, die anderen gingen Zähne putzen. Dann schaute man zusammen gemütlich Fernsehen, bis die Kleineren, zu denen auch Peter und Alex gehörten, auf ihr Zimmer mussten.

»Klappt das denn heute mal?«, rief Franzi ›Max und Moritz‹ hinterher.

»Na klar!«, gaben sie verschmitzt wie aus einem Mund zur Antwort.

»Du kennst Frau Ämtchen noch gar nicht, oder?«, fragte Peter in seinem ›Star Wars‹-Schlafanzug seinen Bettnachbarn im ›Lego‹-Schlafanzug.
»Doch, ich war schon mal bei der. Die hat mich gefragt, ob ich gerne Fußball spiele.«

»Das hat die mich auch gefragt. Aber ich hasse Fußball. Ich finde, die nervt! Die erzählt mir jedes Mal, dass sie früher gerne Fußball spielen wollte, aber sie das nicht durfte.«

»Warum durfte sie das nicht?«

»Weiß ich nicht, vielleicht hatten sie keinen Ball. Aber Tante Ämtchen hat ein Knällchen.« Peter lachte.

»Ich finde die nett. Die hat doch so ein süßes Hündchen, Peterchen.«

»Lucky ist süß. Ich hatte die gefragt, ob ich den auf meinem Tierfriedhof beerdigen darf, wenn der mal tot ist. Da hat die mich richtig feste ausgeschimpft.«

»Hast du einen eigenen Tierfriedhof?«

»Ja, mit ganz vielen Tieren aus dem Wald. Aber deshalb bin ich hier und nicht mehr bei Opa.«

»Hast du die Tiere alle getötet wie ein Wolf?«

»Nein, mein Opa beerdigt Menschen und ich Tiere.«

»Ist dein Opa ein Pastor?«

»Der macht nur die Löcher für die toten Menschen. Ämty findet mich, glaube ich, doof, weil sie Angst hat, dass Lucky totgeht. Die redet schon gar nicht mehr mit mir. Nur noch mit Franzi oder Zecki.«

»Wer ist denn Zecki?«

»Die vom Jugendamt. Sollen wir morgen Frau Ämtchen die Finger dreckig machen?«

Plötzlich klopfte es an der Tür. Franzi Albers kam rein. »Hey ihr! Es wird jetzt geschlafen, meine Herren.«

Tags drauf begann Franzi Albers das erste Gespräch beim Abendessen ebenfalls mit »Meine Herren!«. Dann wurden die Jungs sofort ruhiger. Franzi war flippig, locker und freundlich. Aber sie konnte auch anders. Irgendwer von den Jungs hatte etwas angestellt. Seit Peter auf der Station war, wurden Streiche inszeniert. Doch von den zehn Zwergen ließ sich keiner etwas anmerken. Sie hielten immer fest zusammen. Von den drei Mädchen stand keines unter Verdacht.

»Heute war Frau Doktor Ämtchen auf Station.«

Es wurde mucksmäuschenstill.

»Sie hat die Klinke zur Tür des Oberärztinnen-Zimmers geöffnet. Na! Klingelt da etwas?« Sie schaute auf Peter und Alex.

Die beiden blickten sie an, als könnte sie kein Wässerchen trüben. So schauten sie immer. Franzi war sich sicher, dass es diese zwei Schelme waren, die sich den kleinen Streich erlaubt hatten. Die beiden Zwerge – besonders Peter, der schon über vier Monate auf der Station war – wussten: Solange man sich nichts anmerken ließ und keiner den anderen verpetzte, würden kleine Streiche niemals rauskommen. Strafen waren in der Jugendhilfe nicht erlaubt. Ein Kind einzusperren oder es zu schlagen, war in diesem

Jahrtausend nicht mehr üblich. Es würde mit Sicherheit noch viele Einrichtungen geben, in denen solche Maßnahmen stillschweigend geduldet würden, aber nicht auf Station hundertzwölf der Kinder-Psychiatrie Übermaßberg und schon gar nicht bei Franziska Albers.

Klein Franzi war bereits im Kindergarten für ihre besonderen Ideen bekannt gewesen. Wenn zum Beispiel die Mädchentoilette unter Wasser stand oder gelbe Fußabdrücke aus dem Bastelzimmer herausführten, war das süße Fräulein Albers immer dabei. Ihre Glanzzeit hatte sie in den letzten vier Jahren in der Realschule. Ihre Eltern und jene ihrer Freundin und weiterer Mädels mussten regelmäßig das Schulzentrum aufsuchen. Der Schuldirektor hatte die Mädels-Clique immer im Verdacht. Er war sich stets sicher, dass die heranwachsenden Damen die Übeltäterinnen waren, und klärte die Eltern wiederholt auf, mit welchen Konsequenzen ihre Kinder rechnen müssten, wenn – ja wenn – man sie endlich mal erwischen würde.

So war für Franziska Albers klar, dass die beiden Lausebengel in der ersten Reihe die Zahnpasta-Aktivisten waren und dass man aber nichts aus ihnen herausbekommen würde. Für sie war die Sache erledigt. Dennoch musste sie ihren Klienten zeigen, dass sie sauer war. Sie stand noch eine Weile vor der Gruppe. Dann ging sie einfach. Die Begleitung für das Zubettgehen ließ sie ausfallen. Die Jungs freuten sich zwar, dass sie nur schnell oder gar nicht die Zähne zu putzen brauchten, aber irgendwie hatten sie doch ein schlechtes Gewissen. Außerdem machte es viel mehr Spaß, sich mit Franzi für die Nacht fertig zu machen. Manchmal aß man noch heimlich eine Banane im Bad oder auch mal ein Schälchen Milchreis, der noch vom Abendessen übrig war. Wie gewohnt standen die Jungs im Viertelstundentakt vor den beiden Spiegeln im Bad. Große Waschräume waren schon lange Vergangenheit. Der eine wusch sich nur die Hände, der andere lediglich das Gesicht. Peter machte wenigstens seine Zahnbürste nass, für den Fall, dass jemand zur Kontrolle käme.

Peter und Alex gingen auf ihr Zimmer. »Sollen wir es morgen doch der Franzi sagen – das mit der Pasta?«, fragte Alex seinen Freund leise.

»Nein! Auf keinen Fall. Franzi ist nicht so schlimm. Die weiß sowieso, dass wir das waren. Aber dann kriegen wir von Ämtchen eine Extradröhnung.«

»Was ist eine Dröhnung?«

»Eine Extraportion Tabletten oder so einen ekligen Saft.«

»Macht die das dann einfach?«

»Das macht die dann immer einfach. Ich finde die richtig doof!«

»Aber die hat doch einen Hund.«

»Deswegen ist sie ja nicht automatisch lieb. Ich habe Angst vor der. Die guckt immer so komisch unter die Decke, obwohl man auf einem Stuhl sitzt.«

Alex kicherte. »Das hat sie bei mir auch gemacht und bei Noel auch. Das hat er mir mal erzählt. Wir haben beide oben in die Ecke geguckt. Noel hat sie gefragt, ob da oben eine Spinne sitzt.«

Beide Jungs lachten frech.

»Die ist so komisch und ich finde die doof«, wiederholte Peter.

»Ich finde meine Oma doof.«

»Ich hätte gerne noch eine. Warum findest du deine Oma denn doof?«

»Die will immer bestimmen. Seit zwei Jahren wohnen wir bei der. Aber ich möchte gar nicht bei der leben. Und die findet meinen Papa doof. Also finde ich die doof.«

»Ist das die, die mal hier war?

»Ja, das ist die.«

»Aber die bringt doch immer ganz viel Süßes mit und hat dir den Nintendo geschenkt.«

Alex sprang auf, ging zum Kleiderschrank und kramte in einer Plastiktüte. »Was willst du haben? Schokolade oder Gummibärchen?«

»Beides natürlich.«

Alex warf eine Tüte Gummibären nach Peter. Plötzlich hörten sie das Dröhnen von Franzis Enduro. Es war zwanzig Uhr. Sie zischte davon, ohne – wie sonst jeden Abend – vorbeizuschauen und ihnen eine gute Nacht zu wünschen.

Alex rannte schnell zum Fenster und schaute ihr nach. »Tschüss, Franzi Panzi!« Er winkte mit der rechten Hand und steckte sich mit der anderen einen Schokoriegel in den Mund.

Am nächsten Morgen deckte Franzi den Frühstückstisch ab.

Frau Doktor Mairainer kam zu ihr und half, die Teller zusammenzustellen. »Franzi, du hast dich schon wieder in Teufels Küche gebracht.«

»Aber wieso denn das schon wieder, Frau Doktorchen?«

»Heute Morgen bekam ich eine E-Mail von Herrn Voß.«

»Wer is'n das?«

»Das ist der Vater von Daniel.«

»Und was hat er auf dem Herzen?«

»Du hast Daniel mit der Badezimmertür eingequetscht.«

»Quatsch!«

»Das hat er aber seinem Vater geschrieben, vorgestern Abend.«

»Das stimmt aber nicht! Der kleine Teufel hatte keine Lust, seine Zähne zu putzen, und wollte sich im Bad einschließen. Da habe ich verhindert, dass er die Tür verschließen kann. Er wollte sie zuknallen und ich habe meinen Fuß in den Rahmen gestellt und gegen die Tür gedrückt.«

»Das darf man nicht.«

»Was darf man nicht?«

»Gegendruck aufbauen, wenn einer unserer Klienten zum Beispiel eine Tür zudrückt.«

»Wo steht das denn? Das höre ich zum ersten Mal!«

Nun bemerkten die beiden, dass die Oma von Alex in der Tür stand.

»Guten Tag Frau Schmidt. Wir haben Sie gar nicht reinkommen gehört.«

»Guten Morgen Frau Doktor Mairainer, Frau Doktor Ämtchen war so freundlich und hat mir die Tür zur Station geöffnet. Ich wollte auch nur einmal kurz Alex Hallo sagen und dann wieder fahren. Ich war sowieso einmal in Übermaßberg und da dachte ich, ich schaue mal kurz rein. Wie läuft es denn mit Alex?«

»So weit sind wir zufrieden. Er stabilisiert sich langsam. Er ist auf seinem Zimmer. Sie dürfen gern kurz Hallo sagen.«

Bertha Schmidt ging.

Sofort fauchte Franzi weiter: »Leute geht's noch? Wer hat sich denn den Schwachsinn ausgedacht? Keinen Gegendruck aufbauen … Was war denn vor zwei Wochen? Da war Lina in ihrem Zimmer hinter der Tür zusammengebrochen, weil sie die neue Medikation nicht vertragen hat. Wenn ich da keinen Gegendruck aufgebaut hätte, wäre sie jetzt womöglich tot!«

»Franzi, du weißt genau, dass ich hinter dir stehe und was ich von dem Regelkatalog halte. Aber Daniels Vater ist Richter am Oberlandesgericht. Bei den Klienten müssen wir uns dreimal überlegen, wie wir vorgehen.«

»Für mich ist hier jedes Kind gleich. Egal ob es von einem Richter oder von einem Schlichten ist!«

Bertha Schmidt kam zurück. »Alex ist nicht auf seinem Zimmer.«

»Dann ist er vielleicht auf Toilette«, sagte Franzi.

»Können Sie das bitte prüfen?« Frau Mairainer schaute zu Franzi.

Diese ging zum Zimmer der Jungs. Frau Schmidt folgte ihr.

»Peter, wo ist denn Alex?«

»Der hat doch heute Morgen Logo.«

»Ja, gleich um elf. Wir haben aber zehn.«

»Der Logo-Timo hat Alex schon abgeholt. Der muss heute eine Stunde früher weg«, gab Peter freundlich zurück und hielt den Kopf schief wie ein Hündchen, das nach einem Leckerli bettelte.

»Ach so, okay, zieh dich mal an und räumt mal euer Zimmer auf.«

Die beiden Frauen gingen wieder zurück in den Frühstücksraum.

»Ja, tut uns leid, Frau Schmidt. Dann sind Sie wohl leider umsonst zu uns gefahren.«

Bertha Schmidt ging hinter Franzi her. Die Erzieherin räumte den Tisch zu Ende auf.

Bertha sprach Frau Mairainer an: »Geben Sie dies bitte meinem Enkel.«

»Aber natürlich, Frau Schmidt, das machen wir doch gern.«

»Komisch, der hat doch mittwochs immer um elf Logopädie.«, wunderte sich Frau Schmidt.

»Tja, auch bei uns verschieben sich mal die Termine, obwohl wir sehr viel Wert auf Beständig- und Regelmäßigkeit legen.«

Bertha ging wieder Richtung Ausgang, Franzi Richtung Zimmer ›Starke Jungs‹.

»So! Wo ist er?«

Es knisterte kurz im Kleiderschrank und dann öffneten sich die Türen. »Hi Franzi!«, winkte Alex ihr sitzend auf seinem Kinderkoffer zu.

Sie konnte sich ein Lachen nicht verkneifen. »Ihr seid mir Spezialisten.«

Kapitel 03 Zum Wohle

Mit einem Kopf voller Sorgen stieg Bertha in ihr Auto ein und aktivierte sofort die Freisprechanlage. »Caro anrufen!«

Bereits beim Zurücksetzen des Wagens nahm Caro das Gespräch an. »Ja?«

»Caro, ich war gerade kurz bei Alex. Ich musste sowieso nach Kassel und da dachte ich: ›Fährst du einfach mal da vorbei.‹«

»Und wie geht's dem Kleinen?«

»Caro, das geht so nicht. Wir müssen da jetzt endlich handeln! Ich habe den Kleinen gar nicht gesehen.«

»Wie, nicht gesehen?«

»Ja! Der war überhaupt nicht auf der Station. Die Erzieherin mit den roten Haaren wusste gar nicht, wo der ist. Der andere Junge auf dem Zimmer sagte, er wäre bei der Logopädie.«

»Aha.«

»Also, Caro, ich weiß nicht, auf der Kinderstation ist er nicht gut aufgehoben. Die machen da ja gar nichts. Das ist da wie in einem Jugendtreff. Also das hatte ich mir anders vorgestellt.«

»Alex braucht Tabletten. Das hatte ich schon in Unna gesagt.«

»Alex wird Tabletten bekommen. Das wird ihm helfen.«

»Aber Frau Mairainer hat die wieder abgesetzt.«

»Bald ist er bei der Oberärztin Ämtchen. Die wird ihm helfen. Die Frau Mairainer ist zu sanft. Und die Betreuerin mit den roten Haaren ist so eine Alternative. Ich habe da mal recherchiert. Die ist Waldpädagogin. Also in den Wald kann der Alex auch mit Onkel Klaus aus Senne.«

Mutter und Tochter amüsierten sich leicht. Onkel Klaus, der Bruder von Caros Vater, war Jäger.

»Du rufst jetzt sofort bei Rechtsanwalt Beule an und lässt dir einen Termin geben.«

»Okay.«

Bertha Schmidt fuhr den Wagen in die Garage und ging in ihrem dunkelblauen Kostüm und den braunen Designer-Stiefeletten am Haus vorbei zu der Einliegerwohnung ihrer Tochter. Ihr brünettes Haar war wie immer adrett und streng hochgesteckt. Nach mehrmaligem Schellen öffnete ihre Tochter in Jogginghose, T-Shirt und Stirnband die Tür.

»Hast du einen Termin beim Beule bekommen?«

»Nein, da ging keiner dran. Und ich habe Kopfschmerzen.«

»Ach, das gibt es doch gar nicht. Wir haben drei Uhr. Da muss einer drangehen.« Sie ging in die Küche und griff zum Telefon. »Ja, hallo, hier spricht Bertha Schmidt, bitte geben Sie mir mal Herrn Beule. … Ich muss den aber dringend sprechen! … Es dauert nicht lange! Gehen Sie bitte sofort zu ihm. Es ist wirklich dringend … Ja, hallo Herr Beule, hier spricht Bertha Schmidt, wir … Ja, mir geht es so weit ganz gut. Nein, die Lage hat sich leider nicht entspannt. Wir müssten dringend nochmal mit Ihnen sprechen. Es ist wirklich sehr, sehr dringend! Das Kindswohl meines Enkels ist in Gefahr. Meiner Tochter geht es auch immer schlechter. Die macht ab Montag eine Kur. Mein neuer Schwiegersohn fährt sie hoch nach Hamburg. Die Kinderklinik in Übermaßberg … Okay, dann bis übermorgen um zehn. Vielen Dank, Herr Beule.« Sie legte auf. »So, Caro, jetzt werden wir es wohl endlich schaffen, dass Alex die Hilfe bekommt, die er braucht.«

»Ich hoffe es.«

»Leg dich noch mal hin. Papa kommt gleich. Dann können wir essen. Obwohl … Ne, der ist noch in der Firma. Da ist so viel zu tun. Marion schafft das noch nicht alleine. Der kommt später. Nein, nein, nein! Das haben wir uns auch alles anders vorgestellt … Wir rufen dich gleich. Jan ist schon oben und macht seine Hausaufgaben. Um den brauchst du dich gar nicht kümmern. Der ist ja sowieso Omas Junge.« Bertha lachte kurz, versank dann aber wieder in ihren Sorgen.

Marion war die zweite Tochter der Familie Ludwig und Bertha Schmidt. Sie war Berthas ganzer Stolz. Sie trat in Papas Fußstapfen. Sie war seine Nachfolgerin. Sie leitete das Unternehmen in die zweite Generation. Nach einem Kanada-Trip war ihr klar geworden: Sie wollte das Familienunternehmen. Die Firma *Schmidt & Meyer* wurde von Berthas Mann und ihrem Bruder Hermann gegründet.

Die stille Gesellschafterin und eigentlich Chefin war Bertha selbst. Sie brachte das Stammkapital in die Firma. Sie hatte ihrem ehemaligen Schwiegersohn auch einen Job in der Firma angeboten – mit der Option, eines Tages in der Geschäftsführung zu arbeiten. Michael Schneider hatte es geschafft, an Bertha vorbei, alleiniger Geschäftsführer zu werden. Das war für Bertha Schmidt eine große Enttäuschung. Als er Geschäftsführer geworden war, stieg ihm der schnelle Karrieresprung zu Kopf. Marion bekam zuletzt Ausschlag, wenn sie Michael nur sah. Er schmiss mit dem Geld um sich und behandelte seine Frau, Marions Schwester, wie ein Stück Dreck. Sie durfte nichts mehr bei ihm. Täglich schrie er sie an und schlug sie immer öfters. Er trampelte auf ihrer Seele herum wie auf einer Fußmatte. Als Bertha von ihrer Tochter erfahren hatte, dass Michael seit Jahren die Krankheit ihres Enkels Alex leugnete und blockierte, handelte sie. Sie holte ihre Tochter mit den beiden Kindern zu sich. Bei ihrer Tochter wurde ein Burnout diagnostiziert, von dem sie sich immer noch nicht erholt hatte. Alex hatte seit der Kindheit an ADHS. Die Unterdrückung einer Behandlung dieser Entwicklungsstörung durch den Vater führte dazu, dass sich die Symptome stetig verschlimmerten. Alex verweigerte das Essen, sprach nur noch einsilbig oder mit Hundelauten. Alex bekam unkontrollierbare Wutausbrüche. Durch das Verhalten des Vaters drohte Alex eine tiefgreifende seelische Störung zu entwickeln, die dringend abgewendet werden musste. Mit dem Jugendamt und Rechtsanwalt

Beule wurde ihm für sein Handeln das Sorgerecht für den Bereich Gesundheit genommen.

Obwohl Michael Schneider das Sorgerecht für den Bereich Gesundheit entzogen worden war, pflegte er Kontakt zur Kinder-Psychiatrie Übermaßberg. Das wusste Bertha aus sicherer Quelle. Michael Schneider war ein Blender. Mit Charme und den richtigen Worten konnte er die Menschen beeinflussen und für seine Interessen einspannen. Er war ein smarter Typ.

Rechtsanwalt Beule war ein angesehener Anwalt in Neukirchen. Bertha und Caro saßen in seinem Büro mitten in der City. Der adrette Herr im besten Alter hörte den beiden Frauen zu und schüttelte dabei immer wieder mit dem Kopf. Sie erzählten ihm von Gegebenheiten aus der Kinderklinik. Alle anderen Taten von Michael Schneider waren ihm bekannt. Über viele Jahre war er bereits der Familien- und Firmenanwalt von Bertha und Ludwig Schmidt.

»… und deshalb möchten wir Sie damit beauftragen, ihm das komplette Sorgerecht zu entziehen, damit dem Jungen endlich medizinisch und psychologisch geholfen werden kann. Frau Zeck vom Jugendamt sagte auch, dass es so nicht mehr weitergehen kann. Sie wird wieder einen ausführlichen Bericht für den Gerichtsprozess anfertigen«, führte Bertha ihre Schilderungen zu Ende.

»Meinen Sie, dass wir so weit gehen müssen?«, fragte der Fachmann ungewohnt mild.

»Auf jeden Fall müssen wir das. Der war in der Kinderklinik und hat Alex besucht. Das durfte der doch gar nicht. Der macht das einfach. Die rothaarige Erzieherin hat ihm die Tür geöffnet. Die durfte das auch nicht. Hier kann doch nicht jeder machen, was er will - schon gar nicht, wenn wir es mit so einem verhaltensgestörten Kind zu tun haben. Ich möchte, dass es meinem Enkel gut geht. Wir werden nicht tatenlos zuschauen, wie dieser unmögliche Mensch kleinen Kindern so etwas antut. Michael Schneider ist ein Blender und ein Narzisst. Er hat den Bezug zur Realität verloren. Und solche Menschen muss man in ihre Schranken verweisen. Ich habe ihn ja auch anders kennengelernt. Wir haben ihm alles, wirklich alles ermöglicht. Aber er hat unsere Gutmütigkeit schamlos ausgenutzt und sehr viel Leid in unsere Familie gebracht«, nannte Bertha als Begründung für den harten rechtlichen Eingriff.

»Na ja, dann wird es wohl das Beste sein. Nicht zu glauben, wie sich Menschen verändern können. Herr Schneider war ja auch mal hier. Ich habe den vollkommen anders eingeschätzt. Und ich habe Menschenkenntnis. Das können Sie mir glauben. Wenn man diesen Job über dreißig Jahre macht, bekommt man ein besonderes Gespür für Menschen. Und in der Firma habe ich ihn ja auch kennengelernt. Nicht zu glauben!«

»Wir können es auch noch nicht so richtig begreifen. Wir sind wie traumatisiert und möchten endlich wieder unser altes Leben zurück.«

So ließ der Herr Rechtsanwalt den Antrag »Entzug des Sorgerechtes« anfertigen. Ein Bericht vom Jugendamt und eine Stellungnahme der Oberärztin Ämtchen wurden dem Schreiben als Beweise beigelegt. Die Bescheinigung der Kinderärztin, dass Michael Schneider die Krankheit seines Sohnes von Geburt an nicht akzeptierte, wurde auch angehängt. Die Bescheinigung war der ausschlaggebende Beweis, mit dem man dem sauberen Herrn Schneider am Oberlandesgericht schon das Sorgerecht für den Bereich Gesundheit entzogen hatte.

Die beiden massiven uralten Eichentürflügel standen noch weit geöffnet. Der Angeklagte und die Klägerin saßen bereits mit ihren Rechtsanwälten an den Doppeltischen. Das Jugendamt der Stadt Neukirchen, vertreten durch Frau Zeck, wurde in den Hintergrund platziert, vor der Abtrennung zum Besucherbereich, der an diesem Tage leer war. Es war eine nichtöffentliche Sitzung: Schneider gegen Schneider.

Frau Richterin Freisler betrat den Saal. Sie setzte sich auf einen um eine Stufe erhöhten Schreibtisch und begann die Verhandlung mit folgenden Worten: »Guten Morgen, wir kennen uns ja bereits.« Sie öffnete ihre Mappe und las vor: »Hiermit eröffne ich die Verhandlung Schneider gegen Schneider in der familiengerichtlichen Angelegenheit, Antrag des Herrn Rechtsanwalts Beule. Punkt eins: Entzug des vollumfänglichen Sorgerechtes von Michael Schneider bezüglich des minderjährigen Sohnes Alex Schneider. Punkt zwei: Kontaktsperre für Michael Schneider gegenüber seinem Sohn Alex Schneider. Erschienen sind die Antragstellerin Frau Caroline Schneider, vertreten durch Rechtsanwalt Beule, sowie der Antragsgegner Michael Schneider, vertreten durch Anwalt Pape, sowie das Jugendamt der Stadt Neukirchen, vertreten durch Frau Vanessa Zeck. Zur Antragsbegründung: Der Antragsgegner zeigt bis heute keine Einsicht. Nach wie vor behauptet er, dass sein Sohn gesund sei. In jüngster Zeit hielt sich der Vater von Alex unberechtigt auf dem Gelände der Kinderklinik Übermaßberg auf. Er hielt Kontakt zur Stationsärztin Frau Mairainer und zu der Bezugserzieherin Frau Albers, obwohl ihm das Sorgerecht im Bereich Gesundheit entzogen wurde. Das Jugendamt der Stadt Neukirchen befürwortet den Antrag. Die Oberärztin Frau Doktor Ämtchen empfiehlt dringend ein Kontaktverbot zum Vater oder man solle die Besuche beim Kindesvater nur noch in Begleitung durchführen lassen. Möchten Sie, Frau Schneider, die Antragsbegründung noch ergänzen?«

Caro erschrak. Damit hatte sie nicht gerechnet, dass sie als Erstes etwas zu dem Thema sagen sollte. »Mein Ex-Mann hat mich verletzt. Ich hatte schon im Bauch gespürt, dass etwas mit Alex nicht stimmt. Aber er wollte es einfach nicht wahrhaben.«

»Sie müssen meine Mandantin entschuldigen«, brachte sich Herr Beule ein. »Meine Mandantin ist noch traumatisiert. Sie wurde über viele Jahre unterdrückt. Sie fährt übermorgen zur Kur. Alex ist noch stärker von einer Traumatisierung betroffen. Sie haben ja den Bericht der Oberärztin Ämtchen vorliegen. Frau Ämtchen lässt keinen Zweifel daran, dass der Einfluss des Kindsvaters nach der Trennung der Eheleute den seelischen Zustand des Kindes im erheblichen Maße verschlechtert hat. Es besteht die Gefahr einer dauerhaften extremen seelischen Schädigung. Und diese Entwicklung muss dringend gestoppt werden.«

»Frau Zeck, wie sehen Sie das?«, fragte die Vorsitzende die junge Sachbearbeiterin des Jugendamtes.

»Wir als Jugendamt schließen uns dem Vorredner an. Der Kindesvater lässt keine Möglichkeit aus, seinen Sohn als gesund darzustellen. Jeder kleinste Erfolg wird von ihm als Zeichen eines gesunden Kindes ausgelegt. Durch diese hohe Erwartungshaltung, durch diese Projektion baut sich in Alex' Psyche ein unaushaltbarer Druck auf. In der Sozial-Psychologie spricht man hier von dem sogenannten Andorra-Effekt. Das heißt: Der Vater projiziert die Rolle eines gesunden Kindes auf Alex – mit der Erwartung, dass der Junge nach einer gewissen Zeit tatsächlich gesund wird.«

Richterin Freisler schüttelte mit dem Kopf. Rechtsanwalt Beule saß diesmal angespannt mit den Ellbogen am Tisch und hörte dem Vortrag genau zu. In den vorherigen Sitzungen hatte er die gerichtsexternen Wortbeiträge zumeist lässig zurückgelehnt und mit einem leichten Grinsen verfolgt, besonders jene von Michael Schneider, der sich immer sehr temperamentvoll und etwas zu selbstsicher in die Ausführungen einmischte. Selbst vor den Richtern am Oberlandesgericht machte er nicht halt, unterbrach diese zwei, drei Mal oder hielt stehend beschwingende Reden.

Richterin Freisler wirkte abwesend, während sie in ihre Unterlagen sah und sich etwas notierte. Caro Schneider schaute einfach vor sich hin. Rechtsanwalt Pape saß in neutraler Haltung am Tisch, ebenso sein Mandant. Beide hörten den Wortbeiträgen aufmerksam zu.

Frau Zeck führte weiter aus: »In den letzten Tagen habe ich mehrfach mit der Oberärztin Ämtchen gesprochen. Sie erwähnte wiederholt, dass sie erst mit einer Tabletten-Therapie beginnt, wenn alle …« Sie kam ins Stocken, fand nicht den richtigen Begriff. Sie schaute in ihre Handnotizen. »… Sie nannte es ›Störenfriede‹. Wenn alle Störenfriede von außerhalb gemaßregelt werden, nicht mehr in den empfindlichen Prozess eingreifen können. Man habe viel zu lange gewartet. Um Alex vor einer tiefgreifenden seelischen Störung zu wahren, sei nur noch eine Tabletten-Therapie erfolgversprechend. Wie in ihrem Bericht deutlich erwähnt, empfiehlt sie dringend, den Kontakt zum Kindesvater abzubrechen. Letztes Jahr hatten wir ja eine ähnliche Situation. Die Kinderklinik Unna hatte mehrere therapeutische Ansätze, die vom Kindesvater immer wieder unterbrochen wurden. Zuletzt stornierte er eine stationäre Unterbringung am Tag der Aufnahme. Für so einen Termin wartet man vier Monate. Durch das Handeln des Kindesvaters wurde dieser Platz wieder frei.

Andere Familien wären froh gewesen, wenn sie den Platz hätten belegen können. Es entstand ein unnötiger Leerstand.«

Frau Freisler schaute immer wieder zum Kindesvater Michael Schneider. Normalerweise hätte der schon längst dazwischengerufen, um eine Stellungnahme gebeten oder eine Diskussion entfacht. Doch der Antragsgegner oder Angeklagte, wie er sich selbst nannte, saß da und verfolgte aufmerksam die Verhandlung. Rechtsanwalt Beule schaute auch öfters zu ihm rüber, als würde er denken: So langsam muss ihm doch die Hutschnur reißen. Anwalt Pape zeigte ebenfalls höchstes Interesse an den Ausführungen der Gegenseite und des Jugendamtes.

Endlich erteilte Frau Freisler Michael Schneider das Wort: »Herr Schneider, wie lautet Ihre Meinung zu den Ausführungen zur Antragstellung? Von Ihnen haben wir ja bis jetzt noch gar nichts gehört.«

»Frau Vorsitzende, vielen Dank, dass Sie mir das Wort erteilen. Ich habe den Ausführungen nichts hinzuzufügen. Meine Meinung, meine Ansicht ist Ihnen bekannt.«

Es herrschte Ruhe im Saal, und zwar absolute Ruhe. Die Richterin wartete noch einen Moment. Manchmal suchte Michael Schneider erst nach den richtigen Worten, denn er verwendete keine Füllwörter wie ›ähm‹ oder ›also‹. Er schwieg lieber, bis er das fehlende Wort gefunden hatte. Aber diesmal saß er da, schaute Frau Freisler an und wartete darauf, dass sie endlich mit dem Hämmerchen auf den Tisch haute. Das war Michael Schneiders Humor, Michael

Schneiders Sarkasmus: Mit dem Hämmerchen auf den Tisch hauen und dann war das Sorgerecht weg. Wer hatte diesen Mann so neutralisiert? Warum kämpfte er nicht mehr um seinen geliebten Sohn?

»Herr Pape, bitte nehmen Sie Stellung zu der Antragsstellung.«

Auch Herr Pape war heute sehr wortkarg. Er blätterte durch den Antrag der Gegenseite, öffnete die schwere Akte auf dem Tisch. Man hörte nur das Streifen, das Aneinander-Vorbeiziehen der Blätter.

»Ich werde ausgemerzt!«

»Wie bitte?«, fragte die Richterin direkt.
»So kam Herr Schneider vor vier Wochen in mein Büro. Ich hatte ihn zur Besprechung der Verhandlung in mein Büro gebeten. ›Herr Pape, ich werde ausgemerzt.‹«
Sie wurde lauter, die Frau Richterin: »Merz, merz! Was soll das denn heißen? Ausgemerzt?«

»Ausradiert! ›Ich werde ausradiert.‹ Mein Mandant hat mir den Auftrag erteilt, meinem Zitat, welches ich in einer der ersten Verhandlungen vor einigen Jahren hier in diesem hohen Hause vorgetragen habe, zu folgen.«

»Und wie lautet dieses berühmte Zitat?«

»Das ständige Wiederholen einer Ansicht ist kein Beweis für die Wahrheit. Mein Mandant hat mich von der ersten Stunde an ausführlich über den Sachverhalt in der Angelegenheit Schneider gegen Schneider unterrichtet. Er hat mir detaillierte Berichte zukommen lassen. Die Inhalte wurden Ihnen in schriftlicher Form zu jeder Verhandlung übersendet. Wir haben Ihnen die Tatsachen siebenmal mitgeteilt. Und heute haben Sie zum siebten Mal nicht ein einziges Wort davon erwähnt, geschweige denn angenommen. Von unserer Seite aus ist alles gesagt, alles geschrieben. Schauen Sie in Ihre Unterlagen und fällen Sie eine gerechte Entscheidung.«

Die Richterin schaute ihn an. Sie schaute den Rechtsanwalt im besten Alter an, als habe dieser gerade den Tisch des ›Angeklagten‹ zu Gold gemacht. Alle sahen auf Frau Freisler, zwei mit neutralem, gelassenen Blick, drei mit großen Augen, in denen viele Fragezeichen standen. Die Stille erschien vier Personen unerträglich. Warum sagt der denn nichts? Warum ist er denn so tiefenentspannt, wenn man ihm das Sorgerecht wegnimmt? Wieso sagt der Pape nichts? Jeder Anwalt hat Gegenargumente. Herr Pape hatte immer sehr überzeugende Argumente.

»Also sowas hatten wir hier auch noch nicht!«, platzte es aus der Richterin heraus. Das erwartete Platzkonzert des Herrn Michael Schneider blieb aus. Es wurde wieder mucksmäuschenstill im Saal. Wie froh man gewesen sein dürfte, als das vorbeifahrende Polizeiauto hinter den dicken Gerichtswänden mit seinem Martinshorn für etwas Ablenkung sorgte.

»Na, und was machen wir jetzt?«, fragte Richterin Freisler orientierungs- und fast schohn hilflos in die Runde.

Rechtsanwalt Pape schaute seinen Mandanten zwinkernd an und sprach ganz leise: »Macht Feierabend!«

Michael Schneider nickte zustimmend.

»Was sagten Sie, Herr Pape?«, fragte Frau Freisler direkt.

»Nichts, nichts, Frau Vorsitzende, ich hatte nur laut gedacht.«

Der Gegenanwalt Beule flüsterte etwas zu seiner Mandantin. Auch er wirkte nervös. Die Lage schien zu eskalieren.

»Die Sitzung wird für zehn Minuten unterbrochen«, zürnte es aus der Vorsitzenden, die eiligen Schrittes, verärgert wirkend, den Saal verließ.

Frau Zeck stürmte, mit dem Handy am Ohr, ebenfalls zügig aus dem Saal. Herr Beule und Frau Schneider unterhielten sich kurz leise am Tisch und flüchteten wie die anderen nach draußen. Der ›Angeklagte‹ blieb mit seinem Anwalt sitzen. War das geplant gewesen?

»Also so eine Situation hatten wir tatsächlich noch nicht hier am Gericht. Ich muss schon sagen, Herr Schneider, Ihre Methoden sind schon ungewöhnlich. Am Anfang hatte ich da ja meine Zweifel, die ich Ihnen ja auch mitgeteilt habe. Aber jetzt bin ich perplex, was wir hier erreicht haben.«

Michael Schneider lächelte den erfahrenen Anwalt an: »Sie haben aber auch genau die richtigen Worte gefunden. Das Ergebnis ist hier eh schon klar.«

»Sagen Sie das nicht! Sagen Sie das nicht, Herr Schneider.«

»Da draußen habe ich schon lange kein Sorgerecht mehr. Die machen eh, was sie wollen. Man gewöhnt sich dran.«

»Na ja, aber hier möchte man Ihnen noch ein Kontaktverbot anhängen.«

»Das hat man mir schon in Übermaßberg ausgesprochen. Ich befürchte, dass Alex da nicht mehr so schnell wieder rauskommt.«

»Aber dazu ist die Einrichtung doch gar nicht befugt.«

»Doch! Die haben Hausrecht.«

»Nicht zu fassen!«

»Man gewöhnt sich dran, Herr Pape. Alex ist und bleibt mein Sohn. Den wird mir keiner nehmen.«

Frau Freisler kam wieder hereingeeilt. Rechtsanwalt Beule mit Mandantin und Frau Zeck gingen hinter ihr her und setzten sich auf ihre Plätze.

Die Richterin ergriff wieder das Wort: »So, wir müssen hier mal langsam zum Ende kommen.« Sie nahm das Diktiergerät in die Hand und sprach: »In der Sache Schneider gegen Schneider, hier Antrag ›Entzug des Sorgerechtes des Kindesvaters bei dessen Sohn Alex‹ sowie ein Kontaktverbot zu diesem. Dem Antrag wird stattgegeben. Begründung: Der Kindesvater zeigt nach wie vor keine Bereitschaft, tiefgreifende Therapien bei seinem Sohn durchführen zu lassen, welche seitens der Kindesmutter, des Jugendamtes, der Kinderärztin Frau

Doktor Asperger und der Oberärztin Frau Doktor Ämtchen in den nächsten Wochen umgesetzt werden.
Dieser Beschluss wird auf ein Jahr befristet. Nach Ablauf dieser Frist wird durch einen unabhängigen Gutachter entschieden, ob der Entzug des Sorgerechtes und das Kontaktverbot verlängert werden.«

»Eine Entscheidung zum Wohle des Kindes!«, kommentierte Frau Zeck das Ergebnis.

Die Streitparteien gingen wieder auseinander. Herr Beule verabschiedete sich von Caro an der Tür des Gerichtssaals. Er hatte einen weiteren Termin. Caro ging die Treppe runter durch die Ausgangsschleuse und war wieder draußen. An der Straße parkte ihre Mutter. Caro ging über den Vorplatz und stieg in den Wagen.
»Und wie war's?«

»Wir haben wieder gewonnen.«

»Und was war da zum Schluss los?«

»Ach, ich weiß es doch auch nicht, jetzt fahr. Ich hab Kopfschmerzen.«

»Caro, du musst doch wissen, was da los war.«

»Ach, das macht doch immer der Beule. Der war heute auch irgendwie komisch.«

»Wieso war der komisch?«

»Der wurde auf einmal ganz ruhig.«

»Na ja, ist ja auch egal. Hauptsache wir haben gewonnen. Alex muss endlich gefördert werden. Jetzt sind wir den feinen Herrn Schneider endlich los.«

»Aber nur für ein Jahr.«

»Das hat mir der Beule auch schon mitgeteilt. Das eine Jahr reicht, um den Kleinen auf den richtigen Weg zu bekommen.«

In Münchhausen angekommen, legte sich Caro direkt auf die Couch. Sie setzte sich ihren Kinderreiterhelm auf. Der war viel zu eng. Aber genau dieser Druck linderte die starken Kopfschmerzen. Die Taschen und Koffer für Hamburg standen schon im Flur. Es war alles etwas eng in der Einliegerwohnung mit den beiden Kindern und mit Heiko.

Heiko war Caros neuer Freund. Er hatte auch zwei Kinder. Die beiden waren schon ein paar Monate zusammen. Heiko gab Caro Halt. Wenn sich alle vier Kinder in der Wohnung aufhielten, waren die Platzverhältnisse besonders beengt, vor allem wenn sie das Wochenende über Nacht blieben. Es entstanden erste Pläne, in eine gemeinsame Wohnung zu ziehen oder vielleicht ein neues Haus zu bauen, ganz nach den eigenen Wünschen etwas Neues auf der grünen Wiese aufzurichten.

Heiko fuhr auf den Hof.

Bertha kam zur Tür heraus. »Hallo Heiko, dein Auto ist ja immer tipptopp sauber und gepflegt.«

»Hallo Bertha, ja, da lege ich Wert drauf.«

»Ich auch.« Sie lachte zufrieden. »Möchtest du ein Teilchen und eine Tasse Kaffee?«

»Ein Brot wäre mir lieber.«

»Kannst du auch bekommen. Ich habe eben frische Salami gekauft. Die isst du doch so gern, hauchdünn geschnitten.«

»Oh, prima.«

Die beiden gingen in die Küche. Auf dem Treppenstein zog sich Heiko wie gewohnt die Schuhe aus.

Bertha holte einen Teller aus dem Schrank und zauberte im Nu zwei belegte Brote für ihren neuen Schwiegersohn.

Dieser setzte sich auf die Bank neben dem Küchenfenster. »Und wie war die Verhandlung?«

»Die war erfolgreich. Michael Schneider wurde das Sorgerecht entzogen und er hat ein Kontaktverbot.«

»Das sind ja gute Nachrichten. Vielleicht musste das mal sein. Vielleicht kommt Caro jetzt endlich mal wieder zu sich.«

»Wir sind so froh, dass wir dich haben, Heiko. Du gibst unserer Caro so viel Halt. Die hat einiges mitgemacht.«

»Jetzt taut sie ja langsam auf und kommt allmählich aus sich heraus.«

Bertha setzte sich zu ihm an den Tisch. »Sie hat wirklich, wirklich ganz schlimme Jahre hinter sich. Der Michael hat sie ja zum Schluss auch geschlagen.«

»Was? Das darf doch nicht wahr sein. Es kommen ja immer mehr Geschichten über den Typ zu Tage. Geschlagen? Das geht nicht. Dann müssen wir eine Strafanzeige stellen wegen Körperverletzung.«

»Eigentlich schon, aber das ist schon zu lange her. Es fehlen uns die Beweise.«

»Die Caro durfte gar nichts bei dem Typ. Am besten sollte sie sich den ganzen Tag in der Küche und im Haus aufhalten, kochen, bügeln, putzen.«

»Typisch Oberstaufenwald!«

»Genau! Der brauchte nur den Schrank aufmachen und sich die frische Wäsche daraus holen.«

»Was für ein Macho, dieser Typ. Was ist denn dabei, wenn man mal das Haus saugt oder mal den Müll rausbringt oder die Wäsche bügelt?«

»Kannst du bügeln?«

»Ja, da ist doch nichts bei. Wir sind doch im einundzwanzigsten Jahrhundert.«

»Ach, Heiko, schön, dass wir dich jetzt haben. Euch wird es auch gut gehen. Da werden der Ludwig und ich für sorgen. Möchtest du noch ein Brot?«

»Nein danke, es war sehr lecker.«

Bertha räumte den Tisch ab, wischte ihn direkt feucht und zog mit dem Trockentuch so lange darüber, bis die schneeweiße Wachstischdecke trocken war. »Wann fahrt ihr denn los?«, fragte sie Heiko.

»Gleich um drei Uhr. Dann können wir in Ruhe einchecken. Ich bleibe ja bis Sonntag oben. Caro wird morgen um acht Uhr in der Kurklinik aufgenommen.«

»Um acht? Ich dachte um zehn.«

»Die haben Caro angerufen und gefragt, ob sie früher kommen könnte.«

»Ach, davon weiß ich ja gar nichts. Na, ist ja auch egal. Ihr beiden macht das schon. Und ich kümmere mich um Jan und Alex. Deine Kinder sind auch immer herzlich bei uns willkommen. Das weißt du ja.«

»Ja, das weiß ich doch.«

»Bei uns ist jeder herzlich willkommen. Uns geht es gut und wir geben gern. Wir kennen auch keinen Neid …« Es schellte an der Tür. »Das wird der Ludwig sein. Der kommt heute früher.« Auf dem Weg zur Tür redete sie mit sich selbst weiter: »Ach, Mann, Ludwig und ich wollten uns so ein schönes Leben machen. Und jetzt tut er arbeiten und arbeiten.« Sie öffnete die Tür. »Wo hast du denn wieder deinen Schlüssel? Das ist schon das dritte Mal diese Woche.«

»Den habe ich im Büro gelassen. Ich muss den unbedingt mal an meinen Bund machen. Aber da sind schon so viele dran. Sonst muss ich den vom Geländewagen mal abmachen.«

Heiko kam dazu.

»Ach, hallo Heiko, du bist ja auch schon da.«

»Hallo Ludwig, ja, wir fahren ja gleich los.«

»Die Caro soll dann noch mal nach mir kommen.«

»Zu mir, Ludwig, das heißt: ›zu mir kommen‹.«

Die drei lachten gemeinsam.

»Ja, ja, ›zu mir‹.«

Heiko ging über die Treppe zu Caros Wohnung, Bertha und Ludwig betraten die Küche.

Um Viertel vor drei standen alle vor der Tür und Bertha sowie Ludwig auf dem Treppenstein. Das Auto war gepackt.

»Caro, brauchst du noch Geld?«, fragte Ludwig liebevoll.

»Nein, Papa, ich habe genug Geld dabei.« Sie ging noch einmal in das Haus und kam mit ihrem Reiterhelm in der Hand wieder raus.

Beim Vorbeigehen drückte Ludwig ihr zweihundert Euro in die Hand. »Davon kaufst du dir was Schönes in Hamburg.«

Caro nahm das Geld, sagte aber nichts dazu.

»Dann macht es gut, ihr beiden, und kommt heile wieder«, rief Ludwig.

»Ich kann gar nicht hinschauen«, wimmerte Bertha. Ihr zerbrach es jedes Mal das Herz, wenn eine ihrer Töchter für längere Zeit verreiste. Als die jüngere Tochter Marion für drei Monate in Kanada gewesen war, hatten sich Mutter und Tochter jeden Abend gegenseitig etwas vorgeweint. Marion war vorzeitig zurückgekommen.

Das junge Paar stieg in den Wagen und fuhr gemächlich vom Hof. Bertha winkte ihnen zu.

Ludwig ging zu seinem Geländewagen. »Ich bin erst heute Abend wieder zurück.«

»Also brauche ich für dich kein Essen machen?«

»Nein, brauchst du nicht.«

»Dann essen wir schon um fünf, dann kommt Jan aus der Schule. In dem Fall kann ich mir auch einen schönen Abend machen.«

Kapitel 04 Tablettenschachtel und Kräuterhexe

In Übermaßberg bekam Berthas Enkel von der Abschiedszeremonie nichts mit. Der Kleine spielte unbeschwert mit Peter, Noel und den anderen auf dem Abenteuerspielplatz der Kinder-Psychiatrie. Die ganze Gruppe von Station hundertzwölf saß auf der Krokodil-Schaukel. Das arme Holzreptil wurde wieder bis zur Höchstgrenze vor und zurück geschwungen. An allen vier Stützen war diese Obergrenze mit orangen Strichen aufgemalt. Wenn keiner schaute, flog das Klapsenkroko, wie es die Bewohner der Einrichtung nannten, auch mal deutlich darüber. Das Adrenalin stieg, wenn das Stangentier sich der Schwer- und Schwingkraft entzog. Wenn es anfing, zu fliegen, die Ketten durchhingen, welche den schweren Koloss vor dem Absturz sicherten, dann gab es ein lautes Kettenrasseln, sodass sämtliche Pädagogen, die sich im Park aufhielten, das wilde Kroko anvisierten.

Die meisten sagten nichts, nur Herr Sommer. Wenn der Einrichtungsleiter mit seinem silbergrauen Haar über das Gelände schritt, fragte er jedes Mal, wenn er die Ketten rasseln hörte: »Muss das denn sein?«

Und schon war das wilde Tier wieder gezähmt. Die Kinder schauten dem freundlichen alten Herrn dann immer friedlich nach, bis er das Verwaltungsgebäude betrat. Pfiffige ›Vorfahren‹ hatten herausgefunden, dass Herr Sommer von der Eingangstür der Verwaltung bis zu seinem Büro mindestens achtundvierzig Sekunden brauchte, bis er sich an seinem Fenster prüfend nach dem Wohlbefinden des Klapsenkrokos erkundigte. Man hatte exakt für einen Zusatzrums Zeit. Alle halfen dann mit, das Holztier wieder auf den Überdreh zu bekommen. Nach dem Rums ließ man es wieder auspendeln und schaute unschuldig zum Fenster des ›Chefs vonne Klinik‹, wie die Mama von Noel ihn immer nannte.

Noel war von allen der beste ›Inschwungmacher‹. Der Autist konnte ungemeine Körperkräfte mobilisieren. Er stand immer auf dem Krokokopf. Wenn das Kroko nach vorne schoss und wieder zurück pendelte, sprang er einmal hoch und gab dem armen Tier einen kräftigen Stoß in die Gegenrichtung. Die Kinder der Station hundertzwölf stritten oft untereinander. Aber auf dem Kroko war man ein Team. Sie tobten wild und lachten laut. Nur wenn Herr Sommer durch den Park schritt, saßen sie stumm und artig auf ihrem Lieblingstier.

»Ich will das nicht!«, schrie Lina bereits zum dritten Mal. Man sah ihn nicht. Es dauerte eine Zeit, bis die Kinder wussten, von woher die Schreie kamen.

Die Kinder auf dem Kroko schauten rüber zu dem imposanten Neubau. Linas Ruf schallte über das ganze Gelände und wurde durch ein dreifaches Echo verstärkt, welches wohl der quadratisch gebaute Innenhof erzeugte. Mit der Zeit wurden die Rufe immer weniger. Man sah keinen der ›Insassen‹ der Geschlossenen. Lina war der Erste, den man hörte. Er war auch mal auf Station hundertzwölf gewesen und vor Alex im Zimmer ›Starke Jungs‹. Dann wurde er auf die Geschlossene verlegt, weil er das ganze Zimmer auseinandergenommen hatte und Peter mit einer Schranktür erdrücken wollte.

Die Geschlossene war ein hochmoderner Bau und erfüllte alle Kriterien von Ausbruch- über Brandschutz bis hin zur Zusatz-Wärmedämmung. Es war ein steriler, weißer zweistöckiger, rechteckiger Flachdachbau. Unter der Dachverkleidung gab es umlaufend zwei blaue Streifen. An den langen Seiten befanden sich je sieben, an den beiden schmalen je ein bodentiefes Fenster mit Spionspiegelglas: Man konnte hinaus-, aber nicht hineinblicken. Das wussten die Kinder nicht. Es waren Festverglasungen. Man konnte die Fenster nicht öffnen. Ein Kind konnte im Zimmer noch so laut schreien. Es konnte noch so viel winken und springen. Man sah und man hörte es draußen nicht durch das Schallschutzglas. Selbst ein Gegen-die-Scheibe-Donnern war von außen nicht sicht- und nicht hörbar. Es war ein spezielles Dreifachglas. Die äußeren Scheiben befanden sich in einem Extrarahmen.

An der Ostseite bildete ein bodentiefes Fenster die Eingangstür. Für Außenstehende war es nicht erkennbar. Die Tür sah exakt gleich aus wie die Fenster. Umlaufend war das Haus zwei Meter breit mit rechteckigen Betonplatten ausgelegt. Als Fremde oder Fremder wusste man nicht, wo sich der Eingang befand. Das komplette Gebäude wurde automatisch be- und entlüftet.

Viele Kinder träumten von dem Einzug in das moderne Gebäude. Es hob sich ab. Es stand zentral im Park, umgeben von den stolzen roten Backsteinbauten aus dem neunzehnten Jahrhundert und den zwanzigmal überstrichenen, blassen Bauten aus den siebziger Jahren.

Franzi Albers hatte den Neubau vor zwei Jahren genaustens verfolgt. Die Einrichtung ging sehr offen mit den Neubau-Projekten um. Jeder konnte sich einbringen. Das war dem Leiter Herrn Sommer sehr wichtig. Franzi schlug in einer Ideenversammlung vor, dass man auf das Flachdach eine Photovoltaik-Anlage bauen könnte. Man entschied sich für eine Begrünung auf dem Dach mit hohem Schotter- und Kiesanteil, wie es für die Beete um das Gebäude vorgesehen war. »Dann sieht es aus wie eine Tablettenschachtel, die aus der Erde ragt!« Für den flapsigen Kommentar erntete sie Beifall, Lacher aber auch Kritik. Für Franzi war es ein Kindergefängnis, eine Tablettenschachtel. Wenn man frontal vor dem Gebäude stand, sah es tatsächlich wie ein überdimensioniertes Tabletten-Kartönchen aus: Die vierzehn Fenster auf den beiden langen Seiten standen in kurzen Abständen nebeneinander. Nach rechts hin gab es mehrere Meter Freifläche. Manche nannten den schicken Neubau ›Ämtchen-Burg‹. Frau Doktor Ämtchen war in der Planung und Umsetzung federführend. Als Oberärztin sicherte sie sich die Leitung der Station. Was hinter den Mauern vor sich ging, wusste keiner. Das war Franzi äußerst suspekt. Keiner kannte die Belegschaft der Station. Frau Ämtchen hatte einen persönlichen Parkplatz mit eigener Einfahrt, mit eisernem, automatischem Schiebetor. Der Parkplatz und zwei Seiten des Gebäudes waren mit einem zwei Meter hohen elektrischen Zaun abgegrenzt. Die beiden Wände zum Park hin waren unverzäunt und machten mit dem bunten Blumenbeet davor einen freundlichen und einladenden Eindruck. Auf die Kinder wirkte es wie ein modernes Haus mit schönen Kinderzimmern.

Das war für die pädagogische Arbeit sowohl für Franzi als auch für deren Kolleginnen und Kollegen vom großen Nachteil. Eine Drohung nach dem Motto »Dann wird deine Maßnahme hier beendet und du kommst auf die Geschlossene!« wirkte eher wie eine Eintrittskarte in das schicke Gebäude.

Franziska Albers' Arbeitsweise war ungewöhnlich. Sie hatte eine Zusatzausbildung als Waldpädagogin. Dieses Fachwissen konnte man nur bedingt in einer Kinder-Psychiatrie einsetzen. Aber Franzis Temperament, gepaart mit ihrem botanischen Wissen, war für Frau Mairainer und Herrn Sommer beim Vorstellungsgespräch vier Jahre zuvor das ausschlaggebende Argument für die Einstellung gewesen. Oberärztin Ämtchen war Franzi gegenüber vom ersten Tag an reserviert. Es gab regelmäßig Uneinigkeiten zwischen den Parteien. Die ersten Aktionen im Wald und auf der Heide zeigten sofortige Erfolge. Die Kinder der Station hundertzwölf wurden ruhiger und ausgeglichener. Die Stationsärztin Mairainer war begeistert.

Mit ihrem Charme gelang Franzi das bisher ungewöhnlichste Projekt: mit Peter und Alex eine Nacht im Wald zu verbringen. Das wurde zunächst nicht erlaubt, da es sich bei den beiden Jungs um zwei hochgradig entwicklungsgestörte Kinder handelte. Eine Übernachtung außerhalb der Station war undenkbar. Doch Franzi berief sich auf den Passus im Konzept, wonach eine externe Übernachtung lediglich in den ersten vier Wochen nicht gestattet wäre. Die Oberärztin gab als Ausschlusskriterium an, dass Ausflüge von männlichen Klienten ausnahmslos von männlichem Fachpersonal begleitet werden dürften. Für Franziska Albers war das keine Hürde: Sie heuerte einen Praktikanten aus einer anderen Gruppe an. Doch dann hieß es: Praktikanten wären keine voll ausgebildeten Fachkräfte. Mit Hilfe des Fachwissens des Einrichtungsleiters Herr Sommer schaffte es Franzi trotzdem, ihr Projekt in die Tat umzusetzen. Gewöhnliche Praktikanten waren nicht befugt, eine Gruppe über Nacht zu betreuen, aber Anerkennungsjahr-Praktikanten schon. Das letzte Jahr einer Erzieherinnen- oder Erzieherausbildung nannte man das Anerkennungsjahr. In diesem Jahr wurde man stufenweise in der Heimerziehung an die Betreuung über Nacht herangeführt.

Am nächsten Samstag in der Früh standen Franzi, der Praktikant für das Anerkennungsjahr Niklas und die beiden Jungs mit ihren Rucksäcken auf einem Parkplatz mitten im tiefsten Oberstaufenwald. Es war ein ruhiger, warmer

Sommermorgen. In der Nacht zuvor hatte es ein Gewitter gegeben und so war der Waldboden immer noch feucht. Aus den Wiesen stieg Nebel empor. Es roch nach feuchter Erde. Es roch nach Abenteuer! Die ersten Sonnenstrahlen versuchten, sich durch den Nebel zu drängen, während die Vögel ein erstklassiges Sommerkonzert sangen. Unzählige Stimmen waren zu hören.

Franzis langer schwarzer Fingernagel fuhr auf der großen Wandertafel die Route ab. »Und da an der Stelle bauen wir unser Zelt auf. Wir müssen immer diesen roten Quadraten mit den zwei weißen Streifen folgen. Wenn wir hier an dem Skilift ankommen, dann …« Ungeduldig klackerte ihr Fingernagel auf dem Symbol für ›Skilift‹.

Alex träumte vor sich hin. Mehrere Minuten kramte Peters Hand knisternd im Rucksack in einer Bonbontüte. Mit schmalen Augen schauten die Jungs auf den Fingernagel.

»… Dann müssen wir nur noch ein paar Meter den Hang runterlaufen und haben unser Ziel erreicht.« Die flippige Erzieherin klatschte in die Hände. »Auf, auf!« Mit einem Schwung stand sie auf den Händen. »Hinein ins Abenteuer!« Sie schwenkte mit dem Kopf, ihr roter Zopf wischte über den Waldboden.

Die beiden Jungs staunten. Der Anerkennungsjahr-Praktikant Niklas schaute schüchtern auf das ausgefranste Loch am Knie von Franzis Jeans.

Die Erzieherin stellte sich wieder auf die Beine und schlug die aufgezeigte Route ein. Nach den ersten Schritten drehte sie sich um und lief rückwärts. »Kommt, Jungs!«

Nur zögerlich fingen diese an, sich zu bewegen. Auch Niklas konnte sich nur schwer dem Bewegungsdrang der Wanderführerin anschließen. Alle drei wussten: Sie hatten keine Wahl. Sie mussten diesem wilden Energiebündel folgen.

»Machst du so etwas öfters?«, fragte Niklas, nachdem sie die ersten Meter lustlos gelaufen waren.

»Es ist meine Leidenschaft! Es gibt für mich nichts Schöneres, als mit Kindern Zeit in der Natur zu verbringen. Ich habe schon viele dieser Projekte gestartet. In der Einrichtung habe ich eine Wandergruppe – bestehend aus fünf Mädels. Wir treffen uns einmal im Monat und wandern eine Route ab. Die darf eines der Mädels dann selbstständig planen. Wir waren sogar schon mal in den Alpen.«

Die vier folgten der Wegmarkierung, genossen die Ruhe, genossen die feuchte Waldluft, atmeten tief durch. Kein Auto war zu hören, keine Maschine brummte. Sie waren umgeben von unberührter Natur – für Franzi ein Traum. Der Weg stieg leicht an und führte durch einen Buchenwald. Sogleich wurde die Sonne stärker und leuchtete durch die hellen Buchenblätter.

»Ist es nicht einfach herrlich hier?«

Niklas stimmte der gut gelaunten Erzieherin zu. »Du machst deinen Job echt gern, stimmt's?«

»Ja, ich liebe ihn. Er ist für mich eine Berufung. Ich liebe Kinder und die Natur.«

»Hast du Eigene?«

»Nein, noch nicht, aber irgendwann werde ich welche haben. Erstmal möchte ich mich in meinem Beruf austoben und Erfahrung sammeln.«

»Hast du einen Freund?«

Franzi schaute zu dem jungen Burschen rüber. »Na klar, seit drei Jahren habe ich einen. Und du hast eine Freundin?«

»Nein, ich suche noch eine. Aber ich habe ja auch noch Zeit. Ich bin ja gerade mal achtzehn.« Niklas schaute den beiden Kindern hinterher, die sich Stöcke vom Wegrand gesucht hatten. »Schau mal, die Jungs … Die sind gar nicht mehr zu bremsen. Das hätte ich nicht gedacht, dass die jetzt hier so lossprinten.«

»Du musst Kindern ein Ziel geben. Und den Weg müssen sie selbst suchen – genauso wie die Wanderzeichen, dann kommen die von ganz alleine.«

»Peter erzählt viel von dir. Der mag dich total.«

»Ja, ich mag den Kleinen auch. Er ist ein toller Junge. Er ist mein Bezugskind und ich werde ihm helfen. Der gehört eigentlich gar nicht in unsere Einrichtung.«

Der Praktikant blieb stehen. »Denkst du das bei allen Kindern?«

»Eigentlich bei allen, aber bei Peter ist es Fakt! Im Grunde müssten die Eltern ins Heim, in Therapie! Aber ein Kinderheim ist für viele Kinder eine zweite Chance. Was sollen sie denn machen? Die kleinen Würmchen? Wenn es zuhause nicht funktioniert. Wenn du Menschen magst, entwickelst du schnell ein Gespür dafür, ob ein Kind in eine

Einrichtung gehört, in ein Kinderheim oder ob es vielleicht besser ist, ihm vor Ort zu helfen. Ich weiß, es ist nicht einfach. Es ist schwierig, es zu erklären. Ich werde mich für den Peter einsetzen. Zum Glück habe ich einen guten Draht zum Heimleiter. Ich werde für Peter und vielleicht auch für andere Kinder neue Wege entwickeln. Man muss den Mut haben, etwas zu verändern.«

»Dein Mut eilt dir voraus. Beim Vorstellungsgespräch wurde mir schon von deiner Art berichtet.«

»Wie? Was haben sie denn berichtet?«

»Na ja, dass du etwas sehr anders arbeitest, also positiv gesehen. Und dass du immer spannende Ansätze in die Einrichtung trägst oder so ähnlich.«

Von den Kindern war nichts zu sehen. Franzi hatte die Order gegeben, dass die beiden an jeder Kreuzung stehen bleiben sollten, um auf die zwei Betreuer zu warten. Franzi und Niklas vertieften das Gespräch, welches immer mal wieder von einem »Wir sind an einer Kreuzung.« oder »Wann kommt ihr endlich.« durch das Walkie-Talkie unterbrochen wurde.

Wie ein eingespieltes Team traf man sich an den nächsten drei Kreuzungen und nach guten zwei Stunden standen die vier am Waldrand des Naturschutzgebietes ›Stoltenberg‹. Sie waren in der völligen Wildnis unterwegs. Kein Haus war zu sehen, kein Auto zu hören. Nur das permanente Surren der Flugzeuge am Himmel störte die Idylle. Darüber konnte sich Franzi besonders gut aufregen!

Kapitel 05 Die Waldfee

»Dort unten werden wir unser Lager aufbauen«, erklärte Franzi. »Wir sind hier in einem richtigen Urwald.«

»Cool! Gibt es hier auch Dinosaurier?«, feuerte Peter dazwischen.

Franzi lächelte. »Nein, die sind doch schon lange ausgestorben. Aber hier gibt es noch Moore, genauer gesagt Hochmoore. Die sind aus der letzten Eiszeit. Da haben hier noch Mammuts gelebt.«

»Was sind denn Mammuts?«, wollte Peter wissen.

»Das sind große Tiere. Die sehen so ähnlich aus wie Elefanten, haben aber ein dickes, langhaariges Fell und lange Stoßzähne.« Franzi zog sich die Ohren lang. »Aber die haben nicht so große Ohren wie die Elefanten. Seit einigen Jahren leben hier auch wieder Mufflons.«

»Was sind das für Tiere?«, wollte Niklas wissen.

»Das sind auch uralte Herdentiere, also praktisch die Mammuts der Schafe. Vielleicht sehen wir die ja mal in der Dämmerung. Seht, da unten bauen wir unsere Zelte auf.«

Die Jungs rasten los.

»Stopp! Stopp!«, kreischte die Erzieherin. »Die Wiese ist auch Urwald, also Naturschutzgebiet. Da wachsen seltene Gräser und Wildkräuter. Wir müssen da vorn lang. Durch die lange Schneise durch den Wald. Die geht an der Wiese entlang. Da unten ist eine kleine Holzhütte mit weißen Fenstern. Da treffen wir uns. Da sind zwei

Holz-Terrassen zwischen den Stützen für den Skilift. Da bauen wir unsere Zelte drauf.«

Kaum hatte Franzi ausgesprochen, da rannten die Jungs schon schnurgeradeaus den Hang hinunter. Die Waldschneise war einige hundert Meter lang. Durch das meterhohe Gras war ein Pfad gemäht worden.

»Hier läuft man ja wie auf einem Teppich«, staunte Niklas.

»Das ist mein absoluter Lieblingsplatz. Hier bin ich fast jede Woche«, freute sich Franzi, die natürlich barfuß über den weichen Naturteppich aus Gräsern und Moosen schritt. »Hier sind mehrere Zelt-Terrassen. Das ist ein echter Geheimtipp. Von solchen Plätzen müsste es viel mehr geben. Den Betriebsleiter des Skiliftes kenne ich. Der hat auch eine Erzieher-Ausbildung. Er hat dieses Zelt-Projekt entwickelt.«

»Ich dachte, man kann überall im Wald zelten.«

»Nein! Das ist strengstens verboten. Schon gar nicht in einem Naturschutzgebiet!«

»Aber du hast doch gesagt, dass wir hier in einem Naturschutzgebiet sind.«

»Ja, rechts von dir ist das Naturschutzgebiet, der Urwald. Links von uns ist eine ganz normale Wiese, die landwirtschaftlich genutzt wird. Wobei das auch noch Landschaftsschutzgebiet ist. Also, die Wiese darf nur extensiv genutzt werden. Es darf kein Kunstdünger oder Gülle darübergestreut werden. Sie muss zweimal im Jahr gemäht werden. Im Winter kannst du hier supergeil Snowboard oder Ski fahren.«

»Wow! Du kennst dich ja richtig aus.«

Die Jungs waren schon durch die Bäume zu hören. Sie kämpften mit ihren Schwertern aus Ästen. Die beiden Betreuer blieben stehen und bestaunten Schmetterlinge und Bienen.

Anschließend gingen sie zur flachsten Stelle der Bergwiese. Niklas hielt die Hände an den Rucksackgurten und schaute den Hang hinauf zum Blütenmeer. »Wow! Hier ist es sowas von schön! Woher kennst du so schöne Stellen zum Zelten?« Dann schnallte er das Gepäck ab und setzte es auf den Boden.

Franzi sprang Niklas von hinten an und klammerte sich an seine Schulter. »Früh aufstehen und auf, auf in die Natur, Kollege! Dann findest du solche Schätze«

Niklas lachte. »Franzi!«

Die Jungs schauten.

»Na los, komm, lauf! Beweg dich!«

Dem jungen Mann gefiel es, dass die flippige, hübsche Erzieherin an seinem Rücken krallte. Ihre zierliche, sportliche Figur ließ sich gut tragen.

»Komm! Wir sind das Waldmonster und müssen die Eindringlinge dort auffressen!«

Schon ergriffen die Jungs die Flucht.

Das Monster mit der wilden roten Mähne trabte hinterher. »UAAAR, UAAAR! Wir kriegen euch alle!«

»Kriegt ihr gar nicht!«

»Kriegt ihr gar nicht, ihr lahmen Enten!«

Alex war in den Wald geflüchtet. Peter rannte einen großen Halbkreis über die gemähte Wiese. Das Erzieher-Monster hinterher.

Peter blieb stehen und schrie: »Attacke! Wir greifen das Monster an!«, und rannte auf die Verfolger zu.

Alex sprang wie ein Luchs aus dem Dickicht und kam von der anderen Seite. Nach wenigen Sekunden krallte sich jeder der Jungs ein Bein von Franzi und brachte das Monster zu Fall.

»Dumm sind sie nicht!«, amüsierte sich Niklas, worauf er sich nach hinten auf die Wiese fallen ließ.

»Kein Kind ist dumm!«, gab Franzi sofort als Antwort.

»Dürfen wir hier auch Feuer machen?«, fragte Peter.

»Nein, auf keinen Fall! Im Wald darf man kein Feuer machen. Aber wir haben einen Gaskocher dabei. Darauf kochen wir uns heute Abend eine leckere Suppe. Und dann wandeln wir den Kocher um in eine Gaslampe. Die gibt schönes Licht. Werdet ihr heute Abend sehen.«

Franzi holte aus ihrem Rucksack eine Decke, eine Kekspackung und für jeden eine Flasche Apfelschorle. Sie breitete die Decke aus, und alle setzten sich drauf. Gemütlich trank man ein wenig und freute sich auf das kleine Zeltlager.

Das Aufbauen der Zelte ging wie von allein. Alle waren geübt. Niklas, aber auch die beiden Jungs hatten diese im

Nu aufgeschlagen, Franzi sowieso. Sie schwärmte für das Leben im Wald. Von klein auf war sie es gewohnt, in der Natur zu schlafen. Ihre Eltern und auch ihre Schwester hatten mit ihr oft ähnliche Aktionen erlebt und genossen. Franzi kramte wieder in ihrem Profi-Rucksack und holte eine Thermoskanne hervor.

»Niklas, möchtest du auch Kaffee?«

»Ja, gern! Du bist ja perfekt ausgerüstet.«

Es wurde ruhig.

Franzi ließ sich nach hinten fallen. »Ist das nicht herrlich? Diese Ruhe! Diese absolute Ruhe! Endlich ist mal kein fucking Flugzeug zu hören.«

»Fliegst du nicht?«

»Doch, ab und zu, vielleicht alle fünf Jahre mal. Ich war schon auf Sizilien und in Kanada und natürlich auf Ibiza.« Die flippige Erzieherin zwinkerte den jungen Mann an.

Dieser wurde rot und schaute verlegen in die Baumkronen.

»Ich bin nicht gegen das Fliegen. Aber für fünfundsechzig Euro nach Paris zum Kaffeetrinken zu fliegen, finde ich echt bescheuert. Hier kannst du Kaffee zum Nulltarif trinken. Hier ist es so schön ruhig.«

Eine Weile war es still. Die Bienen summten um die blühenden Lupinen am Waldrand herum. Auf einer Tannenspitze pfiff eine Amsel ein kleines Sommerlied.

»Sollen wir nicht mal bei den Jungs schauen?«, fragte Niklas. Die beiden befanden sich direkt nebenan, hinter ihrem Zelt.

»Ach, lass die mal. Die werden schon nichts anstellen.«

»Wir sollen die keine Minute aus den Augen lassen.«

»Sagt wer?«

»Das steht in den Berichten. Die sind beide Intensivkinder. Die haben eine tiefgreifende Entwicklungsstörung. Über Alex gibt es drei Diagnostiken, die klar …«

Franzi fauchte dazwischen: »Kein Kind ist einfach so krank! Die werden krank gemacht! Entweder haben die Eltern einen Schaden, die Großeltern oder die Ärzte.«

»Mmh …«

»Nix, mmh!«

»Ja, also …«

»In meiner Erzieherausbildung hat man uns auf fachliche Weise sehr klar gemacht: ›Die Verhaltensauffälligkeiten der Kinder spiegeln deren Defizite wider.‹«

Die anhaltende Ruhe wurde verdächtig. War da was im Busch? Franzi ließ sie noch eine Weile allein, dann hielt sie es vor Neugierde nicht mehr aus. Sie stellte den halb leer getrunkenen Becher auf die Decke, schritt auf leisen Sohlen am Zelt entlang und lugte um die Ecke.

Die beiden Kinder hatten eine kleine Grube vor dem Zelt ausgehoben. Daneben stand eine Margarinen-Dose, die Sorte, die sie immer in der Gruppe verwendeten. Franzi sagte nichts. Sie stellte keine blöden Fragen. Stattdessen setzte sie sich ein paar Meter weiter weg und schaute den beiden Kindern zu. Sie waren in ihre Arbeit vertieft, bemerkten die Erzieherin nicht.

»Das Loch müssen wir noch etwas tiefer machen«, sagte Peter, »damit keine anderen Tiere den kleinen Vogel wieder ausgraben können.«

Beide buddelten in dem Loch, mit Stöcken, mit Steinen.

Peter schaute einmal kurz hoch und sah Franzi am Waldrand sitzen. Von allein begann er, ihr zu erklären, was sie da taten, ohne sie erneut anzuschauen: »Wir haben den Vogel eben gefunden, unterwegs. Er lag am Wegrand. Vielleicht ist er aus dem Nest gefallen und die Mama hat ihn vergessen. Ich habe immer eine Dose dabei, wo ich Tiere reintun kann. Tiere sind lieb und man muss sie beerdigen. Das hat mein Opa immer gesagt. Gute Lebewesen muss man beerdigen, so wie meine Oma. Die haben wir auch beerdigt …«

Die Erzieherin ließ ihn ausreden, ließ ihm genügend Zeit, sein Vorhaben in Worte zu fassen. Für sie war dieses Kind nicht krank. Sie studierte es. Sie wollte seine Gefühle, seine Gedanken verstehen. Keiner kannte diesen Jungen besser als Franzi. Gerade weil sie nicht fragte, weil sie nicht ermahnte. Sie sagte nicht: »Wie kannst du ein totes Tier aufheben? Die übertragen ganz schlimme Krankheiten auf den Menschen.« Nein, sie ließ dieses Kind machen und beobachtete es einfach weiter. Sie hatte es bereits ein, zwei

Mal gesehen. Er fasste die Tiere nicht an. Er hatte eine Dose dabei und schaffte es, diese, ganz ohne sie zu berühren, in die Box zu bekommen. So dürfte es wohl auch bei diesem kleinen Vogel gewesen sein.

»Soll ich mal schauen, ob ich eine schöne Blume finde – für das Grab?«

»O ja, mach das!«, rief Peter begeistert.

Die Erzieherin stand auf und begann, auf der Wiese nach einem Blümchen zu suchen.

Praktikant Niklas kam zu ihr. »Was suchst du?«

»Ich suche eine Blume für das Grab von einem Vogel.«

»Welcher Vogel? Welches Grab?«

»Peter hat einen Vogel gefunden. Der ist gestorben. Ein kleines Vögelchen. Er hat es in eine Margarinendose getan und möchte es beerdigen.«

»Findest du das nicht etwas seltsam, was dieser Junge immer macht?«

»Na ja, nicht unbedingt seltsam. Ich lasse ihn machen. Er wird seine Gründe haben. Er hat schon viele Tiere beerdigt.«

»Ja, das ist doch ein typisches Zeichen dafür, dass er unnormal ist oder dass er ADHS hat. Vielleicht ist der ja sogar ein Autist.«

»Niklas, kennst du nicht die goldene Regel unserer Einrichtung? ›Wir gehen erstmal davon aus, dass ein Kind gesund ist.‹ Merk dir diesen Satz. Klar kann er Autist sein oder auch ADHS haben. Wir haben alle diese Krankheiten in uns. Uns wurde in der Erzieherschule eingebläut: ›Gehen Sie erstmal davon aus, dass ein Kind gesund ist.‹«

»Der Ansatz scheint ja echt tief in dir verankert zu sein.«

Sie beugte sich zu dem jungen Mann rüber, bis sich fast deren Nasenspitzen berührten. Dann schaute sie ihm tief in die Augen. »Aber sowas von!«

Niklas wurde verlegen und lief leicht rot an.

»Ich bin jetzt zehn Jahre aus der Schule. Es kann doch nicht sein, dass sich in den letzten zehn Jahren so viel verändert hat! Wir haben ja nur noch kranke Kinder. Ist es eine Krankheit, wenn ein Kind Tiere beerdigt?«

»Ich finde schon«, kam es leise aus ihm heraus.

»Hallo! Nein, ist es nicht. Okay, er beerdigt jedes Tier, das ihm vor die Füße kommt. Das ist schon auffällig.«

»Siehst du.«

»Eine Auffälligkeit, keine Krankheit! Es wird einen psychologischen Hintergrund haben. Vielleicht hat er den Tod seiner Oma nicht verkraftet oder die Trennung der Eltern. Hast du mal die Akte gelesen?«

»Nein, das dürfen wir im Praktikum nicht.«

»Ich werde es beweisen: Es wird einen Grund haben, warum dieses Kind sich mit dem Tod, mit Beerdigungen beschäftigt. Ich werde es herausbekommen. Wenn wir die Ursache beheben, werden wir auch die Reaktion beheben. Somit wäre die Krankheit wieder weg. Ist dieser Ansatz nicht besser, als eine Krankheit zu unterstützen und am besten noch mit Medikamenten oder Therapien den kranken Ansatz bei Laune zu halten?«

»Puh, Franzi, deine Ansichten sind ja schon krass. Aber wenn ich so überlege … Wenn ich dich hier so sehe, wie du mit dem Kind umgehst, könntest du recht haben.«

Franzi schritt eilig ein paar Schritte auf eine orange blühende Pflanze zu. »Oh, schau mal, da ist echter Hahnenfuß. Das ist doch eine schöne Pflanze für das Grab.«

»Wie? Mit Wildpflanzen kennst du dich auch aus?«

»Na klar. Wer mit Kindern und mit Erziehung zu tun hat, der muss sich auch mit der Natur auskennen. Das sind für mich zwei Dinge, die unbedingt zusammengehören, Natur und Kind.«

»Aber eine Hexe bist du nicht, oder?«

Franzi blickte streng zu Niklas rüber. »Vorsicht, Kleiner!« Die schrille Erzieherin, der man einen grünen Daumen niemals zutrauen würde, pflanzte die Wildstaude auf den kleinen Grabhügel.

Die anderen schauten zu.

Peter freute sich. »Danke, Franzi, dass du immer schön hilfst. Ich helfe meinem Opa auch immer, wenn wir Blumen auf das Grab meiner Oma pflanzen. Der freut sich dann auch immer. Meine Oma war ganz lieb. Ich hatte sie sehr gerne. Und meine Mama auch. Aber am allerliebsten hatte Oma meinen Papa.«

»Aber dein Papa, der hatte doch eine eigene Mama. Ich habe auch Omas, eine liebe und eine böse«, fügte Alex schnell dazu.

Die beiden Erzieher schauten sich an.

Nach der Beerdigung tobten die vier auf der Wiese und im Wald herum. Franzi war nicht kleinzukriegen. Niklas musste sich ab und an mal ins Gras setzen. Das Thema Tod war verschwunden. Wie eine kleine Familie genoss man einen unbeschwerten Tag in der Natur.

Beim Fackellicht war der Tod dann wieder zugegen. Im dunklen Wald fing Peter zu erzählen an: »Der Papa hatte die Mama von der Mama viel lieber wie seine eigene Mama.« Peter ging neben Franzi her, die eine Fackel in der linken Hand trug.

Dahinter liefen Niklas und Alex. Niklas hatte ebenfalls eine Fackel in der Hand. Franzi stand auf Feuer und Flamme statt auf Taschen- und Handylampe. Sie war sehr vorsichtig. Der Waldboden war noch feucht. Es hatte zuvor mehrere Tage geregnet. Die Kinder durften keine Fackel haben. Dafür waren sie noch zu jung.

Franzi ging auf Peters Thema ein: »Ja, manchmal ist das so, dass man halt auch andere Menschen noch lieber hat als seine Mama.«

»Mein Papa will jetzt selber Mama werden.«

Niklas blieb stehen. Franzi ging ohne eine Reaktion weiter neben dem Kind her.

»Und deswegen ist meine Mama so traurig«, führte Peter weiter aus.«

»Und wie möchte das dein Papa machen?«, fragte Franzi.

»Seit die Mama-Oma tot ist, redet Papa-Oma wieder mit Papa. Papa-Oma hat ganz viel Geld. Und mit dem Geld will sie aus Papa eine Mama machen. Und seitdem sitzt Mama nur noch im Haus und weint, weil sie ja dann keinen Mann mehr hat.« Es sprudelte aus ihm heraus. Noch nie hatte er so viel von zu Hause erzählt wie an diesem Abend, wie in dieser Nacht. War es diese besondere Stimmung, welche ihn so redselig machte? War es der Wald? Die Natur? War es Franzis ruhige Art? Nach einiger Zeit waren die Fackeln abgebrannt. Franzi tauchte die Holzgriffe in eine Pfütze auf dem Weg, in der sich für einen Moment der helle Mondschein reflektierte. Peter erzählte und erzählte. Sie gingen ohne eine eigene Lichtquelle weiter.

»… ist es dann auch dunkel, wenn man tot ist?«, fragte Peter interessiert. »Ich weiß es nicht. Ich weiß nur, wie es hier auf der Erde ist. Warte mal ein bisschen. Gleich haben sich unsere Augen an die Dunkelheit gewöhnt und wir sehen alles, auch wenn der Mond nicht scheinen würde.«

»Aber es sieht dann alles so anders aus«, fügte sich der kleine Alex wieder in das Gespräch ein.

Immer wieder lugte der Mond durch die Wolken oder Nebelschwaden, die zügig an ihnen vorbeizogen. Die Nachtwanderer kamen an der ersten Lichtung an und blieben stehen.

»Seid mal ganz leise!«

Keiner regte sich. Es herrschte absolute Stille.

»Ist das nicht wunderbar?«, flüsterte Franzi?

Alle standen da und schauten in die stille Nacht. Alle genossen die Ruhe.

Nach einer Zeit sagte Franzi: »Kommt, lasst uns weitergehen. Wir kommen gleich an einer weiteren Lichtung vorbei. Wenn wir ganz leise sind, werden wir dort Rehe oder vielleicht sogar einen Hirsch sehen.«

Die Kinder hüpften begeistert auf und ab.

»Oh, das wird cool«, schwärmte Alex.

»Ja, wir wollen die Tiere sehen«, freute sich Peter.

»Aber dann müssen wir ab jetzt ganz leise sein. Ihr dürft auch nicht mehr hochspringen. Das hören die Tiere.«

Die Wandergruppe folgte einem Trampelpfad, der nicht immer in der Dunkelheit erkennbar war. Die Wanderführerin schritt voran. Ihre eigene Spur, so bemerkte Franzi, war deutlich zu sehen. Die umgeknickten Halme machten die Abenteuerroute sichtbar.

Franzi blieb stehen und atmete kräftig ein und aus. »Riecht ihr den Duft der frischen Tannenzapfen?«

Alle machten es ihr gleich.

Der Mischwald öffnete sich wieder. Sie blieben stehen.

»Und jetzt ganz leise sein«, sagte Franzi.

Keiner bewegte sich. Es herrschte Stille - absolute Stille. Kein Mucks, nicht das kleinste Geräusch war zu hören. Der Mond lugte hervor. Eine mächtige Wolke verdunkelte erneut den Himmel. Die regennassen Blüten der Wildrosen, welche den Waldrand der weiten Fläche mal in Gruppen, mal solitär säumten, funkelten wie heruntergefallene Sterne.

Das Wandergrüppchen zog weiter in den Urwald. Franzi kannte sich aus. Sie war schon oft mit ihrem Vater dort gewesen. Ein schmaler Pfad schlängelte sich zwischen den Bäumen, die immer lichter wurden. Der Wald öffnete sich.

»Nun gehen wir durch ein großes Moor. Aber ihr braucht keine Angst zu haben.«

Schweigend setzte sich die kleine Gruppe in Bewegung, Franzi mit Peter an der Hand. Dann folgte Niklas mit Alex an der Hand. Manchmal schien der Mond so hell, dass sie den Weg vor sich deutlich erkennen konnten, aber selbst wenn er hinter einer Wolke verschwand, war es eine relativ helle Nacht.

»Es ist ja gar nicht dunkel«, rief Peter.

»Ja, ich kann alles sehen«, bestätigte Alex.

»Und ich habe auch keine Angst mehr«, fügte Peter hinzu. Die kleine Gruppe ging weiter über den schmalen Pfad. Gelegentlich lagen Bretter oder Bohlen über sehr nassen Stellen, die beim Betreten geheimnisvolle Geräusche von sich gaben. Die Kinder griffen fest nach den Händen der Erwachsenen. Sie gelangten immer tiefer in die Moorlandschaft. Der Boden wurde immer feuchter. Man musste aufpassen, dass man nicht vom Weg abkam.

Einfacher wurde es wieder, als die vier einen Steg betraten. Dieser war relativ breit und führte mitten in das Moor hinein. Mal links, mal rechts befanden sich kleine Weiher, in denen sich teilweise das Mondlicht spiegelte oder der runde volle Mond zu sehen war. Weiter hinten kam ein größerer See zum Vorschein, auf dem langsam erste Nebelschwaden entstanden. Mit einer Stufe endete der Holzsteg.

Man lief wieder weiter über den feuchten Waldboden. Es ging leicht bergauf. Die Luft war feucht, alles tief getränkt in Tau.

Plötzlich flatterten Tauben oben aus den hohen Fichten vom Waldesrand. Die beiden kleinen Jungs schrien auf. Auch Niklas war die Sache nicht ganz geheuer.

Franzi musste leicht lachen und sagte: »Hey, hey, Männers, das waren doch nur Tauben, Wildtauben. Die haben wir aus ihrem Schlaf gerissen.«

Ein Stückchen liefen sie weiter, bis sie auf einem Plateau ankamen. Franzi nahm ihren Rucksack ab, breitete eine Decke aus und setzte sich darauf. Peter nahm sofort neben ihr Platz. Die anderen beiden gesellten sich dazu und schauten in die Landschaft. Sie konnten das ganze Moor überblicken – mit den vielen Seen, den Bäumen im Hintergrund, den hohen Gräsern, mit den Strauch- und Baumgruppen, die sich selbst gepflanzt hatten. Aus dem großen See ragte ein morscher Baumstamm, von wo aus eine Eule stumm die Nachtwache übernahm. Die Nebelschwaden formten sich zu einem langen Band und zogen umher. Die Nacht schwieg. Kein einziges Geräusch war zu hören. Wie gebannt schauten die vier in diese Stille. Franzis Augen glitzerten wie die Blüten der wilden Rosen. Sie liebte solche Momente. Sie blickte zu Niklas und sah in seinen Augen, wie sehr auch er über diese Stille, diese unberührte Natur staunte. Sein Handy war plötzlich zur Nebensache geworden. Dabei hatte er auf dem Weg zum Plateau noch regelmäßig in seine Hosentasche gegriffen. Nun saß er einfach nur da, schaute zufrieden in die stille Nacht. Auch die beiden Jungs – Peter hatte sich inzwischen dicht an Franzi gekuschelt – schauten sich dieses schlichte, aber dennoch einzigartige Naturschauspiel an. Ein Moment der Harmonie, keine Fragen, keine Angst. Kein nerviges »Wann gehen wir weiter?«

»So sieht es bestimmt im Himmel aus«, schwärmte Peter vor sich hin. »Die Wegamsel, der Glasvogel und die Hasenkatze könnten hier so schön wohnen.«

»Was ist denn eine Hasenkatze?«, fragte Alex.

»Die habe ich mal im Wald gefunden. Die hat der Fuchs tot gemacht.«

»Es gibt gar keine Hasenkatze!«, gab Alex zurück.

»Doch! Der Fuchs hat dem Hasen die Ohren abgeknabbert und dann sah der aus wie eine Katze.«

»Aber du hast doch Feuer gemacht!«, mischte sich Niklas ein.

»Ja! Ich habe doch die Weißdornzweige verbrannt. Die Katze hatte fast jeden Tag einen Weißdornstachel in der

Pfote. Der blöde Joschka-Opa macht die ja nicht weg, wenn er die Hecke schneidet von seiner Wiese. Die ist ja auf unserer Seite vom Grundstück. Das ist ja die Schlechte. Da soll es nicht ordentlich aussehen. Und dann habe ich das Abgeschnittene bei uns im Hof angesteckt, damit der Blödmann das nicht sieht. Die Katze hat mir dabei zugeschaut. Ich glaube, die hat sich gefreut.«

Zufrieden und überglücklich schaute Franzi in die Ferne.

Am Sonntagnachmittag kam die kleine Wandergruppe wieder zurück. Kaum stand der Bulli auf seinem Stammplatz, rasten Peter und Alex in den Park zum Klapsenkroko.

»Und eure Rucksäcke?«, rief Franzi ihnen nach.

Die Station hundertzwölf hatte das Kroko schon seit dem Ende der Zimmerzeit unter Kontrolle. Aber wenn die drei stärksten Jungs fehlten, konnte das Holzkroko nur gemütlich hin und her schwingen. Man konnte meinen, dass es bei den milden Schwüngen freundlicher lächelte – mit seinen weiß bepinselten, spitzen Zähnen, von denen ihm mit den Jahren ein paar abhandengekommen waren.

»Wo ist denn Noel?«, fragte Peter beim Aufsteigen auf das Schaukeltier.

»Der ist seit Freitag nicht mehr bei uns«, sagte Lina.

»Och Mann, warum?«, wimmerte Alex.

»Der war auf einmal nicht mehr da.«

»Ich bin froh, dass die Nervensäge weg ist!«, ergänzte einer der anderen Jungs.

»Ich fand den ganz süß«, schwärmte Lina.

Peter stieg auf das Kroko. Er stellte sich auf den Krokokopf. Alex nahm seinen Platz am Ende des Holzstammes ein. Die Jungs schaukelten sich hoch. Schnell war die Höchstmarke erreicht. Peter und Alex sprangen abwechselnd hoch und trieben das Tier zur Höchstleistung. Die Gruppe musste sich neu strukturieren. Wie anpassungsfähig Kinder doch waren. Schnell begannen die Ketten, zu rasseln. Das wilde Tier platschte nach unten. Die Ketten klapperten und klimperten. Die eisernen Stützen vibrierten.

Alex stieg wieder ab und rannte zum Bulli zurück.

»Alex, nimmst du bitte auch einen Rucksack mit in die Gruppe?«

»Ja, das mache ich. Franzi, wo ist denn der Noel hin?«

»Der ist in einer Inobhutnahmegruppe.«

»Was ist eine Inobhutnahmegruppe?«

»Das ist eine Schutzgruppe für Kinder.«

»Und warum kommt man da rein?«

»Wenn man Schutz braucht oder wenn das Jugendamt noch nicht weiß, wo man dich unterbringen wird.«

»Und wie kommt man da rein?«

»Du musst dich in Obhut nehmen lassen. Wenn du Angst hast oder bedroht wirst, meldest du dich bei deinem Jugendamt oder bei der Polizei und fragst: ›Können Sie mich bitte in Obhut nehmen?‹«

»Aber die Polizei hat doch nur Gefängnisse.«

»Ja, das hat sie. Aber da kommen doch keine Kinder rein, die beschützt werden müssen. Kinder, die Schutz brauchen, egal vor was, bringt eine Polizei in eine Inobhutnahmegruppe.

Kapitel 06 Inobhutnahme

Noel war vier Wochen in der Kinder-Psychiatrie gewesen. Die Tabletten wurden umgestellt. Nun wurde er wieder in die Inobhutnahmegruppe nach Alsberg entlassen, weil man immer noch keine geeignete Gruppe für den Jungen gefunden hatte.

Das Team der Inobhutnahme freute sich, Noel das dritte Mal wieder aufzunehmen, war aber nach nur drei Tagen mehr als schockiert: Noel bekam ein Aufputschmittel für Erwachsene. Damit er die Dröhnung aushielt, wurde ihm ein Schlafmittel für Erwachsene verschrieben. Die Dosierung musste morgens verabreicht werden und sollte vierundzwanzig Stunden wirken. An einem Donnerstagmorgen ging er zur Theodor-Heuss-Schule, einer Förderschule für Lernbehinderte. Das Aufstehen verlief wie gewohnt: Noel stand allein auf, kam etwas müde im Schlafanzug in die Küche. Er machte sich ohne zu fragen eine Tasse Kakao und aß wie immer zwei Brote mit etwas zu dick geschnittener Fleischwurst. Wenn die Betreuer nicht in der Küche waren, schnitt er sich noch einige Stücke für den direkten Verzehr ab. Zum Ende des Frühstückes wurden ihm die Medis auf den Tisch gelegt, die er mal mehr, mal weniger freiwillig einnahm.

An diesem Morgen weigerte er sich zunächst: »Ich will diese Scheißdinger nicht nehmen! Die vertrage ich nicht.«

»Noel, nimm sie einfach. Die hast du jetzt vier Wochen genommen.«

»Aber die wirken gar nicht und davon bekomme ich Bauchschmerzen. Außerdem sahen die in Übermaßberg anders aus. Ich nehm die nicht. Ich nehm die nicht!«

»Du möchtest doch wieder auf den Alsberg«, sagte Betreuerin Lydia Scheiwemann zu ihm.

»Das schaffe ich sowieso nicht.«

»Doch, das hast du doch immer geschafft.«

»Aber der liebe Herr Mister ist ja gar nicht da.«

»Der kommt am Sonntagmittag.«

»Und dann schläft der hier? Und wer schläft morgen hier?«

»Ja, der hat Nachtdienst. Morgen ist Frau Niesgrauer hier.«

»Frau Niesgrauer mag ich auch. Ich will unbedingt auf den Alsberg. Und wenn ich dann lieb bin, fahren wir mit dem ICE nach Kassel. Und dann nach Köln.«

»Aber erstmal musst du deine Tabletten nehmen. Und für Kassel musst du dich vier Wochen benehmen.«

»Das schaffe ich. Das schaffe ich auf jeden Fall.«

»Dann nimm sie doch einfach.«

»Das schaffe ich. Und dann fahre ich mit dem lieben Herrn Mister nach Kassel-Wilhelmshöhe und Frau Niesgrauer bezahlt.«

Die geduldige, freundliche Betreuerin lachte herzlich. »Na klar! Und warum muss die alles bezahlen?«

»Die liebe Frau Niesgrauer hat ganz viel Geld. Und dann fahren wir mit dem Zug nach Köln.«

»Und wer muss das bezahlen?«

Noel gab keine Antwort. Er schwärmte vor sich hin. Er führte auf, von welchem Gleis man am Bahnhof Alsberg abfahren musste. Während seiner Schwärmerei nahm er die Tabletten zu sich und ging hoch zum Zähneputzen.

Nach einer Viertelstunde gingen die beiden zum Bus. Die Schülerinnen und die Schüler der Theodor-Heuss-Schule wurden mit einem Kleinbus befördert, in dem eine zusätzliche Begleitperson saß.

Nur siebzig Meter vor der Haltestelle drehte Noel um. »Ich steig nicht in den blöden Bus. Ich will nach Übermaßberg.«

»Ach, Noel, nun mach doch nicht wieder so ein Drama, steig einfach ein und gut ist.«

»Nein! Niemals!« Verkrampft und mit aggressiver Grimasse blieb er auf dem Weg stehen. »Ich gehe nicht mehr in diese Behindertenschule!«, schrie er über das Gelände.

»Noel, denk einfach an deinen Alsberg und steig ein.«

»Dieser scheiß Alsberg! Da will ich nie mehr drauf! Und der Bus soll einfach von der Brücke runterfallen. Dann sind die wenigstens alle tot.«

»Noel! Was ist denn los mit dir? Die Kinder haben dir doch gar nichts getan. Sonst fährst du doch so gern mit dem Bus.«

»Scheiß Bus! Ich will nach Übermaßberg!«

»Sonst sagtest du immer, dass du da nie mehr hin möchtest, dass du immer nach Hause wolltest.«

»Ich will nicht nach Hause. Ich will nach Übermaßberg!«

»Ach, Noel, nun komm doch einfach.«

»Übermaßberg!«, schrie der verzweifelte Junge laut, schaute seinem Schall nach, blickte zu seinem Berg, seinem Alsberg.

Nur das thronende Kreuz erstrahlte in der Morgensonne. Noel staunte. Er lächelte. All seine Wut war verflogen. Wie ferngesteuert machte er eine Neunzig-Grad-Wende und lief auf den Bus zu. Der Busfahrer hatte die Scheibe heruntergelassen und unterhielt sich mit Frau Scheiwemann. Noel ging wortlos an ihr vorbei und stieg in den Bus.

»Ach? Auf einmal geht es? Viel Spaß in der Schule, Noel.«

Der Junge mit den strubbeligen Haaren saß auf seinem Platz und schaute vor sich hin.

Um halb zwölf rief die Theodor-Heuss-Schule an. »… Noel hat mit Stühlen auf die anderen Schüler geworfen und ist auch handgreiflich gegenüber den Lehrern geworden. Wir waren kurz davor, den Rettungswagen anzurufen. Haben Sie die Möglichkeit, Noel hier abzuholen? Wir geben ihm Morgen noch einmal eine Chance. Wenn im Ansatz zu erkennen ist, dass er wieder so ein Verhalten an den Tag legt, setzen wir die Beschulung bis auf Weiteres aus.«

»Wir haben gerade mit der Übergabe begonnen. Ist das in Ordnung für Sie, wenn wir das eben klären und Sie wieder zurückrufen?«

»Das können Sie gern machen.«

Frau Scheiwemann legte auf. »Also, ich weiß nicht, was mit diesem Jungen los ist. Den erkennst du nicht mehr wieder.«

»Mit welchem Jungen?«, fragte Anna Katharina Niesgrauer, die gerade ihre Handtasche abstellte und sich an den Besprechungstisch setzte.

»Na, unser Noel.«

»Ach! Noelchen ist auch wieder da? Und wann muss unser lieber Herr Mister wieder auf den Alsberg?«

Die beiden erfahrenen Sozialpädagoginnen lachten.

»Ich denke, nie mehr. Der ist seit gestern hier und hat heute Morgen die halbe Schule auseinandergenommen.«

»Was? Das darf doch nicht wahr sein!«

»Die Schule fragt, ob wir den abholen.«

»Das ist zwar nicht unsere Aufgabe, aber ausnahmsweise würde ich das machen.«

Noel wurde von der Schule abgeholt. Frau Niesgrauer musste mit Engelszungen auf ihn einreden, damit er in das Fahrzeug einstieg. Der Junge war nicht mehr pädagogisch erreichbar. Die Inobhutnahmegruppe befand sich auf dem Hauptgelände der Jugendhilfeeinrichtung, die aus einem Verwaltungsgebäude und neun Häusern bestand. Die Häuser waren im Halbkreis hinter dem langen Verwaltungsgebäude gebaut. Inmitten des weitläufigen Halbkreises gab es einen Abenteuerspielplatz, auf dem sich die kleinen, aber auch die großen Kinder austoben konnten.

Inmitten dieser Spiellandschaft war ein Sandkasten. Hier hielt sie Noel am liebsten auf. Oft saß er dort im Sand und schaute hoch zu seinem Alsberg, der hinter den Wohngruppen herausragte. Noel baute gern Burgen oder Kugelbahnen. Doch an diesem Tag meinte Noel, ein Hund zu sein. Kaum war er ausgestiegen, rannte er zum Sandkasten, drehte sich im Kreis und paddelte kraftvoll den Sand mit seinen Beinen nach hinten. Dadurch traf er alle Kinder im Umkreis von zehn Metern.

Frau Niesgrauer beobachtete sein asoziales Verhalten aus der Ferne. In der Gruppe riss er die Gardine im Esszimmer ab und zerschmetterte die Tonkugeln aus dem Regal im Wohnzimmer. Dieser Junge war nicht mehr wiederzuerkennen, wusste nicht wohin mit seinen Kräften, hatte eine blinde Zerstörungswut.

Die Sozialpädagogin rief in der Kinder-Psychiatrie Übermaßberg an. »Guten Tag, hier spricht Frau Niesgrauer von der Jugendhilfe Alsberg. Ich müsste dringend Frau Doktor Ämtchen sprechen.«

»Die ist in der Tagesklinik Hennstätt.«

»Wir haben hier einen Notfall. Der Noel Knil rastet hier total aus.«

»Ich verbinde Sie mit dem Stationsarztzimmer.«

Schließlich meldete sich ein Mann, dessen Namen Frau Niesgrauer nicht verstanden hatte.

»Guten Tag, es geht um Noel Knil. Der Junge steht total neben sich. Wir erkennen den nicht mehr wieder. Der kam gestern wieder zu uns. Der war zuvor schon zweimal hier. Bisher konnten wir ihn immer lenken und positiv beeinflussen. Könnten Sie mal die Tabletteneinstellung prüfen? Vielleicht sind die ja falsch eingestellt oder er muss andere nehmen.«

Der Herr am anderen Ende des Hörers fing an, laut zu lachen. »Tabletten!« Er lachte erneut. *»Tabletten sinde wie eine kleine Elektrozaun, welche kleine Kinder saggen, was sie durfen und wase nichte durfen.«*

»Noel ist zwölf Jahre alt. Der ist doch kein kleines Kind mehr.«

»Das iste ganze egale, welche Alter. Seinen sie versichert: Tabletten sinde harmelos, könne nicht viel anrichten an Schaden.«

»Na ja, also hier tut Noel aber sehr viel Schaden anrichten, was er vorher nicht gemacht hat. In der Schule war er heute stark fremdgefährdend. Wenn sich der Zustand verstärkt, werden wir den Rettungswagen anrufen und er kommt wieder zu Ihnen.« Frau Niesgrauer legte auf. »Also das ist mir jetzt zu blöd gewesen mit dem! Elektrozaun! So ein Schwachsinn habe ich ja noch nie gehört!«

Am anderen Morgen kam Noel im Schlafanzug runter in die Küche. Es war zehn nach sechs.

Frau Niesgrauer bereitete das Frühstück für die siebzehnjährige Klientin zu, welche um sechs Uhr dreißig mit dem Linienbus zur Sekundarschule fuhr. »Noel, es ist noch keine sieben Uhr. Geh bitte wieder auf dein Zimmer.«

»War ich gestern nicht lieb, Frau Niesgrauer?«

»Nein, Noel, gestern warst du nicht lieb. Geh …«

»Darf ich jetzt nicht mit dem lieben Herr Mister auf den Alsberg?«

»Noel, du gehst jetzt erst mal wieder auf dein Zimmer.«

»Das mache ich, liebste Frau Niesgrauer. Ich bin jetzt immer lieb. Und dann gehe ich auf den Alsberg, mit dem lieben Herrn Mister. Und dann fahren wir Zug.« Noch während er sprach, kehrte er um und ging barfuß im Schlafanzug wieder in sein Zimmer.

Um Punkt sieben stand er wieder im Türrahmen der Küche. »Jetzt darf ich aber frühstücken, liebste Frau Niesgrauer.«

»Guten Morgen Noel, ja, jetzt darfst du frühstücken.«

»Darf ich mir einen Kakao machen?«

»Nein, Noel, Kakao gibt es nur am Wochenende. Das weißt du doch.«

»Ich will aber einen Kakao«, kam es sofort aus ihm herausgeschossen. Noel redete immer sehr schnell, ohne Punkt und Komma. »… Weil, wenn ich keinen Kakao bekomme, dann habe ich schlechte Laune, den ganzen Tag über. Und wenn ich schlechte Laune habe, werde ich aggressiv.«

»Nach dem, was gestern vorgefallen ist, dürftest du eigentlich kein Zuckergetränk bekommen. Aber wir machen mal eine Ausnahme, weil das heute Morgen dann doch noch gut geklappt hat. Aber dann nimmst du auch deine Medis ohne Theater.«

»Die vertrage ich aber nicht.«

»Das musst du mit Frau Ämtchen klären – im nächsten Gespräch.«

»Aber die wirken gar nicht. Davon werde ich gar nicht lieb. Ämtchen-Täntchen hat gesagt, die wirken gut. Aber das stimmt nicht. Ritter Lin lügt.«

»Dann gibt es halt keinen Kakao.«

»Okay, ich nehme die blöden Tabletten. Weil, wenn ich die nicht nehme, bekomme ich keinen Kakao. Und wenn ich keinen Kakao bekomme, bekomme ich schlechte Laune. Und wenn ich die blöden Tabletten nicht nehme, hat die liebe Frau Niesgrauer auch schlechte Laune.«

»Noel! Nimm sie einfach!« Frau Niesgrauer hatte sie während Noels Monolog aus dem Büro geholt und auf die Küchenarbeitsfläche gelegt.

Noel stand dicht neben ihr und klimperte sie mit seinen rehbraunen Augen an. »Und was ist, wenn ich die nicht nehme?«

»Noel!«

»Ja, ich nehme sie ja schon. Weil, sonst wird die liebe Frau Niesgrauer wieder ungehalten.« Und schon waren sie verschlungen.

»Noel, Noel! Du bist eine Marke.«

»Fahren wir jetzt mit dem Zug?«

»Nein, jetzt frühstückst du erstmal und trinkst einen Kakao.«

»Und nächste Woche gehe ich mit dem lieben Herrn Mister auf den Alsberg. Und dann kochen wir wieder einen Tee da oben.«

Zehn Minuten später saß Noel am Tisch und starrte vor sich hin. Anna Katharina Niesgrauer schaffte Ordnung in der Küche. Noel saß einfach nur da.

»Noel, iss. Danach putzt du dir die Zähne und gehst erstmal raus.«

Der Junge antwortete mit einem lang gezogenen »Jajaaa«.

Das Telefon schellte und die Sozialpädagogin ging in das Büro.

Noel stand auf und ging barfuß nach draußen. Mit seinem dunkelblauen Schlafanzug mit bunten Rennautos drauf ging er durch den Park. Die Kinder, die mit ihren Schultaschen aus den anderen Häusern kamen und den Weg zur Bushaltestelle einschlugen, nahmen ihn nicht wahr. Es war ein schöner Sommermorgen. Die Vögel zwitscherten und die Sonne lugte schon über den Alsberg.

Mit kleinen festen Schritten steuerte Noel die Bushaltestelle an, die vor dem Verwaltungsgebäude lag. Leise redete er vor sich hin: »Ich muss zur Schule. Jedes Kind muss in die Schule. Es ist Schulpflicht. Das darf nicht sein, dass ich in der Gruppe bleibe …«

Frau Niesgrauer stand auf der Treppe vor der Inobhutnahme. Sie erspähte den sich entfernenden Klienten. »Noel, komm wieder rein. Du musst dich doch erstmal anziehen«, rief sie ihm freundlich zu.

Noel veränderte weder das Lauftempo noch die Richtung. »Nein! Ich muss zur Schule! Jedes Kind muss zur Schule. Es gibt Schulpflicht!«, rief er einmal etwas lauter.

Was machte man in so einer Situation? Seinen eigenen Sohn würde man vielleicht an der Hand nehmen und ihn wieder zurück ins Haus führen. Manche würden wohl versuchen, ihr Ziel mit Gewalt zu erreichen. Einige würden ihm eine Ohrfeige geben und ihn ermahnen: »Und ab nach Hause!« Aber vielleicht genau deshalb war dieses verhaltensgestörte Kind in der Einrichtung. In einer Jugendhilfeeinrichtung waren Gewalt und Körperkontakt nicht erlaubt. Selbst wenn man nur eine Tür aufdrückte, wie es Franzi Albers getan hatte, lief man Gefahr, seinen Job zu verlieren und lebenslang nicht mehr als Erzieherin arbeiten zu dürfen.

Welches Verhalten war bei dem laufenden, schulpflichtigen Noel das richtige? In einer guten Familie war das freundliche und soziale Vorleben das Geheimnis einer guten Erziehung. Wenn man freundlich und fröhlich zu seiner Frau oder zu seinem Mann und seinen Kindern war, wenn man selbst morgens aufstand und seiner Arbeit nachging, nahm der Nachwuchs latent diese Lebensweise an. Frau Niesgrauer lebte ihren zwei Kindern genau dieses Verhalten vor.

Doch Noel kannte eine andere Art von Vorleben, Vorlieben, von Vorbildern. Seine Mama hatte sich bestimmt Kinder gewünscht und hatte oft in Gesprächen und Telefonaten gesagt, dass sie Noel gern hatte und ihn nicht aufgeben würde. Das Jugendamt hatte ihr ihn einfach weggenommen. Einfach so? Oder war die Wegnahme ein staatlicher Eingriff, eine Reaktion auf die ›falsche‹

Erziehung? Das ›Vorbild Niesgrauer‹ und die ähnlichen anderen sechs Vorbilder in der Inobhutnahmegruppe wirkten auf Noel. Aber für eine tiefgreifende Veränderung war die Zeit in der Schutzstelle zu kurz. Wie konnte man diesem Jungen dann helfen? Schläge, Sanktionen, Vorleben waren ausgeschlossen. Selbst Sprüche wie ›Solange du deine Füße unter unsern Inobhutnahmetisch stellst, machst du das, was wir dir sagen!‹ würden kein Gehör finden, würden keine Erfolge hervorbringen. Was sollte man tun?

Der Junge, der neben sich zu stehen schien, bewegte sich unaufhaltsam Richtung Bushaltestelle für den Individual-Shuttle zur Theodor-Heuss-Schule an der öffentlichen Straße. Eine Gefahr bahnte sich an.

Der Kleinbus fuhr vor. Die acht Schülerinnen und Schüler machten sich bereit, einzusteigen. Die einen freuten sich über dessen Ankunft, die anderen stießen kindliche Flüche aus. Die Schulbegleiterin stieg aus. Die überschaubare Schülerschar verteilte sich auf die Stammplätze. Noels Platz direkt hinter dem Fahrer blieb unbesetzt. Schon oft hatte es zwischen dem Busfahrer, der Begleitperson, dem diensthabenden Inobhutnahme-Personal und Noel Diskussionen darüber gegeben, ob er ein- oder wieder aussteigen sollte.

Der Bus fuhr los auf die öffentliche Straße. Der Busfahrer und die Busbegleitung hatten keine Verantwortung mehr für den herannahenden Jungen im

Schlafanzug, der an der Haltestelle eintraf und dem Bus nur noch hinterherschauen konnte.

Die Gruppenleitung aus Haus A kam aus der Verwaltung.

»Guten Morgen Anna!« Die Kolleginnen und Kollegen sagten nur Anna, ohne Katharina.

»Guten Morgen Nadine!«

»Na, ist es mal wieder so weit?«

»Es wird immer schlimmer mit dem Jungen. Wir wissen uns bald nicht mehr zu helfen.«

Nadine blieb stehen und gab Anna Rückendeckung für unvorhergesehene Handlungen und fungierte zeitgleich als Zeugin für diese. Das war eine ungeschriebene Regel, welche die Kolleginnen und Kollegen an dem Dschungel der Gesetze und Verordnungen vorbei selbst entwickelt hatten: in sich aufbauenden Gefahrensituationen stets zu zweit zu sein. Das ließ sich nicht immer so einfach umsetzen, vor allem dann nicht, wenn man von zweiundzwanzig bis sechs Uhr allein mit maximal zehn Kindern unter einem Dach verweilte.

Noel stand auf dem Randstein des Fahrbahnrandes. Sein blanker dicker Zeh schaute schon über die Kante.

Was also sollte man tun – an Stelle von Frau Niesgrauer? Was würde man denken, wenn man die Szene mit einer erfahrenen Mutter und Sozialpädagogin und dem Klienten Noel Knil am Straßenrand beobachten würde? Für die meisten wäre es ja auf den ersten Blick eine Mutter mit ihrem Sohn.

»Was für ein missratenes Balg!«,

»Armes Deutschland!«,

»Früher hätte es das nicht gegeben!«,

»Klatsch ihm eine!«,

»Muss so etwas auf der Straße sein?« oder

»Der gehört in ein Lager für Schwererziehbare!«

Wäre ein passender Ansatz für einen der Verlierer unserer modernen Gesellschaft dabei gewesen?

Erstaunlicherweise kannte sich die Mehrheit der Jugendhilfe-Kiddies mit der deutschen Gesetzgebung aus. Sie wussten genau, wie weit sie gehen konnten. Sie wussten genau, dass die Betreuerinnen und Betreuer so gut wie gar keine Handhabe gegen ihr aufmüpfiges Verhalten hatten. Ebenso bewusst war den Kleinen, dass ihnen vierundzwanzig Stunden pro Tag Nahrungsmittel zur Verfügung standen, egal ob sie am Abendessen teilnahmen oder nicht. Sie wussten genau, wie viel Taschen- und Bekleidungsgeld sie pro Tag bekamen. Und sie wussten auch, dass man mit ein wenig Betteln zusätzliches Bekleidungsgeld erwirtschaften konnte, mit dem man sich dann erhoffte, ein Paar Markenschuhe zu erwerben, wenn man mit einem großzügigen Betreuer oder einer großzügigen Betreuerin shoppen ging. Pflichtbewusste Pädagoginnen wie Anna Katharina Niesgrauer kauften für die im Durchschnitt bewilligten dreihundert Euro eine Grundausstattung für die bevorstehende Jahreszeit.

Die finanziellen Rahmenbedingungen waren einem Noel Knil nicht bekannt. Aber die rechtlichen Grenzen waren ihm bestens vertraut: Wenn ihm ein unvorsichtiger Verkehrsteilnehmer die Zehen abfahren würde, wäre der Fahrer des Fahrzeuges verantwortlich. Frau Niesgrauer befände sich in einer Grauzone. Zog eine am Verkehr teilnehmende Person eine größere Kurve über den Gehweg, dann hätte die diensthabende Fachkraft ein Problem – ein sehr großes sogar.

Rechtlich gesehen war der Bordstein eine scharfe Grenze. Die zweite Grenze war der Randstein auf der anderen Seite des Gehweges entlang des Grundstückes der Jugendhilfe-Einrichtung. Überschritt ein Kind diese Grenze, war es im öffentlichen Raum. Sobald eine Klientin oder ein Klient einen Fuß über diese Grenze setzte, musste eine Vermisstenanzeige bei der Polizei gestellt werden, wenn eine Eigen- oder Fremdgefährdung drohte. Dadurch wurde man von der Aufsichtspflicht entbunden. Im öffentlichen Raum hatte die Polizei die Verantwortung. Noel hatte beide Grenzen überschritten.

»Noel, jetzt komm einfach wieder zurück in die Gruppe.«

»Nein! Ich gehe nicht! Ich laufe jetzt auf die Straße und dann hast du gar nichts mehr über mich zu bestimmen.« Er kippte schon leicht nach vorne.

»Und was bringt das dann? Dann wirst du angefahren und kommst ins Krankenhaus.«

»Nein, dann bin ich tot. Ich will auch tot sein. Ich fühle mich ja auch schon so wie tot. Ich fühle gar nicht mehr meine Haut. Und wenn man seine Haut nicht mehr spürt, ist man schon ganz lange tot.«

Wie verzweifelt sich das anhörte. Lebensmüde stand der arme Junge im Schlafanzug, aus dem er schon längst herausgewachsen war, an der Grenze zwischen Leben und Tod.

Anna Katharina Niesgrauer tat der Junge leid. Viele Wochen hatte man gemeinsam unter einem Dach gewohnt. Die Teammitglieder der Inobhutnahmegruppe hatten den strohblonden Noel aus Schmallenberg in ihre Herzen geschlossen. Die erfahrene Pädagogin hätte den Jungen zurückgezogen, um ihn vor der Gefahr der Fahrzeuge zu schützen. Das wäre ein Notfall. Aber das war gar nicht das eigentliche Problem!

Der Grenzstein, der sich nur wenige Zentimeter von den Randsteinen der Fahrbahnrinne erhob, war eigentlich schützende Wand gegen jegliche Gefahren. Auf der Burg Kinderheim Alsberg oder Kinderhilfe Alsberg, wie sich die Jugendhilfe mittlerweile nannte, waren alle Kinder und Jugendliche geschützt vor bösen Menschen, vor bösen Leuten und vor bösen Eltern. Hier bekamen sie eine zweite Chance, ein zweites Zuhause, in dem sie unbeschwert einen Teil ihrer ersten achtzehn Jahre genießen konnten. Sobald ein Kind von dem sieben Zentimeter hohen Schutzwall heruntersprang, konnte keine Ritterin oder Ritter der Burg Alsberg sie beschützen.

»Noel, wenn du auf die Straße rennst, muss ich die Polizei informieren und eine Vermisstenanzeige aufgeben. Das weißt du.«

»Nein! Das weiß ich nicht und davon habe ich auch noch nie etwas gehört. Und die blöden Bullen können mich sowieso nicht einfangen. Ich will wieder nach Übermaßberg in die Geschlossene. Da sind schöne neue Zimmer und da bekomme ich endlich die richtigen Tabletten.«

Frau Niesgrauer hatte nur zwei Möglichkeiten: den Jungen ignorieren und wieder zur Gruppe gehen oder sich neben ihn stellen, beruhigend auf ihn einreden und ihn vor lebensbedrohlichen Handlungen bewahren. Sie entschied sich für die zweite Variante.

Noel stand da und schaute geradeaus. Ein leichtes Grinsen kam in sein Gesicht. Er bewegte sich leicht nach vorne, dann wieder nach hinten. Frau Niesgrauer ignorierte sein provokantes Verhalten. Noels Augen wurden gläsern. Er wirkte wie betäubt. Man hätte ihn an die Hand nehmen und endlich aus dem Gefahrenbereich herausziehen können. Doch der Bereich war tiefgrau. Er könnte sich losreißen und auf die Straße rennen. Unter anderem wegen solchen Verhaltensweisen war er in der Inobhutnahme: Vor den Augen seiner Mutter war er einmal ohne Vorwarnung auf die Straße in den fließenden Verkehr gerannt.

Anna Katharina Niesgrauer stand neben ihm. Sie wirkte gelassen und entspannt. Aber wie sah es in ihr aus? In welcher unsichtbaren, psychischen Verfassung war man in so einer speziellen Lebenslage?

»Du möchtest doch auf den Alsberg«, sprach sie mit weicher Stimme zu ihm.

Aus Noels Grinsen wurde ein strahlendes Lächeln. »Och ja! Auf den Alsberg, mit dem lieben Herrn Mister. Aber das schaffe ich nicht mehr. Diese blöden Tabletten wirken nicht mehr.«

»Du schaffst das, Noel. Das hast du doch schon so oft geschafft. Einmal habt ihr euch doch sogar Ravioli auf dem Gaskocher da oben gekocht.«

»O ja! Das war so schön! Ich will auf den Alsberg.«

»Dann komm auch jetzt.«

Der Junge blieb an der Kante stehen. »Auf den Alsberg!« In Zeitlupe drehte er sich wie ein Roboter auf der Stelle um fünfundsiebzig Grad und steuerte in kleinen Schritten auf seinen heiligen Alsberg zu, der über das Verwaltungsgebäude ragte und, seitlich von der Morgensonne getroffen, in einem angenehmen Licht erstrahlte. Der Roboter, Noel K. null zwei, steuerte schnurstracks auf sein Ziel zu, kam aber vor der Bruchsteinmauer zum Stehen und trampelte auf der Stelle. »Alsberg, Alsberg, Alsberg«, rief er in Robotersprache.

»So, Noel, ich geh jetzt in die Gruppe. Und du kommst auch. Dann kannst du zu Ende frühstücken. Die Pädagogin ging Richtung Gruppe.

Der Roboter mit seinen weichen, stahlfreien Füßen kratzte mit seinen Fußnägeln an einem dicken Grauwackestein und kam nicht mehr von der Stelle.

Eine halbe Stunde später stand Noel in der Bürotür, gekleidet in seine Lieblingsjeans, sein Lieblingsshirt und seine ausgelatschten Lieblingsschuhe: »Darf ich draußen Fußball spielen?«
Mit Geschick, Feingefühl und einer großen Portion Glück war es Frau Niesgrauer gelungen, die Situation zu entschärfen. Nur ein halber Schritt nach vorne von der schwindelerregenden hohen Klippe des Bordsteines und Noel wäre womöglich tot und die Begleiterin im Gefängnis. Eine alltägliche Situation in der Jugendhilfe, Tendenz der Eskalation steigend!

»Ja, darfst du, Noel.«

Die Lage hatte sich wieder normalisiert. Wie lange würde sie anhalten? Eine Woche, so wie letztes Jahr? Einen Tag, wie vor drei Monaten?

Sie hielt keine drei Stunden mehr an. Um kurz nach zehn kam Noel wieder in die Gruppe. Frau Niesgrauer schrieb gerade die letzten Sätze der Tagesdokumentation im Büro. Die Türen knallten im Haus. Feste Tritte waren zu hören, auf dem Boden, an den Türblättern.

»Ich will nach Übermaßberg!« Die Küchentür wurde mit voller Wucht zugeschlagen. Seine Augen waren nicht mehr gläsern. Mit tiefem starrem Blick und angespannten Muskeln marschierte der aufgebrachte Junge durch das Haus. Eine halbvolle Wasserflasche aus Plastik flog gegen die Wand, titschte auf den Boden und wurde mit einem festen Tritt gegen die Vorratstür geknallt. »Ich will nach Übermaßberg! Ich bringe mich um!«

Anna Katharina Niesgrauer sprang auf und rannte in den Flur. »Es reicht jetzt aber hier!« Sie schloss die Tür zur Küche ab.

Noel stand am Regal im Flur, nahm eine Keramik-Dekokugel heraus und schaute der Pädagogin tief in die Augen.

»Das machst du jetzt nicht!«

»Das mache ich doch!« Er streckte die Arme nach oben und rammte die Kugel mit voller Wucht auf den Boden. Dann nahm er eine größere Kugel und donnerte auch diese auf den Boden. Die Scherben wurden zu gefährlichen Schmettergeschossen. Hastig fletschte er die Bücher aus einem Fach, riss die Lampe vom Kabel ab und warf sie hinter der Pädagogin her, die ins Büro flüchtete. Er riss das Regal von der Wand und pflückte es mit einer unbeherrschbaren Kraft auseinander. Die Bretter und Platten flogen durch den Flur, knallten irgendwo dagegen und schepperten zu Boden. Eine Plattenspitze knipste eine der Lampen an der Decke aus.

Der wütende Junge hatte sich nicht mehr unter Kontrolle. Er nahm Anlauf und sprang vor die Tür des Büros. »Mach die Tür auf!«, schrie er mit rauer Stimme. Mit einem Regalboden schlug er auf die Tür ein. »Mach die Tür auf! Ich brauche mehr von dem Zeug! Ich brauche eine ganze Packung!« Dann rannte er zur Küchentür, rutschte auf den umherliegenden Regalplatten aus, nahm eine davon und flammte sie mit voller Wucht in das mit Draht verstärkte Glasfenster der Eingangstür. Das Wurfgeschoss blieb in der Tür stecken. Er drückte sich gegen die abgeschlossene Küchentür, schmiss sich mit dem ganzen Körper dagegen. »Ich will was zu essen! Ich hab ein Recht auf Essen!« Wieder nahm er ein Teil des Regales und hämmerte auf die Küchentüre ein. Nach vier, fünf Schlägen rannte er raus. »Ich klaue jetzt was zu essen. Und wenn ich was klaue, kommt die Polizei. Und die bringt mich dann nach Übermaßberg!«

Die Sonne hatte an Kraft zugenommen. Die ungewöhnliche Hitze am Vormittag machte dem Wüstling zu schaffen. Mit jedem Schritt wurde er langsamer, bis er fast zum Stehen kam. Lag es an der Hitze? Erschöpft wie ein Greis an seinen letzten Tagen setzte er sich auf die Bank vor dem Abenteuerspielplatz und schaute einfach nur noch geradeaus.

Der Rettungswagen fuhr in Schrittgeschwindigkeit fast an seiner Nase vorbei. Normalerweise wäre er sofort aufgesprungen und hinterhergelaufen. Züge und Blaulichter zogen ihn magisch an. Doch er saß nur da und schaute auf das Fenster der ersten Wohngruppe auf jenem Gelände, auf dem seine Mutter eine Zeit ihrer Kindheit verbracht hatte.

In der Kurve hielt der Rettungswagen an. Anna Katharina Niesgrauer erklärte dem Fahrer kurz, was vorgefallen war. Die Rettungssanitäter stiegen aus.

Der korpulente Fahrer ging in aller Ruhe auf Noel zu und setzte sich zu ihm auf die Bank. »Na? Was haben wir denn für Sorgen, junger Mann?«

Noel reagierte nicht, schloss nur einmal kurz die Augen.

»Der hat das halbe Haus …«

Der Sanitäter brachte die Pädagogin mit einer doppelten Armsenkung und einem strengen Blick zum Schweigen.

Diese stand nun da – neben der Sanitäterin, welche gar nichts sagte – und traute ihren Augen und Ohren nicht.

»Komm, erzähl mal! Was ist dir denn über die Leber gelaufen? Mmh?«

Noel verzog keine Miene.

»Wir haben ja alle mal einen schlechten Tag und sind mal brummig oder auch mal wütend. Das passiert uns Erwachsenen auch mal.«

Die Pädagogin atmete einmal laut aus. Noel saß wie versteinert auf der Bank.

»Was bedrückt dich denn? Es ist doch ein schöner Tag.«

»Ich will nach Übermaßberg«, flüsterte er kaum hörbar.

»Nach Übermaßberg? Was gibt es denn da?«

»Da haben die neue Zimmer und neue Tabletten.«

Der ältere Herr in der roten Sanitäterjacke und mit dem deutlich überhängenden Bauch lachte. »Neue Zimmer? Na, das ist doch mal was. Aber weißt du, man kann nicht immer alles neu bekommen. Hier hast du bestimmt auch ein Zimmer.«

Das Geplauder plätscherte vor sich hin. Es zeichnete sich ab, dass die Rettungsleute wieder fahren würden.

Anna Katharina platzte der Kragen. »Sie nehmen den Noel jetzt mit. Er muss dringend in die Kinder-Psychiatrie. Der hat hier gerade einen Schrank zerstört und sich damit selbst und andere gefährdet.«

Der gemütliche Herr, dem man einen Akutnotfall im achten Stock überhaupt nicht zutraute, atmete tief durch. Den Ellenbogen auf dem Oberschenkel abgestützt sprach er ganz gelassen: »Also das sieht mir hier jetzt nicht nach Eigen- oder Fremdgefährdung aus. Hier braucht jemand einfach mal jemanden, der ihm zuhört.«

Frau Niesgrauer reichte es. Mit dem Gruppentelefon wählte sie über die Kurzwahl die Kinder-Psychiatrie an und wurde direkt zur Oberärztin durchgestellt. Die Pädagogin schilderte den Fall: »… und dann ist er vollkommen ausgerastet, hat das Regal im Flur auseinandergerissen und die Einzelteile als Wurfgeschosse durch die Gegend katapultiert. Es liegt eine starke Eigen- und Fremdgefährdung vor.«

»Also nur weil ein Junge mal mit dem falschen Fuß aufgestanden ist und ein Regal eines namhaften Herstellers aus Schweden in seine Einzelteile zerlegt hat, ist das noch lange kein Grund, in eine Psychiatrie eingewiesen zu werden. Also wir kennen ja nun alle unseren Noel. Der rastet dann mal aus und dann ist es aber auch wieder gut.«

»Frau Ämtchen, der rastet täglich mehrmals vollkommen aus! Der Junge wird heute hier nicht schlafen. Und wenn der hier gleich vollkommen austickt und wieder auf die Straße rennt, tragen Sie die Verantwortung!«

»Hat er denn seine Medis genommen?«

»Ja, die hat er genommen.«

»Wir haben jetzt zehn Uhr dreißig. Also um elf Uhr wird sich die volle Wirkung bemerkbar machen. Warten Sie noch eine halbe Stunde und dann haben Sie den liebsten Jungen.«

»Das stimmt nicht. Gestern Nachmittag ist er auch zweimal ausgerastet. Wir sind spazieren gegangen und er wollte unbedingt an einem Leckstein lecken. In der Gruppe hielt er sich beim Abendbrot eine Gabel an den Hals und wollte sich abstechen. Wir haben das schriftlich an das zuständige Jugendamt weitergeleitet und an unsere pädagogische Leitung – auch, dass Ihre Einrichtung sich gestern nach dem Vorfall in der Schule geweigert hat, ihn aufzunehmen. Sollte Noel sich oder andere gefährden, tragen Sie die Verantwortung!«

»Na, dann schicken Sie ihn für eine Nacht rüber. Aber sagen Sie den Sanis, die sollen den auf die Geschlossene bringen, auf die zweihundertzwölf.«

Frau Niesgrauer ging wieder raus in den Park. Noel saß weiterhin regungslos auf der Bank.

»Sie nehmen den Jungen jetzt mit und fahren ihn zur Kinder-Psychiatrie Übermaßberg. Ich habe gerade mit der Oberärztin gesprochen. Es besteht Eigen- und

Fremdgefährdung. Sie sollen ihn auf die zweihundertzwölf bringen.«

Nur widerwillig nahmen die Sanitäter den lieben Jungen mit. Der gute Kerl stand auf und ließ sich in den Rettungswagen führen.

Kapitel 07 Das Leben in der Geschlossenen

Der Rettungswagen fuhr vor. Noel strahlte. Er schaute aus dem Fenster und blickte auf den modernen Neubau. »Endlich!«

Die Sanitäterin öffnete gefühlvoll die beiden Türen an der Rückseite. Der Sanitäter kam dazu. Die beiden fühlten sich etwas unterfordert. Kein Bitten, kein fester Griff, keine Zwangsjacke waren nötig. Wie ein Kind am letzten Schultag vor den Sommerferien verließ der liebe Junge Noel lächelnd das Fahrzeug, als würde er aus dem Schulbus steigen, gleich den Tornister in die Ecke schieben und sechseinhalb Wochen Freiheit genießen. Die Sanitäterin nahm seine Tasche mit der dürftigen Kleidung und seinem Kuscheltier, das zwischen dem Reißverschluss herausschaute. Sie ging voran. Der Sanitäter beschloss, den beiden sicherheitshalber zu folgen.

Die Glastür mit dem anthrazitfarbenen Aluminiumrahmen öffnete sich automatisch nach außen. Noel staunte und schaute fasziniert zu dem Türschließer am oberen Rahmen. Die drei schritten in die Geschlossene. Sofort zog sich die Tür wie von Geisterhand wieder zu und wurde, dem Hören nach, mehrfach verriegelt. Danach öffnete sich die zweite Eingangstür, die exakt baugleich mit der ersten war.

Noel konnte zum ersten Mal in das Gebäude hineinschauen. Er stand da und strahlte, als befände er sich am Bahnhof Kassel-Wilhelmshöhe, wo ihn die komplette

ICE-Flotte bereits erwartete. »Da ist ja ein viereckiges Loch im Haus.«

Bei dem viereckigen Loch handelte es sich um einen Innenhof. Es war der Garten der geschlossenen Station, die einzige Möglichkeit für die ›Insassen‹, Tageslicht und ein wenig Natur zu genießen. Die vier Wände waren verglast, diesmal ohne Spiegelglas. Dahinter befanden sich die zwölf Zimmer, rechts der Aufenthalts- und Speiseraum, links der medizinische Bürobereich. Im Obergeschoss lagen die Therapieräume und das Büro der Oberärztin. Im vorderen Bereich, wo Noel nun wie angewurzelt dastand, befand sich die Anmeldung. Mitten vor der frontalen Glaswand stand ein schlichter weißer Tisch, auf dem ein Klingelknopf integriert war. Die Sanitäterin drückte den Knopf.

Noel ging dicht an die Glaswand und schaute und schaute. In der Mitte des Innenhofes war ein kleiner grüner Hügel. »Oh, da ist ja ein richtiger kleiner Alsberg.« Der staunende Junge ging weiter.

»Noel, bleib bitte hier.«

Doch der begeisterte Junge lief weiter, nun an der nächsten Glaswand entlang.

»Noel! Du sollst hierbleiben!«

»Ein richtiger kleiner Alsberg!«

Der Sanitäter ging einige Meter hinter ihm her. Die Sanitäterin drückte erneut den Klingelknopf. Noel bestaunte seine kleine heile Welt. In dem grünen Innenhof standen kurze Buschgruppen und ein Kirschbaum und drei massive Bänke aus Beton. Es war alles sehr schlicht und randaliersicher angelegt: Ein braunroter Weg zog sich einmal wie ein großes O um die gepflegte Rasenfläche, ähnlich wie bei einem Fußballplatz, nur das dieser einen kleinen Alsberg mitten auf dem Spielfeld hatte.

Franziska Albers hatte damals in der Planungsphase nach dem Sinn dieses Hügelchens gefragt, der in der dreidimensionalen Skizze der Architekten-Entwürfe sehr detailgetreu eingezeichnet war.

»Da haben wir uns etwas Besonderes ausgedacht. Zum einen wird dieser begrünte Hügel die Klienten zu einer geschickten Ballführung animieren. Weiterhin besteht so die Möglichkeit, dass die Kinder allein Fußball spielen können. Sie schießen den Ball auf den Hügel und er kommt wieder zurück.«

Daraufhin fragte Franzi nach: »Haben Sie schon mal in einer Jugendhilfeeinrichtung gearbeitet?«

»Nein, wieso? Sollte ich das?«

»Unsere Klientel hat versteckte Energiereserven, die bei einer Wanderung oder beim Fußball freigesetzt werden. Der natürliche Bewegungsdrang möchte dann sprungartig gesättigt werden. In einer geschlossenen Station wird sich dieser Effekt besonders stark zeigen. Also ich gehe davon aus, dass Ihr Superhügelchen als Sprungschanze genutzt wird, um den Ball aus dem Hof herauszukatapultieren. Oder der Ball donnert im Minutentakt gegen die Scheiben.«

Das Superhügelchen wurde angelegt. Doch ein Ball wurde niemals angeschafft – schon gar nicht ein harter Lederfußball. Die in der Planung aufgegriffene Idee der

Oberärztin Ämtchen, auf kleinstem Raum allein Fußball spielen zu können, erwies sich in der Realität als Flop.

Doch einen Fan hatte das Superhügelchen: Noel Knil. Er hatte es nun von drei Seiten bestaunt und nicht eine Sekunde aus den Augen verloren.

Eine Tür öffnete sich und es kam eine Frau an den Tisch.

»Guten Tag, wir bringen Ihnen den Klienten aus der Inobhutnahmegruppe Alsberg.«

»Noel Knil, der ist uns ja bekannt. Der war schon öfters auf der Kinderstation. Wo ist er denn?«

Die Sanitäterin zeigte einmal mittig auf den Innenhof. Durch die beiden Glaswände konnte man Noel am anderen Ende des Rundganges erkennen. »Da!«

»Ah, ja – wenn Sie dann hier eben die Einweisung bestätigen würden.«

Die Sanitäterin und der Sanitäter unterschrieben und verabschiedeten sich.

Schwester Elke ging zu dem Eingewiesenen. »Na, Noel, du scheinst ja gute Laune zu haben.«

»Ja, habe ich. Das ist der Alsberg.« Freudig zeigte er in den Innenhof.

»Der Alsberg?«

»Ja! Der Alsberg, den gibt es in Alsberg. Da bin ich immer hochgegangen mit dem lieben Herrn Mister. Aber jetzt schaffe ich das nicht mehr.«

Die junge Frau mit dem einfachen schwarzen Pferdeschwanz lachte. »Ich bin die Schwester Elke.«

Noel schaute sie zum ersten Mal an. »Hast du auch Pickel? Ich habe auch Pickel im Gesicht, aber nur, wenn ich nicht dusche oder wenn ich in der Pubertät bin … Bist du schon mal Zug gefahren?«

»Letztes Jahr …«

»Ich kann mir Züge merken. Die Regionalbahn RE siebzehn fährt um acht Uhr neunundzwanzig los vom Bahnhof Alsberg und ist um zehn Uhr sechsundfünfzig am Bahnhof Kassel-Wilhelmshöhe. Da muss man einmal umsteigen in die RE elf.«

»Oh, du kennst dich aber aus. Du kannst hier im Wartebereich Platz nehmen. Frau Doktor Ämtchen kommt gleich und führt mit dir das Aufnahmegespräch.«

»Die kenne ich. Das ist der Ritter Lin.«

»Was denn für ein Ritter? Frau Ämtchen ist doch eine Frau.«

»Nein, das ist der Ritter Lin und der kleine Hund ist das Pferd.«

Schwester Elke musste ein Lachen unterdrücken. »Na, du hast ja eine blühende Fantasie.«

»Wir nennen die alle so. Ein Junge hat mal ein Bild von der gemalt und in sein Zimmer aufgehängt.«

»Und warum heißt die Ritter Lin?«

»Weil die uns immer die Geschichte von Ritter Lin erzählt. ›Ritter Lin gibt euch Kraft. Ritter Lin macht euch stark. Ritter Lin ist gut für euch.‹« Er machte eine kurze Pause, wurde leicht rot. »Und Ritter Lin macht geil.«

»So genau wollte ich es gar nicht wissen.« Schwester Elke ging in das Schwesternzimmer an der linken Seite.

Die Station erinnerte eher an ein Krankenhaus oder an ein Gefängnis als an eine Kinder-Psychiatrie. Aufgrund der hohen medikamentösen Therapie war es eigentlich eine Klinik – eine Kinderklinik. Morgens, mittags, abends und bei Bedarf wurden Tabletten kontrolliert verabreicht. Kontrolliert bedeutete: immer im Beisein der Pflegekraft. Die strenge Kontrolle war eigentlich nicht nötig, da die meisten Kinder ihre Medis gerne nahmen. Schließlich bekam man davon Glücksgefühle, wurde müde oder konnte sich konzentrieren. Wer in der Geschlossenen ankam, wurde ein Tabletten-Junkie. Wer die Medikamente verweigerte, bekam sie eingespritzt.

In den hellen, schneeweiß gestrichenen Flur hinter dem Innenhof fiel kein Tageslicht. Es gab kein einziges Fenster, auch nicht am Ende des Ganges. Dort war eine Tür, eine weiße Tür, die aussah wie die anderen zwölf Türen. Sie spiegelten sich leicht in dem hellgrauen, pflegeleichten Linoleumbelag. Das Wartezimmer war direkt das erste Zimmer an der rechten Seite.

Noel Knil saß da und schaute vor sich hin. Er musste eine halbe Ewigkeit dort sitzen. Frau Doktor Ämtchen kam und kam nicht. Aber Noel fiel das Warten nicht schwer. Er war glücklich, dass er endlich auf der Geschlossenen war. Hier wollte er hin! Im Selbstgespräch entschuldigte er die sich hinziehende Verspätung der Oberärztin: »Ritter Lin hat bestimmt viel zu tun. Und muss auch noch den Hund füttern. Der muss bestimmt auch noch operieren. Das dauert ja auch ganz lange.«

Zwei Türen schlugen zu.

»Da kommt der Ritter.« Noel war hellwach.

Die Wartezimmertür öffnete sich. Frau Doktor Ämtchen im neongelben T-Shirt und mit blutrotem Haarreif schaute mit ihrem Zwergpudel durch den Spalt. »Hey Noel, wie geht's, wie steht's?«

»Gut«, kam es leise aus ihm heraus.

»Na, dann komm mal mit. Ich war erst noch in der Tagesklinik, da ist meine Vertretung, Frau Doktor Arsten-Müllergrün, ausgefallen. Da konnte ich erstmal deren Patienten abarbeiten. Das Leben ist nicht so einfach.«

Noel schritt wortlos hinter ihr her. Die Oberärztin und der kleine blonde Junge gingen zum ersten Zimmer auf der rechten Seite.

»Dann nimm mal Platz.«

»Hier riecht es nach Hund.«

»Ja, Hunde haben ihr eigenes Parfüm.«

»Aber die duschen doch gar nicht.«

»Nein, das brauchen die auch nicht. Die produzieren ihr Parfüm ja auch selber.«

»Dann produziere ich jetzt auch mein Parfüm selber. Dann brauche ich auch nicht mehr duschen.«

»In einer gewissen Weise hast du recht. Eigentlich brauchen wir Menschen auch nicht duschen. Das haben wir modernen Menschen uns angeeignet. Das nennt man

Zivilisation. Riech mal unter deinen Armen oder an deinen Füßen, wenn du mal den ganzen Tag Fußball gespielt hast.«

»Ich spiele kein Fußball.«

»Ich hätte in deinem Alter gerne Fußball gespielt. Aber wir Mädchen durften nicht. Das war alles ganz anders früher. Wie gerne hätte ich als Kind mal Fußball gespielt.« Frau Doktor Ämtchen schaute die ganze Zeit an die Zimmerdecke über dem Regal mit der Fachliteratur.

Noel schaute auch da hoch: »Ist da oben schon wieder eine Spinne?«

Ohne Noels Frage zu beantworten, führte sie weiter aus: »Die Jungs bei uns in der Wohnsiedlung spielten jeden Nachmittag bei uns im Innenhof. Die hatten immer einen ausgefransten braunen Lederball. Ich schaute denen oft zu von unserem Küchenfenster aus im dritten Stock. Oder ich setzte mich an den Rand des Bolzplatzes und träumte davon, mitspielen zu dürfen. Aber die fragten mich erst gar nicht. Und wenn ich ein paar Schritte auf den Platz machte, rief meine Mutter von oben oder einer der umherlaufenden Rentner ermahnte mich, bevor ich überhaupt in die Nähe des Balles kam. Der Platz war oft staubig oder total matschig. Mir gefiel es, wenn die Jungs eingestaubt waren. Dann hatten sie etwas von Mumien. Wenn es regnete, rutschten sie immer aus und sahen aus wie die Schweine. So wollte ich auch sein. Aber ich durfte nicht …«

Lucky, der auf seiner Decke lag, brummte scheinbar genervt auf. Noel schaute zu, wie der Hund einmal die Pfoten streckte und gemütlich weiterschlief.

»… Das waren halt andere Zeiten. Später, als man als Mädchen Fußball spielen durfte, wollte ich nicht mehr. Da hatte ich mit meinem Körper zu tun. Vielleicht darf ich ja in meinem nächsten Leben Fußball spielen …«

Lucky knurrte, stand auf und schlabberte Wasser aus seinem Napf unter dem Schreibtisch.

»Das hört sich lustig an«, freute sich Noel.

»So lustig ist das gar nicht, Noel. Der arme Lucky hat eine verengte Speiseröhre und IBD. Das ist ähnlich wie Morbus Crohn bei Menschen, eine chronische, nicht heilbare Darmerkrankung. Deshalb duftet es hier auch etwas strenger. Das ist auch der Grund, weshalb sich seine Trink- und Essgewohnheiten etwas kreativer anhören als bei anderen Hunden. Zum Glück kann man die Krankheit medikamentös behandeln. Sonst wäre Lucky schon längst nicht mehr unter uns.«

»Lucky, komm!«, rief Noel.

»Lucky ist zu allem Übel auf einem Ohr taub. Deswegen kann er die Geräusche nicht lokalisieren. Also er weiß nicht, dass der Ruf von dir kommt.«

»Ich kann mir auch keine Namen von Männern merken.«

»Na, das ist jetzt wieder etwas ganz anderes.«

»Lucky, nun komm. Wir haben nicht den ganzen Tag Zeit«, rief Noel erneut.

Der Zwergpudel zuckte kurz, schaute auf und ließ sich wieder auf die Decke fallen.

»Die Medikamente ändern wir etwas ab. Ich denke, die verträgst du ganz gut. So, jetzt muss ich in die Kantine und mir mein Mittagessen sichern. Die machen immer um Punkt vierzehn Uhr zu. Das könnte knapp werden.« Die Oberärztin stand auf und schlurfte ein paar Schritte um den Schreibtisch.

Noel und auch der Hund standen auf. Frau Doktor Ämtchen und der Klient Noel Knil schlurften im Gleichschritt und Gleichklang zum Schwesternzimmer. Das Hündchen tippelte brav hinterher.

Die Oberärztin drückte die angelehnte Tür zum Schwesternzimmer auf. »Hier haben wir den Noel, in der Kinderklinik bestens bekannt. Die Medikation bitte um zehn Milligramm Pipa ergänzen und bei Bedarf eine Rispe geben.«

»Direkt zehn Milligramm?«

»Schwester Elke, bitte stellen Sie meine Verordnungen nicht in Frage. Wir haben erlebt, was in den ersten achtundvierzig Stunden passiert, wenn die Klienten hier bei vollem Verstand sind. Ich weiß, was ich tue. Ich mache diesen Job schon ein paar Jahre. Hier im geschlossenen Therapiezentrum bekommen unsere Spezis zehn zusätzliche Milligramm Pipa. Das hat sich bewährt. Bei Entlassung setzen wir die Medikation wieder ab. So, ich muss in die Kantine. Heute gibt es Kohlroulade, die möchte ich mir nicht entgehen lassen.« In ihren pinken Sneakers und ihrer schlichten hellgrauen Jacke ging sie zur Schleuse. Sie packte einmal in die Innentasche der Jacke und holte ein

Tablettendöschen heraus, das wie ein Brillenetui aussah. Sie entnahm eine weiße, eine beigefarbene und eine grünweiße Tablette und steckte sich diese in den Mund. Anschließend füllte sie einen kleinen Plastikbecher am Wasserautomaten neben der Garderobe, trank ein paar Schlückchen und schaute dann zu Lucky, der immer noch vor der Tür des Schwesternzimmers stand. »Lucky, nun komm, wir haben nicht den ganzen Tag Zeit.«

Schwester Elke begleitete Noel zu seinem Zimmer. In der Geschlossenen hatte jede und jeder ein Einzelzimmer mit Bett, Schrank und Schreibtisch aus Echtholz, hellbraun gestrichen. Die Griffe an den Schubkästen und Türen waren aus Edelstahl, ebenso die runden schmalen Bettstützen.

»So, Noel, das ist dein Zimmer.« Sie stellte ihm eine Flasche Wasser und die Ergänzungsmedikation auf den Tisch. »Hier, die musst du noch nehmen. Ab morgen bekommst du zwei davon, immer zum Frühstück. Du wirst um acht Uhr geweckt. Um neun Uhr dreißig gibt es Frühstück. Du hast die Zimmernummer sechs. Dann sitzt du auf Stuhl Nummer sechs. Der Tisch im Speiseraum ist genau so aufgebaut wie die Zimmer. Links sitzen eins bis fünf und rechts sitzen sechs bis zehn. Von zehn Uhr dreißig bis zwölf Uhr dreißig ist Unterricht oder Therapie im Obergeschoss. Mittagessen gibt es um dreizehn Uhr. Danach ist eineinhalb Stunden Zimmerruhe. Anschließend ist wieder Therapie oder Freigang. Um achtzehn Uhr gibt es Abendessen. Nach dem Abendbrot kannst du fernschauen. Wie alt bist du?«

»Zwölf.«

»Dann musst du um zwanzig Uhr dreißig auf dem Zimmer sein. Möchtest du noch etwas essen?«

Noel schüttelte mit dem Kopf.

»Dann machen wir jetzt bis fünfzehn Uhr Zimmerruhe. Komm erst mal bei uns an. Du kannst ja schon mal deine Taschen auspacken. Wir rufen, wenn die Zimmerruhe zu Ende ist. Dann darfst du nach draußen.«

»Und wann darf ich auf den Alsberg?«

»Was für ein Alsberg?«

»Der Alsberg mit seinem schönen Kreuz auf dem Kopf.«

Die Krankenschwester lächelte. »Noel, du bist hier in der Geschlossenen. Nach draußen heißt hier, dass du in den Innenhof darfst.« Sie schloss die Tür.

Noel stand mitten im Raum. Es herrschte eine Totenstille. Er ging zum schmalen bodentiefen Fenster. Kein Griff, kein Hebel war zu finden, mit dem man das Fenster hätte öffnen können. Noel suchte den Rahmen ab. Er stellte einen Stuhl vor das Fenster, stieg darauf und tastete oben den Rahmen ab, um zu prüfen, ob da nicht noch ein Griff versteckt war. »Ich brauche Luft. Ich brauche Luft!« Er schob den Schreibtisch, der rechts neben dem Fenster stand, von der Wand. Aber auch da fand er keinen Schalter oder eine andere Öffnungsmöglichkeit.

Laut atmend ging er auf die Tür zu. Dabei blieb er mit dem linken Fuß am Griff seiner Tasche hängen und fiel zu Boden. Er öffnete die Tasche und kramte die komplette

Wäsche hervor, die sich nach und nach auf dem Boden ausdehnte. Danach zog er seine Schultasche an sich. Diese wurde ebenfalls bis auf den letzten Papierschnipsel entleert und ihr Inhalt verteilt. Ungeschickt öffneten seine Hände die Dose mit den Buntstiften. Seine rechte Hand griff fest um einen roten Stift. »Rot! Blut! Ich bringe mich um!« Die stumpfe Spitze drückte in seinen Hals. »Ich will nicht hier sein. Ich will auf den Alsberg. Das hier ist ein Gefängnis. Das war eine Falle!«

Hektisch stand er auf, rollte über die Buntstifte und fiel wieder zu Boden. Der verzweifelte Junge ging zur Tür. Er öffnete sie und steuerte den verglasten Innenhof an.

Doch hier das Gleiche: Kein einziges der bodentiefen Fenster konnte man öffnen. Wie sollte man in den Innenhof gelangen? Die Panik in dem Jungen wuchs. Er bog zwei Mal rechts ab und entdeckte die Schleuse nach draußen. Die war unsichtbar verriegelt – und das mehrfach. Einen Griff gab es nicht. Beim Betätigen des Schalters an der Wand öffnete sich nichts. Noel fehlte der Schlüssel, den man unter dem Schalter einstecken musste. »Geschlossen! Geschlossen!«, flüsterte er immer wieder.

Schwester Elke kam aus dem Schwesternzimmer. »Noel, es ist noch Zimmerruhe. Geh bitte wieder auf dein Zimmer.«

»Geschlossen, geschlossen!« Noel ging auf sein Zimmer. Erst nahm er den Stuhl und warf ihn mit voller Wucht gegen das Fenster. Das erzeugte weder ein Bersten der Scheibe noch löste es einen Alarm aus noch gab es ein lautes Scheppern und Rappeln, wie man es sonst von einem fliegenden Stuhl kannte. Der stabile, aber dennoch weiche Kunststoff-Stuhl federte an der Glasscheibe ab und fiel fast lautlos zu Boden. Nur die zwei auslaufenden Saltos über die Buntstifte erzeugten ein leichtes Rascheln.

Noel zerpflückte das Bett, zog die Bezüge ab. Er zerriss das Laken von der Matratze und quetschte Letztere senkrecht in die Fensternische, sodass der Raum komplett verdunkelt war. Die Matratze lag dicht am Fensterrahmen an. Durch die Zimmertür kam kein Licht, nicht das kleinste Strählchen. Das Türschloss war automatisch. Von innen gab es nur eine Klinke. Durch die strengen Brandschutzverordnungen wurde die Tür beim Zuziehen im unteren Bereich mit einer automatischen Türdichtung luft- und lichtdicht abgeschlossen. »Geschlossen, geschlossen.« Noel stand im Raum, mitten in der Dunkelheit. »Kein Licht, keine Grenze.« Er schaute nach oben. Der Rauchmelder blinkte einmal rot auf.

»Geschlossen, geschlossen,
kein Licht ist geflossen.
Keine Grenze, Alarm unter der Decke.
Ritter Lin schaut immer in die Ecke.«

Nach einer Weile öffnete Schwester Elke die Tür. »Noel, die Zim… Was ist denn hier los?«

Der blonde Junge stand im Raum, nur in Unterhose. Das Zimmer war verwüstet, von Nummer sechs umgestaltet, umgekrempelt. Der Junge stand da, ohne ein

Wort, ohne eine lebensfrohe Miene. Er schaute geradeaus. Seine Gestalt wirkte unheimlich, das milde hereinströmende Licht gar gespenstisch: eine dürre Gestalt im Chaos.

Schwester Elke machte das Licht an. »O mein Gott!«

Noel stand wie angegossen im Raum. Seine Unterhose war nass. Am rechten Bein lief Urin herunter und bildete um seinen Fuß einen See. Die gebogene Spitze eines Rechenblattes ragte in die Lache und saugte etwas Flüssigkeit auf.

Noel war nicht in der Lage, sich zu bewegen. Schwester Elke und die Ergänzungskraft duschten die Beine des steifen Jungen ab und zogen ihm frische Wäsche an. Steif wie ein Greis saß er auf seinem Bett.

»So, Noel, du darfst noch für eine Stunde in den Garten.«

In Zeitlupe stand er auf und bewegte sich im gleichen Tempo Richtung Flur.

Der Innenhof war von einem strahlenden Sonnenlicht erfüllt. Noel wurde magisch davon angezogen. In dem Garten hielten sich zwei weitere Bewohner der Geschlossenen auf. Ein Mädchen saß auf der Bank und starrte auf ihr Kindertablet, welches sie mit beiden Händen festhielt. Ein Junge kniete auf dem Weg und schaute mit starrem Blick auf eine Ameisenstraße. Die kleinen emsigen Tierchen marschierten furchtlos über seinen Finger. Sein schmaler Oberarm warf einen Schatten auf die Kleinsttierstraße. Eine Ameise wechselte die Richtung, krabbelte zweimal im Kreis und blieb stehen. Hatte sie ebenfalls die Orientierung in ihrem Leben verloren – in der Weite der unüberschaubaren rechteckigen Lebensplatte? War sie schon mal bis an das Ende ihrer Welt gekommen? Sie schaute einmal hoch zu dem stummen Jungen, der ihr Schatten spendete, der von ganz oben auf sie herabschaute.

Auf der höchsten Erhebung der Grünanlage setzte sich Noel Knil ins Gras. Ein leichtes Lächeln bildete sich auf seinem Gesicht. Die Sonnenstrahlen tauten den gelähmten Jungen wieder auf. Ein ganz leises »Alsberg!« kam über seine Lippen. Lange saß er da und träumte vor sich hin.

Da! Ein Krachen, ein Kettenrasseln! Sofort schoss Noel in die Höhe und schrie aus Leibeskräften: »Kroko! Kroko! Ich will auf das Kroko und dann will ich Schoko!« Er breitete die Arme weit aus und versteinerte wieder. Starr und stolz stand er auf seinem Ersatz-Alsberg – wie das Kreuz auf seinem heiligen Berg.

»Abendessen!«, rief Schwester Elke an der Glastür.

Wie ferngesteuert schritten die aktuell zehn Bewohnerinnen und Bewohner auf rechtwinkligen Wegen zum Speisezimmer. Sie kamen aus den Zimmern, aus dem Aufenthaltsraum oder aus dem Garten.

Nur einer blieb stehen: Noel Knil. Mit geschlossenen Augen und ausgebreiteten Armen stand er auf dem kleinen Hügel im Innenhof und flüsterte immerzu: »Ich will auf das Kroko. Ich will …«

Schwester Elke nahm ihn bei der Hand. Er ließ sich führen – an den Stuhl Nummer sechs am langen Echtholztisch aus massiver Buche. Es war Milchreisabend.

Jeder hatte ein Kunststoff-Schälchen Milchreis vor sich stehen. Dazu, wie jeden Abend, einen Früchtetee im Kunststoff-Becher. Man aß, man trank, man rührte im Schälchen. Man schaute vor sich hin oder schaute auf den Tisch. Oder man sah in das Schälchen, mit müden Blicken, mit kleinen, glasigen Augen. Zehn junge Menschen im wilden Alter von zwölf bis siebzehn saßen Abend für Abend am Tisch und hatten sich nichts zu erzählen. Sie saßen und aßen. Keine Erbse flog durch den Raum. Es gab kein lautes Lachen oder Kreischen. Kein lästiges Rumgezicke, kein nerviges »Ich will zuerst« oder »Der hat mehr als ich«. Sie saßen einfach nur da und aßen. Ein Traum für viele Eltern, Erzieherinnen und Erzieher, Sozialarbeiter und Sozialarbeiterinnen. Es war das Ergebnis jahrelanger, medikamentöser Therapiearbeit der leitenden Oberärztin Ämtchen.

Um neunzehn Uhr ertönte ein leiser Gong. Die Ersten standen sofort auf, andere etwas später. Jede, jeder stellte sein Tellerchen und sein Becherchen auf den Teewagen. Vor dem Schwesternzimmer entstand eine kurze Warteschlange. Die Abendmedikation wurde verabreicht. Nach wenigen Minuten waren alle Klientinnen und Klienten auf ihren Zimmern. Nach dem Abendessen gab es eine halbe Stunde Zimmerruhe. Noel wurde begleitet. In einer Woche würde auch er allein den Weg zu seinem Zimmer finden. Es herrschte eine friedliche Ruhe auf Station zweihundertzwölf. Noels Zimmer war wieder hergerichtet. Es war so ordentlich und sauber wie beim ersten Mal, als er es betreten hatte. Nach exakt dreißig verstrichenen Minuten ging Noel wieder aus dem Zimmer, hinterließ es so, wie er es beim ersten Mal verlassen hatte.

»Noel! Wie sieht es hier denn schon wieder aus? Morgen früh räumst du hier auf. Du musst heute duschen. An allen geraden Tagen müssen die Kinder aus den Zimmern mit geraden Nummern duschen. Kannst du das selber?«

Noel nickte. Er bekam Duschgel und Shampoo sowie ein Badetuch und einen Duschschwamm ausgehändigt. Noel ging in das moderne Jungenbad. Die beiden Duschen konnte man abschließen. Davor befand sich eine kleine Umkleidekabine.

Noel zog sich aus und ging in die bodentiefe Dusche. Er drehte den Wasserhahn auf sehr warm bis heiß und stellte sich darunter. Das Wasser lief und lief. Noel drehte sich auf der Stelle. Dann hockte er sich hin und schaute, wie die Tropfen an seinen Augenbrauen eilig herunterflossen. Er setzte sich auf den Abfluss, der sich in der Mitte der Dusche befand. Das Wasser fing sich direkt zu stauen an. Die Stauwelle zog sich schnell aus der Dusche heraus. Hastig kippte er sich etwas zur Seite, sodass das Wasser unter seiner rechten Poseite abfließen konnte. Das Gefühl gefiel ihm.

Schwester Elke klopfte an der Tür. »Noel, wie weit bist du denn? Kommst du klar?«

»Jaja!«

»Du duscht schon über fünfzehn Minuten. Komm mal so langsam zum Ende.«

Noel saß da und ließ den punktuellen künstlichen Schauer auf sich niederprasseln. Nach weiteren zehn Minuten wurde das Wasser immer kälter. Der Junge kroch zur Seite und stand auf. Endlich stellte er das Wasser ab. In Unterhose ging er über die Station zu seinem Zimmer.

Nach wenigen Minuten kam Schwester Elke zu ihm. Noel lag auf dem Bett und war eingeschlafen.

Sie zog ihm den Schlafanzug mit den Zügen drauf an und deckte ihn zu. An der Tür schaute sie noch einmal zurück auf den Klamottensalat und auf das friedlich schlafende Kind. »Endlich ist der im Bett!«

Am anderen Morgen stand Noel um sechs Uhr vierzig vor dem Schwesternzimmer. »Darf ich heute einen Kakao haben?«, fragte er mit einem Lächeln im Gesicht.

Schwester Elke, die noch ein Handtuch um die Haare hatte, staunte über die Erscheinung des Klienten, der sogar schon die fleckige Jeans vom Vortag trug. »Noel, bis neun Uhr musst du auf deinem Zimmer bleiben.«

»Ich bin aber schon wach und ich möchte einen Kakao trinken.«

»Du gehst jetzt auf dein Zimmer und wenn du um neun wieder rauskommst, gibt es vielleicht ausnahmsweise einen Kakao.«

»Ich geh jetzt auf den Alsberg!« Der Junge lief los.

Die Schwester öffnete den Medikamentenschrank.

Noel quasselte im Selbstgespräch wie ein Schnellredner: »Ich geh jetzt auf den Alsberg mit dem lieben Herrn Mister und Frau Scheiwemann backt mir einen Kuchen mit einem echten Kreuz drauf. Und den essen wir dann alle. Und dann fahren wir mit dem Zug nach Kassel-Wilhelmshöhe und dann mit dem ICE nach Köln. Und Frau Scheiwemann bezahlt. Und dann darf ich wieder auf den Alsberg. Und wenn ich richtig lieb bin, darf ich einen mitnehmen. Und dann kochen wir uns wieder Ravioli auf dem Gaskocher von dem lieben Herrn Mister …«

Schwester Elke hatte den Wanderer eingeholt. Er war bereits einmal um seinen geliebten rechteckig verglasten Alsberg gelaufen. »Hier, Noel, deine Medis.«

»Ich nehme keine scheiß Medis mehr. Die wirken gar nicht. Außerdem muss ich die immer erst nach dem Frühstück nehmen. Ich will wieder nach Alsberg.«

»Das ist eine Bedarfsmedikation. Die dürfen wir zusätzlich verabreichen. Noel, die ersten Tage sind hier immer besonders schwer. Nimm den Saft, der tut dir gut.«

»Der Rispi-Saft ist eklig und davon bekomme ich Bauchschmerzen! Den nehme ich nicht!«

»Das ist kein Rispi-Saft.«

»Ich will Ritalin. Ritalin macht mich stark, das hat die Doktor-Chefin auch gesagt: ›Ritalin macht dich stark.‹ Ich will stark sein.«

»Ritalin bekommst du gleich nach dem Frühstück. Dies ist Pipamperon. Der wird dich beruhigen.«

»Pipam will ich nicht.«

»Möchtest du einen Kakao?«

»Ja, ja – ich will einen Kakao.«

»Dann nimm erst den Pipam-Saft und dann gehst du nochmal auf dein Zimmer und um neun Uhr mache ich dir einen schönen Kakao. Trinkst du den warm oder kalt?«

»Warm, warm!«

»Dann trink jetzt und dann bekommst du gleich einen heißen Kakao mit einer Extraportion Zucker.«

Der aufgedrehte Junge nahm den Saft, leckte das Plastik-Gläschen gierig mit der Zunge aus und setzte seine rechteckige Wanderung um seinen heiligen Berg fort.

»Noel! Geh bitte auf dein Zimmer!«

»Und was ist, wenn ich das nicht mache?«

»Dann bekommst du keinen Kakao.«

»Ich will auch keinen Kakao mehr. Ich will auf den Alsberg.« Der Junge machte die nächste Neunzig-Grad-Kurve.

Schwester Elke betrat gelassen das Schwesternzimmer.

Nach fünfzehn Minuten ging sie wieder zu dem verglasten Innenhof. »Noel, gehst du bitte auf dein Zimmer? Um neun Uhr dreißig gibt es Frühstück.«

Wie ferngesteuert schlug der Junge rechtwinklig den Weg zu seinem Zimmer ein, dessen Tür offenstand und aus dem ein strenger Nachtgeruch strömte. Der Junge marschierte wortlos hinein. Wie von Geisterhand schloss sich die Tür.

Um Punkt neun Uhr stand Noel grinsend im Türrahmen der Stationsküche. »Bekomme ich jetzt einen Kakao?«

»Jetzt bekommst du einen Kakao, liebster Noel.«

Er tippelte neben die Schwester. »Von jetzt an bin ich immer lieb. Und dann bekomme ich jeden Morgen einen Kakao.«

Die anderen Kinder schliefen noch. Noel saß an dem kleinen Tisch in der Küche, an dem zwei Personen Platz hatten. Er trank seinen Kakao. Schwester Elke reichte ihm ein belegtes Brötchen mit Käse dazu. Direkt nach dem Frühstück bekam der Junge seine morgendliche Medikation.

Bis zum Unterricht musste Noel auf seinem Zimmer verweilen. Das Raumklima blieb vierundzwanzig sieben von neun bis einundzwanzig Uhr auf neunzehn Grad und in der zweiten Tageshälfte beziehungsweise nachts auf sechzehn Grad. Im Sechs-Stunden-Takt wurde die Luftmasse von außen gefiltert und geräuschlos in vierzehn Quadratmeter große schlichte Kammern über einen schmalen Luftkanal geblasen. Der Türrahmen war umlaufend mit einer schwarz abgesetzten Schattenfuge verziert. In der oberen Fuge war ein schmaler Luftkanal integriert. Für einen kleinen Laien unsichtbar.

Noel spazierte über seine Kleidung und sein Spielzeug. Der offen stehende Kleiderschrank war leer. Er legte sich auf sein Bett, nahm die entblößte Barbie und den nackten Ken aus der oberen Schublade seiner Nachtkommode. Er legte die beiden neben sich. Barbie lag mit ihren grenzenlos langen, dünnen Beinen auf dem Rücken. Das proportional umgerechnet meterlange blonde Haar lag wild verstreut um das etwas zu kleine Köpfchen. Schamlos legte sich der splitternackte Ken auf seine Geliebte. Seine Männlichkeit war nur durch die breiten Schultern und die strenge, in Plastik verewigte Sonnyboy-Frisur erkennbar. Die beiden klapperten vor sich hin. Noels Augen waren geschlossen. Das immer wilder werdende Klappern erinnerte eher an ein Mäusewettrennen auf einem Blechdach als an ein wildes Auf und Ab auf einem proportional umgerechnet zehnmal zwanzig Meter großen Bettlaken. Wild und laut klatschten die zwei Nackten nach wenigen Minuten gegen den Kleiderschrank. Noel lag auf dem Bett, schaute an die Zimmerdecke und lächelte zufrieden.

Dann sprang er auf, packte sich das Kunststoff-Traumpaar und schob es wieder in die Lade seines Nachtschränkchens.

Er ging zum Fenster. Er wäre fast selbst mit dem Kopf gegen die Kleiderschrankwand gedonnert, weil eine umherliegende Unterhose zur Stolperschlinge wurde und seine Füße verschlang. Noel konnte sich im letzten Moment an der Schranktür abstützen. Mit der Unterhose am linken Fuß stellte er sich an das schmale Fenster.

»Ei, ei, ei, das kribbelt wieder so schön im Kopf. Das muss so bleiben.« Mit einem unübertrefflich breiten Grinsen schaute er aus dem Fenster. Die Aussicht bestand aus ein paar Metern Grün. Hinter einem gepflegten englischen Rasen, den noch keines der Kinder jemals betreten hatte, säumte sich eine dichte, vier bis fünf Meter hohe Hecke aus verschiedenen Sträuchern und Bäumen. Die Aussicht aus allen Klientenzimmern war gleich.

Auf dem damaligen Architekten-Entwurf hatte das Bauvorhaben speziell ausgesehen: In der Mitte lag der Garten als grün gefärbtes Quadrat. Drumherum befand sich das rechteckige Gebäude, umrahmt von einem grau gefärbten Gehweg. Um diesen war ein vier Meter breiter Grünstreifen geplant. An der Seite, an der sich die Klientenzimmer befanden, war hinter dem Grünstreifen die Hecke vorgesehen, die sich wie ein U um den Komplex streckte. »Ein Irrgarten ohne Ausgang!«, hatte Franzi Albers bei der offiziellen Vorstellung des Neubaus der deutschlandweit modernsten geschlossenen Kinder-Psychiatrie ihrer Kollegin zugeflüstert.

Der Junge stand am Fenster, schaute mit neutraler Miene in die Bäume. Seine Augen wurden glasig. Sein Mund war geschlossen. Es war der gleiche leere Blick wie bei den neun anderen Klienten. Sie waren die zehn Verschlossenen von der Geschlossenen.

Die Schulglocke ertönte. Noel bewegte sich nicht.

Nach dem zweiten Gong kam Schwester Elke in sein Zimmer. »Noel, was stehst du da rum? Komm in die Schulgruppe. Und wie sieht es hier schon wieder aus? Wenn du die Schulglocke hörst, gehst du bitte hoch in die Schulgruppe. Die ist direkt über dem Aufenthaltsraum.«

Noel drehte sich Richtung Zimmertür und ging Schritt für Schritt hinter Schwester Elke her. Er ging ohne Worte, ohne Regung, ohne Stift und ohne ein einziges Blatt Papier in das Schulzimmer und setzte sich auf einen der drei freien Stühle.

»Da sitzt Linda«, sagte ein Mädchen.

Noel setzte sich auf den nächsten freien Stuhl.

»Und da sitzt Karsten«, sagte ein Junge.

Noel stand wieder auf und setzte sich auf den letzten freien Platz, rechts vor dem Lehrerpult.

»Und hier sitzt Noel«, sagte Noel trocken und emotionslos. Er schaute zur Seite.

Links vor dem Lehrerinnenpult hockte ein Mädchen. Sie malte rote Kreise auf ein weißes Blatt. Acht Schülerinnen und Schüler saßen auf ihren Stühlen. Sie saßen da und schauten auf die Tischplatten oder geradeaus vor sich hin, im schlichten Klassenraum, mit vier weißen kahlen Wänden ohne Fenster. Die Einzeltische waren symmetrisch aufgestellt. Das lange Pult war exakt genauso lang wie die dreihundertfünfzig Zentimeter breite weiße Tafel. Die zehn Einzeltische der Schüler und Schülerinnen hatten eine Länge von hundert Zentimetern. Links, rechts und in der Mitte befand sich jeweils ein Gang von hundertfünfzig Zentimetern. Der Gang in der Mitte ging am Ende zwischen zwei Wänden weiter. Von Weitem sah es so aus, als seien dort zwei Umkleidekabinen.

Die Lehrerin betrat das Klassenzimmer und stellte sich vor den langen Tisch. »Guten Morgen zusammen, wir haben einen neuen Schüler.« Sie schaute zu Noel. »Magst du dich vorstellen?«

Noel schaute sie schweigend an.

»Das ist Noel Knil. Er ist zwölf Jahre alt und kommt aus Schmallenberg. Noel ist ein Zweierkind.«

Zweierkinder gingen pro Woche zwei Mal in die Schule. An den anderen drei Tagen erhielten sie therapeutische Anwendungen.

Die freundliche Lehrerin mit den langen glatten Haaren ging durch den Mittelgang und verteilte jeweils an die Kinder angepasste Arbeitsblätter. Noel bekam eines mit zwei leeren Feldern. In dem Oberen stand ›Wie fühlst du dich?‹ und in dem Unteren ›Mal ein Bild, das zeigt, wie du dich fühlst‹. Noel nahm den roten Stift aus der Rinne am Ende seines Tisches und malte drei Kreise in den ersten Rahmen. Dann drehte er sich um und schaute auf die Schuhe des Jungen, der direkt hinter ihm saß. Der rechte Fuß zitterte. Noel sah auf das Mädchen in der kurzen Hose neben dem Jungen. Ihre Knie hatten langgezogene Narben. Noel blickte wieder auf den wippenden Schuh.

»Noel? Machst du bitte deine Aufgaben?«

Er stand auf und ging zur Tafel. Er nahm den übergroßen roten Stift und malte einen roten Kreis an die Tafel.

Die Lehrerin nahm sein Blatt. »Noel, folge mir bitte.«

Der Junge tat, wie ihm geheißen. Die beiden gingen in eine der ›Umkleidekabinen‹. Vom Lehrerpult aus sah man nur die eleganten Schuhe der Lehrerin, die ausgelatschten

Sportschuhe des Jungen unter der Trennwand und das hübsche Köpfchen oberhalb der Trennwand.

»Hier kannst du dich besser konzentrieren. Hier wirst du nicht abgelenkt.«

Noel saß an einem Schülertisch. Vor ihm, hinter ihm sowie zu seiner Rechten und Linken befanden sich schlichte weiße Wände. Die Lehrerin ging wieder in den Hauptklassenraum. Noel hörte sie fast gar nicht mehr, wenn sie den anderen Schülerinnen und Schülern Anregungen gab oder Verbesserungsvorschläge machte.

Die Frau Lehrerin kam wieder zu Noel, stellte sich hinter ihn und schaute auf sein Blatt. Der erste Rahmen war zur Hälfte mit Kreisen unterschiedlicher Größe gefüllt.

»Was möchtest du mit den Kreisen ausdrücken?«

Sie bekam keine Antwort – so wie von den wenigsten der schweigenden Kinder. Die Leistung der Klasse der Station zweihundertzwölf lag weit unter dem deutschen Durchschnitt und noch deutlich tiefer unter dem europäischen. Aber in den Bereichen Disziplin und Ruhe waren sie unschlagbar.

Kurze Zeit später schaute die Lehrerin erneut bei Noel vorbei. Der Junge hatte ins untere Feld Ken und Barbie auf seinem Bett gezeichnet: ein rotes Strichmännchen auf einem roten Strichfrauchen.

»Oh, du vermisst deine Mama. Ja, das kann ich verstehen. Möchtest du das Bild noch weitermalen? Vielleicht in anderen Farben? Schau mal, oben in der

Stiftrinne sind auch noch andere Farben.« Die Lehrerin ging wieder.

Noel nahm den schwarzen Stift, öffnete die breite Seite des Filzstiftes und überkrakelte die roten Kreise. Dann griff er nach dem gelben Stift und zog ebenfalls mit der breiten Seite viele Kreise um Barbie und Ken.

Der Gong ertönte. Die kleine Schülerschar stand auf und bewegte sich in den Garten.

Die Lehrerin kam erneut zu Noel. »Oh, das sieht doch schon ganz gut aus. Komm, wir gehen nach draußen.«

Noel setzte sich auf seinen Alsberg und blickte in den Himmel. Manchmal richtete er ein Mini-Holzkreuz aus kleinen Zweigen des Kirschbaumes auf. Aber meistens saß er nur noch da und schaute nach ob.

Am nächsten Tag hatte Noel Therapie bei Frau Padberg. Diese kannte er bereits aus der Tagesklinik. Er mochte die ältere Frau mit den grauen Haaren und der grünen Brille.

Die Therapeutin holte Noel um zehn Uhr im Wartezimmer ab: »Guten Morgen, Noel, wie geht es dir?«

»Gut.«

»Wir haben uns ja eine ganze Zeit nicht gesehen.« Sie führte Noel in ihr Büro.

Der Junge setzte sich auf den Besucherstuhl.

Frau Padberg nahm einen Block von ihrem Schreibtisch und setzte sich zu Noel an den Besuchertisch. »Möchtest du etwas Süßes?«

Noel lächelte und nahm sich aus dem Korb auf dem Tisch einen Schokoriegel. Er öffnete ihn und mampfte ihn genüsslich auf.

Seine Therapeutin lachte herzlich. »Du darfst dir gern einen Zweiten nehmen.«

Frau Padberg strahlte eine Ruhe aus. Als Therapeutin durfte sie ihr Büro in Eigenregie gestalten. Sie hatte ihren Schreibtisch selbst entworfen: Der Tisch besaß die Form einer Nierenschale. Der Computer stand rechts. Dort befand sich ihr Arbeitsplatz. Der Klientenstuhl stand direkt links daneben. Einen Besprechungstisch gab es nicht. »Ruhe ist die beste Medizin, besonders im therapeutischen Gespräch.« So lautete ihr Motto. Wenn Besucher oder Patientinnen oder Patienten sich erst wieder umsetzen müssten, dann gäbe es nur Unruhe. »In meinem Büro soll jedes unnötige Geräusch vermieden werden«, sagte sie immer. Im Kollegium wurde diese Eigenart belächelt. Vor allem Frau Ämtchen teilte nicht die Ansicht von Frau Padberg. Franzi Albers hingegen war begeistert von der ›Padberg-Theorie‹, welche bei der Vorstellung der Errichtung des Neubaus nur im Ansatz vorgestellt worden war. Aber die beiden Frauen sahen und kannten sich nicht. Das Personal der Geschlossenen nannte man in der Einrichtung mit den rund dreihundert Mitarbeiterinnen und Mitarbeitern die ›Verschlossenen‹.

›Therapie 2050‹ hieß das Projekt von Frau Doktor Ämtchen. In ihrem zweihundertseitigen Konzept beschrieb sie, auf welche Weise die Arbeit in den Kinder-Psychiatrien radikal geändert werden sollte. Das Pilotprojekt, welches vor neun Monaten mit der Eröffnung der neuen Geschlossenen gestartet worden war, blieb vorerst unter strengster Geheimhaltung.

In der Planungsphase war das Gebäude mit vielen Details, Skizzen und 3D-Ansichten vorgestellt worden. Das Konzept hingegen blieb vor der Öffentlichkeit verborgen.

Frau Padberg war zunächst begeistert gewesen. Als leitende Therapeutin durfte sie am Konzept mitarbeiten. Doch der Umfang der Sparte ›Therapie‹ war von der Oberärztin von fünfzig Seiten auf magere zwanzig gekürzt worden. Am liebsten hätte sie den kompletten Sektor gestrichen. Doch ohne einen therapeutischen Ansatz wäre das ›Ämtchen-Konzept‹ nicht genehmigt worden. Ihren Ansatz über den Wert der Ruhe musste die Therapeutin vor der Medizinerin eisern verteidigen. Selbst die Idee mit dem besonderen Schreibtisch stellte Frau Ämtchen immer wieder in Frage. Aber ihre Kernidee wollte sich Frau Padberg nicht mehr kaputtreden lassen, vor allem weil sie bei der Vorstellung der Immobilie eine hohe Akzeptanz und Bewunderung erzielte. »Werden die zwei Stühle nicht an der Stelle platziert, werde ich mich in dem Raum auf überhaupt keinen Stuhl setzen!«, hatte sie entschieden gesagt.

»Dieser Stuhl ist gut«, sagte Noel noch schmatzend mit ein paar Kekskrümeln in den Mundwinkeln.

»Welche Stühle sind denn nicht gut?«

»Die Stühle in der Schule sind scheiße.«

»Die Stühle in der Schule sind nicht so gut«, verbesserte sie ihn.

»Nein, die sind scheiße! Die ganze Schule hier ist scheiße. Ich will wieder nach Alsberg und in die Theodor-Heuss-Schule.«

»Bei unserem letzten Gespräch wolltest du unbedingt in die Geschlossene.«

»Aber jetzt will ich nicht mehr. Ich will auf das Kroko. Und mit dem Kroko nach Alsberg fliegen. Mit den Tabletten kann man fliegen.«

»Du meinst das Schaukelkrokodil im Park?«

»Ja! Kroko! Kroko! Ich will auf das Kroko und dann will ich Schoko!«, tirilierte der Junge laut und fröhlich.

Frau Padberg lächelte ihn freundlich an. Sie mochte diesen Jungen. Sie mochte alle Kinder. Sie hatte selbst drei.

Noel Knil wurde ruhiger. Seine Augen wurden wieder glasig. Frau Padberg traute ihren eigenen Augen nicht, wie sich dieser Junge plötzlich in wenigen Minuten veränderte.

»Kroko, Kroko, ich will.« Noel wurde nicht traurig und schon gar nicht wütend. Er wurde immer ruhiger, seine Sätze immer kürzer. Er wurde nicht aggressiv, aber auch nicht fröhlich. Er entwickelte sich wieder zu einem der zehn Roboter der Station zweihundertzwölf. Sie alle hatten ein warmes, kindliches Gesicht. Aber nun strahlten ihre Züge eine kalte, angsteinflößende Neutralität aus.

Frau Padbergs Blick löste sich nicht mehr von dem Antlitz des zu Stein werdenden Jungen. Oder war es fleischfarbener Stahl? Was ging in diesen Sekunden vor sich? So etwas hatte die erfahrene Frau noch nicht erlebt.

»Kroko, Krok!«

Sie vermerkte die Beobachtung in der elektronischen Akte des Klienten. Dann öffnete sie ihr Notizbuch, blätterte bis zur Hälfte und brachte ihre Beobachtung ausführlich zu Papier.

Noel hatte nur noch wenige Lichtblicke. Am Nachmittag saß er wieder auf seinem kleinen Alsberg. Der gepflegte Rasen war an der Kuppe schon abgesessen. Noels mitgenommene Lieblingsjeans färbte sich am Hintern allmählich braun statt grün. Es war ein herrlicher Frühsommertag. Der Himmel war blau. Ab und zu zogen ein paar weiße Wölkchen vorbei. Noel lag auf dem Rücken und schaute ihnen zu. Aus seinem Blick, seiner Mimik konnte man keinen Gedanken ableiten. Was dachte dieser Junge? Konnte er noch eigenständig denken? Weit über den Wolken zog ein winziges Flugzeug seine Bahn durch die blaue Masse. Noels Augen konnten es nicht verfolgen. Sie schauten in die Ferne, in den rechteckigen Ausschnitt des traumhaften Firmamentes.

Plötzlich fügte sich das laute Kettenrasseln der Krokoschaukel in das leise Rauschen des Flugzeuges ein. Sofort richtete sich Noels Oberkörper hoch. »Kroko! Kroko! Ich will auf das Kroko!«

Kapitel 08 Fachgespräche

»Kroko! Kroko! Ich will auf das Kroko!«, schrillte es über das Gelände der Kinder-Psychiatrie Übermaßberg.

Die Kinder auf dem langen Holzkrokodil schauten mit offenen Mündern rüber zur Geschlossenen. Der Einrichtungsleiter Herr Sommer blieb stehen. Dann blickte er ebenfalls in die Richtung seiner Vorzeige-Immobilie, aus welcher der Notruf ertönt war.

Frau Doktor Ämtchen, die sich hinter ihrem Spiegelchen im Obergeschoss über dem Schwesternzimmer befand, welche dem Ruf des einsamen Noels am nächsten war, schaute zu ihrem Chef. »Geh einfach weiter, alter Mann.«

Herr Sommer und auch die Kinder sahen die Frau nicht, wie sie dort stand, mit verschränkten Armen und einem selbstbewussten Grinsen. Sie war sich ihrer Sache sicher. Schon bald würde sie über ihre beachtlichen Erfolge berichten können. Ihre glasigen Augen schauten rüber zu den fröhlichen Kindern auf dem Krokodil. Ihr stolzes Grinsen perfektionierte sich. »Lasset die Kinder zu mir kommen.« Sie lachte.

Herr Sommer ging in das Verwaltungsgebäude. Die Kinder auf dem Kroko schauten zur Tablettenschachtel. Das Kroko schaukelte sich langsam aus. Würde er noch einmal schreien? Würde er nach Peter oder Alex rufen? Das Flugzeug zog eine lange weiße Linie zwischen der Geschlossenen und dem freien Gelände. Das Rauschen der Düsen war verflogen. Es war ruhig im Geländepark. Herr

Sommer hatte längst sein Büro betreten. Die Kinder trauten sich nicht, von dem schützenden Holztier, welches nur wenige Zentimeter über dem Boden der Tatsachen schwebte, abzusteigen.

Ein lautes Motorrattern zerstörte die gespenstische Nachmittagsruhe. Franzi Albers stellte ihr Motorrad auf dem Mitarbeiterparkplatz ab.

Sofort rannten alle Kinder zu ihr.

»Franzi!«

»Hallo Franzi!«

»Franzi!«

»Guten Nachmittag, Franzi!«

»Na, ihr Wilden, wie geht es euch?«

Die kollektive Lebensfreude war zurück in Übermaßberg.

»Und lasset die Hundsmiserablen von mir gehen. Entschuldige vielmals, Lucky, dass ich deinen Namen so in den Dreck ziehe.« Die Oberärztin griff nach ihrer Bayern-München-Kaffeetasse und aß ein Stück Streuselkuchen. Nachmittags sah man sie nirgends in der Öffentlichkeit.

Die Kinder tobten um Franzi herum. Peter setzte sich ihren Helm auf. In weiten Kreisen düste er um die Gruppe herum. Die Erzieherin nahm Alex und einen anderen Jungen an die Hand. Sie versuchte, zu ihrem Arbeitsplatz zu

kommen. Doch die Kinder schafften es, sie auf einen anderen Platz zu bekommen.
Peter sauste zum Kroko und schoss den Ball neben der Stütze gezielt auf den Fußballplatz. Er rollte durch die offen stehende Tür des Schutzzaunes direkt auf den Platz.

Franzi blieb keine Wahl. Sie streifte ihre Motorradjacke ab, löste den Nierengurt und warf ihr Halstuch über ihre Sachen auf der Wiese. In zerrissenen Jeans, knappen Shirt, Motorrad-Stiefeln und mit wilder roter Dreadlocksmähne rannte sie auf den Platz. »Gib ab, Peter, gib ab!«

»So, ihr Lieben, ich muss jetzt in die Gruppe«, sagte Franzi außer Atem.

»Wer hat heute Nachtdienst, die Chefin oder du?«

»Ich habe Nachtdienst. Ich hatte einen privaten Termin. Deswegen bin ich jetzt erst gekommen. Und Karin ist nicht die Chefin. Sie ist die Gruppenleiterin. Wir haben alle gleich viel zu sagen.«

»Machen wir heute Abend wieder Milchreis?«

»Mal schauen, jetzt haben wir erstmal Übergabe. Wenn ich nur Gutes von euch höre, machen wir Milchreis.« Franzi ging zur Station hundertzwölf.

Die Kinder tollten draußen weiter herum. Sie liefen durch den Park, spielten Fußball oder Verstecken. Der Park war sehr weitläufig und es gab viele Bäume, Strauchgruppen und Blumenrabatte. Hier konnte man unbeschwert toben. Auf das Kroko trauten sie sich von dem Tag an nicht mehr.

Abends stand Franzi am Herd und rührte im Milchreistopf.

»Darf ich rühren?«, fragte Peter.

»Na klar!«

Alex kam dazu. »Ich will auch mal rühren.«

»Du darfst auch, wechselt euch einfach ab.«

In der Gruppe herrschte eine gelassene Stimmung. Wie eine zwölfköpfige Großfamilie saß man am Tisch und aß gemeinsam Milchreis. Die weiße Schüssel in der Mitte auf dem Tisch dampfte gemütlich vor sich hin. Franzis Milchreis war beliebt. Die Kinder saßen vor ihren Schälchen und ließen sich jeden Löffel schmecken. Peters Speise war etwas gelber. Er hatte eine Unverträglichkeit. Sein Milchreis wurde in einem Extratopf mit laktosefreier Milch gekocht.

Man hörte nur ein leises Löffelklimpern wie bei einer feinen Gesellschaft. Franzi liebte diese harmonischen Abende. Oft gab es aber auch Streitigkeiten zu schlichten oder Krisen zu entschärfen oder auszuhalten. Ja, man musste sie aushalten, die Krisen, oft bis spät in die Nacht. Die Klientel kam aus sozialen Brennpunkten, aus verwahrlosten Haushalten oder familiären Krisenherden. Die Kinder waren missbraucht oder vernachlässigt worden oder einige Zeit auf sich allein gestellt gewesen. Der Klient Rima sagte mal: *»Wir sind keine bösen Kinder. Man hat aus uns böse Kinder gemacht!«*

Sehnte sich nicht jeder Mensch, jedes Kind nach so einer gemütlichen, ruhigen Abendsituation? Franzi schaute in die Runde, schaute in die glücklichen Gesichter. Mit ihrer

Kollegin Karin hatte sie den Kindern der Station hundertzwölf wieder ein Erfolgserlebnis zubereitet. »Wenn wir ein Kind zum Lachen bringen, haben wir einen guten Job gemacht!«, lautete Franzis Berufsmotto. Wenn Kinder in einer Ersatzfamilie wohnten, sollten sie später sagen können: »Es war nicht so schön wie zuhause, aber wir haben auch viele schöne Stunden erlebt.« Wenn aus den Kindern dann Erwachsene geworden waren, würden sie sich an die schönen Aktionen in der Jugendhilfe erinnern.

An Tagen wie diesen lief die Erziehung wie von allein: Die Kinder der Station hundertzwölf räumten ihre Teller, Löffel und Gläser in die Spülmaschine. Der Küchendienst stellte den großen und den kleinen Topf hinein.

»Die sind schon so sauber, dass man die gar nicht in die Maschine tun braucht«, sagte Alex kichernd.

Die anderen kicherten mit. Die Kiddies gingen zu Karin und holten sich ihre Medis ab. Dann duschte man oder setzte sich vor den Fernseher. Wenn es richtig gut lief, gingen die Jugendhilfe-Kinder sogar freiwillig Zähne putzen und pünktlich ins Bett.

Karin und Franzi waren erleichtert und zufrieden. Sie saßen auf dem Balkon vor dem Betreuer-Büro und genossen die Abendsonne. Im Gegensatz zur Geschlossenen handelte es sich bei der offenen Station um einen Altbau aus den Siebzigern, der in die Jahre gekommen war. Der Architekt war mit den Balkonen und Toiletten sehr großzügig gewesen. Von dem Balkon aus konnte man alles überblicken: das Verwaltungsgebäude mit dem Büro von Herrn Sommer, Station zweihundertzwölf und Station dreihundertzwölf sowie den Park und den Abenteuerspielplatz mit dem Kroko, das ganz leicht mit dem lauen Abendwind schaukelte.

»Das hättest du mal heute mitbekommen müssen!«, sagte Karin, die, mit einem Glas Wasser in der Hand, neben Franzi auf der Bank saß.

»Was denn?«

»Diesen Hilfeschrei von Noel.«

»Aber der ist doch in der geschlossenen Tablettenschachtel.«

Karin lachte auf. »Du und die Schachtel! Ja, die Schachtel ist ja luftdicht verschlossen …«

Franzi lachte ebenfalls auf. »Luftdicht! Du magst diesen gruseligen Neubau ja auch nicht!«

»Da würde ich ja zu gern mal reingehen. Weißt du noch bei der Vorstellung des Projektes? Die haben uns ja nur ein paar Bilder und Pläne gezeigt, wie es mal aussehen soll. Aber eine Eröffnungsfeier oder einen Tag der offenen Tür haben die niemals durchgeführt. Würd' zu gern mal in diesen Tabletten-Bunker reinschauen.«

Franzi und Karin sprachen dieselbe Sprache. Das ganze Team der Station hundertzwölf sprach diese Sprache. Karin war das Urgestein. Sie war seit über fünfundzwanzig Jahren in der Einrichtung beschäftigt und leitete seit zehn Jahren das pädagogische Team der offenen Kinderstation.

Karin schaute auf das Kroko. »Dieser Schrei ging durch Mark und Bein. Für einen Moment war es mucksmäuschenstill auf dem kompletten Gelände.«

»Erzähl! Was war denn da?«

»Noel schrie ganz laut: ›Kroko! Ich will wieder auf das Kroko!‹ Man spürte förmlich seine Angst und Hilflosigkeit. Das war so ein richtiger Todesangstschrei!«

»O nein! Der arme Junge!«

»Ich möchte zu gern mal wissen, was die da mit dem machen.«

»Na, was wohl? Mit Tabletten vollpumpen. Die Medikation war doch hier bei uns schon grenzwertig! Wie kann ich einem Kind ein Aufputschmittel für Erwachsene verschreiben und dann noch ein Schlafmittel für Erwachsene dazustellen, damit das Kind diese Hammerdröhnung aushält? Ich hab' ein Foto von dem Mediplan als Beweismittel gemacht. Die Ämtchen müsste man wegsperren!«

»Sag das nicht so laut, Franzi! Die Frau hat Macht. Die hat schon manche hier rausgekickt. Und mit Fotos wäre ich sehr, sehr vorsichtig! Woher weißt du das mit den Medikamenten für Erwachsene?«

»Das hat mir Frau Scheiwemann aus der Inobhutnahmegruppe Alsberg erzählt. Die kennt sich supergut mit Medis aus. Keine Ahnung, ob die mal Krankenschwester gelernt hat. Sie könnte mir genau die Wirkung und auch die Nebenwirkungen der Medikamente aufsagen, die auf dem Mediplan standen. Die hat sich tierisch aufgeregt: Wer denn so etwas verordnen würde? Das könnte ja nur ein Fehler sein. Sie wäre kurz davor gewesen, die Medis nicht zu verabreichen. Die konnte reden wie ein Wasserfall, aber ist superkompetent und superfreundlich.«

»Und was hast du ihr gesagt?«

»Na, dass sie Ämtchen zusammenfalten soll.«

»Hast du nicht gesagt.«

Franzi lachte wieder und haute Karin auf die Schulter. »Nein, natürlich nicht – ich habe ihr gesagt, dass sie sich an das Ärzteteam wenden soll. Und das hat sie dann auch gemacht. Und dann rief zwei Tage später ihre Kollegin an, Frau Niesgrüner oder so ähnlich. Und die hat dann richtig Dampf abgelassen. Ein Arzt von uns hätte ihr gesagt, Tabletten seien nur wie ein kleiner Elektrozaun.«

»O mein Gott! Wer war das denn?«

»Na, wer wohl? Unser Superdoc, unsere goldene Stimme aus Tschechien.«

Karin musste wieder laut auflachen. »O Franzi! Du haust sie aber auch heute wieder raus! Goldene Stimme! Das ist doch gar nicht deine Generation, gar nicht deine Musikrichtung. Der Mann ist einfach nur unfähig. Also das war früher alles anders hier. Wir haben viel mehr Therapien durchgeführt. Da ganz hinten, Haus zwölf, das war früher unser Therapiezentrum. Da waren fünf Therapeutinnen beschäftigt. Die haben viel Sport mit den Klienten gemacht oder Angsttherapie. Oder Aggressionen mit Kampfsport abgebaut. Einer hatte sogar mal mit denen im Wald Holz gespalten. Waldprojekte, wie deines mit Alex und Peter, waren hier keine Seltenheit. Seitdem die Ämtchen hier ist, läuft alles nur noch über Tabletten. Das ist schon beängstigend!«

»Vielleicht sollte man mal bei Herrn Sommer was sagen.«

»Also ich sage hier nichts mehr. Ich habe mir schon so oft die Zunge verbrannt. Die letzten paar Jahre möchte ich hier in Ruhe die Zufriedenheit aller genießen.«

»Du, Alte, du!«, grinste die junge die ältere Kollegin frech an, die für ihr Alter noch sehr gut aussah. Karin legte wie Franzi Wert auf eine gesunde Ernährung und fuhr Mountainbike und ging joggen.

Karin fing an, zu grübeln. »Wobei sich die Extremfälle in den letzten Monaten tatsächlich häufen. Noel, Heidi …«

»… Guel, Lina …«

»… Janik, Frieda …«

»Und noch einige mehr!«

»Aber haben wir die Verantwortung? Wir sind für den pädagogischen Bereich verantwortlich. Eigentlich sind wir gar nicht befugt, Medikamente auszuteilen.« Karin schaute auf die Uhr und stand zügig auf. »So, meine Liebe, ich fahre jetzt nach Hause.«

»Ja, mach das. Hoffentlich bleibt es noch ein paar Tage chillig hier.«

»Ich wünsche dir eine ruhige Nacht.«

»Dir einen schönen Feierabend!«

»Wenn was ist, kannst du dich ja melden.«

»Ich denke, dass es ruhig bleiben wird.«

»Das denke ich auch. Mach's gut! Wir sehen uns nächste Woche zum Team.«

Franzi öffnete die Doku am PC. Über jedes Kind musste ein Tagesbericht, gegliedert in Vormittag, Nachmittag, Abend und Nacht, geschrieben werden. Montags wurden die Klientinnen und Klienten gewogen und es wurde deren Größe gemessen.

Nach dem zweiten Bericht stand sie auf. »Ich hasse diese Schreiberei! Das liest eh kein Mensch.«

Sie machte die Abendrunde, schaute bei ihren Lieblingen vorbei. Peter und Alex dachten noch lange nicht ans Schlafen. Schon vor der Tür hörte Franzi die beiden rumalbern und lachen.

»… Lucky, du musst aber jetzt dein Medilecki fressen. Sonst kannst du heute Nacht nicht fliegen.«

»Wau, wau, ich will heute nicht fliegen. Ich will einfach mal ein ganz normaler Hund sein, ohne Flügel.«

»Lucky, aus! Wir haben nicht den ganzen Tag Zeit!«

Die beiden lachten sich schief. Franzi klopfte an der Tür.

»Wau, wau!«

Sie betrat den Raum. »Hey, ihr Kerlchen, ihr sollt schlafen.«

»Wau, wau!«

»Lucky! Ab in dein Körbchen!«

»Wau, wau!« Alex krabbelte auf allen Vieren in sein Bett.«

»Und nun wird hier geschlafen, ihr Räuber.«

Beide Jungs lagen nun brav in ihren Betten und schauten die Erzieherin mit treuen, lieben Hundeblicken an.

»Gute Nacht, ihr zwei.«

»Gute Nacht, Franzi!«

Kaum war die Tür ins Schloss gefallen, sprang Lucky wieder aus dem Körbchen. »Wau, wau!«

Peter blieb im Bett liegen. »Ich hab keine Lust mehr, Lucky und Fucky zu spielen.«

»Meine Mama fand das immer ganz toll, wenn ich ein kleiner Hund war. Dann hatte ich alles von der bekommen.«

»Wie, alles?«

»Wenn wir im Spielzeugladen waren, brauchte ich sie nur lieb angucken und wie ein Hund zu weinen …«

»Du meinst wimmern. Hunde können nicht weinen.«

»Wimmern? Gut, dann habe ich gewimmert. Wenn ich gewimmert habe, bekam ich das Lego-Auto oder einen Bagger oder einen Lego-Zug.«

»Einen ganzen Lego-Zug? Nur weil du gewimmert hast?«

»Ja, das war ganz einfach. Einmal hat sie nein gesagt. Dann hatte ich so lange laut gebellt, bis sie mir das kaufte, was ich wollte.«

»Und was hat dein Papa dann gesagt?«

»Nix, der war ja nicht mehr da.«

»Wo ist der denn?«

Alex ging in sein Bett, kuschelte sich in die Bettdecke ein und nahm sein weiches Eselchen fest in den Arm. Er weinte heimlich.

Peter bemerkte es sofort. »Alex, du brauchst nicht weinen. Mein Papa ist auch nicht mehr da.«

»Wo ist der denn?«, wimmerte Alex ganz leise.

»Der ist auch einfach weg. Manche Menschen sind einfach weg, sagt mein Opa immer.«

»Man kann nicht einfach weg sein. Mein Papa ist ganz stark. Aber der kommt nicht mehr und ich weiß nicht, warum.«

»Sei froh, dass du das nicht weißt. Mein Papa will Mama sein. Ich wünschte, ich wüsste das nicht!«

»Papas können nicht Mama sein!«

»Sagt mein Opa auch und meine Mama. Aber mein Papa will Mama sein.«

»Dann hast du einen doofen Papa.«

»Aber ich habe einen ganz tollen Opa. Mein Papa will Mama werden. Dann ist mein Opa mein Papa, fertig!«

»Aber dein Opa war noch nie hier.«

»Der ist nicht sorgeverträglich. Aber für mich ist es mein Papa.«

»Ich finde diese Welt manchmal ganz schön doof!«

»Ich auch! Mein Opa sagt, dass in der nächsten Welt wieder alles gut wird und ich meinen richtigen Papa wiedersehe.«

Alex sagte nichts darauf. Für ihn gab es nur diese eine Welt.

Peter erzählte weiter: »Mein Opa kann mit den Toten sprechen.«

»Wie macht der das denn?«

»Die reden miteinander, aber du kannst es nicht hören. Opa macht ja die Löcher auf dem Friedhof, wo die Toten reinkommen.«

»Hat er keine Angst vor den Toten?«

»Nein, und ich auch nicht. Ich darf ihm immer helfen beim Schüppen. Wenn es heiß ist, gehen wir schon mal in die Leichenhalle und setzen uns zu den Toten. Da ist es schön kühl. Nachts geht Opi alleine dorthin.«

»Oh, das ist so gruselig!«

»Nur nachts, wenn es zwölf Uhr ist. Nachts darf ich nicht mit.«

»Und wie redet dein Opa mit denen?«

»Leise! Gaaaanz leise! Neben der bösen Frau Schmidt saß er drei Mal und lächelte immer. Bei der lieben, uralten Frau Schneider saß er noch öfters und weinte drei Mal.«

»Du hast ja einen spannenden Opa.«

»Ja, aber der ist alt und wird irgendwann auch nicht mehr da sein – wie dein Papa. Aber irgendwann sehen wir uns wieder, in der Welt hinter den Löchern. Du kannst also mit deinem Papa reden – wie mein Opa. Deinen Papa musst du nicht sehen. Wenn du einen lieben Papa hast, hilft er dir aus dem Himmel. Geht aber auch, wenn der am Nordpol ist.«

Alex schrie einmal kurz vor Freude. »Dann hilft er mir! Dann hilft er ja immer! Aber ich möchte auch einen lieben Menschen sehen, wenn ich mit dem rede.«

»Na, du hast doch mich!«

Die beiden Jungs schauten sich an. Sie schauten sich fröhlich und zufrieden an. Es klopfte erneut an der Tür.

Ein dumpfes »Schlafen, Jungs!« schwang liebevoll in den verdunkelten Raum.

»Ja, Franzichen!, antworteten die beiden wie fast jeden Abend.

»Und Franzi haben wir auch!«, sagte Peter.

»Ja! Und Franzi haben wir auch!«, erwiderte Alex.

Beide Jungs fielen in einen angenehmen tiefen Schlaf.

Um zweiundzwanzig Uhr dreißig ging die Erzieherin an allen Türen vorbei. Die Station hundertzwölf schlief. Hinter keiner Tür hörte sie Gespräche oder sonstige Auffälligkeiten. Sie ging in das Bereitschaftszimmer und machte sich im Bad für das Bett fertig, welches sie bereits zu Dienstbeginn bezogen hatte. In einem drei Meter breiten Schrank hatten alle Mitarbeitende ein Fach für ihre Bettwäsche und für ihre persönlichen Dinge. Das Nachttischlämpchen warf ein angenehmes Licht in den Raum. Sie schaute noch ein wenig fern. Dann schlief sie ein. Franzi hatte einen leichten Schlaf. In den langen Nächten in einer Kinder-Psychiatrie gab es unzählige Geräusche: die Lüftung des Jungenbads, den durch den Flur pfeifenden Wind in Gewitter- oder Sturmnächten, das Plätschern der

Wasserkanne am Getränkewagen. Das Tippeln tausender Klientenfüße. Wer lief da? Wer ging nun schon wieder auf Toilette? Blieb jeder auf seinem Zimmer? Trotz der beruhigenden Abendmedikation waren nächtlich viele unterwegs, besonders wenn das Nachtpersonal im Bett lag. Nicht selten klopfte es an der Tür und eines der Kinder murmelte: »Ich kann nicht schlafen.« Das gehörte zur Nachtbereitschaft. Circa zwanzigmal im Jahr musste man aufstehen und ein Kind trösten oder es etwas bemuttern oder bevatern.

Leise klopfte es an der Tür. Franzi lag auf der Seite und träumte vor sich hin. Manchmal träumte sie von der Firma ihres Vaters. Wie sehr hatte er sich gewünscht, sie würde in das Unternehmen einsteigen. Doch das Büro war nichts für die wilde Franzi, die gern Aktion und Kinder um sich hatte. Seit dem Zeltlager in Italien wollte sie Erzieherin werden. Ihre Eltern hatten die Berufswünsche ihrer beiden Töchter akzeptiert und das Unternehmen verkauft. Doch in Franzis Träumen arbeitete sie im Büro ihres Vaters. Sie war weder angestellt, noch war sie Chefin. Sie schaffte an den eigentlichen Projekten und man sprach mit ihr, aber keiner fragte, warum sie jetzt doch da war. Oft war sie nachts in der Firma ihres Vaters. Sie saß an einem Schreibtisch und zeichnete ausgefallene Wohnzimmer mit großzügigen Verglasungen und ausladenden Terrassen. Es klopfte. Die Zeichnung verdunkelte sich. Das ganze Büro wurde dunkler. Franzi Albers schwebte nach oben. Das Büro drehte sich und wurde unsichtbar. Hatte es geklopft? Sie öffnete die Augen und schaute auf die schlichte, dunkle Wand. Wo war der Schreibtisch? Es klopfte erneut. Die Erzieherin musste grinsen. Wieder so ein Firmentraum. Ihre Gedanken schwiegen wieder.

»Franzi? Ich kann nicht schlafen«, hörte sie eine leise Stimme rufen. Sie war mit einem Schlag hellwach, aber dennoch etwas neben sich stehend beziehungsweise liegend. Beide Augen öffneten sich. ›Wer ist da? Wie lange klopft es denn schon?‹, fragte sie sich in Gedanken. Wieder im Halbschlaf zog sie sich ihre Jeans und ein T-Shirt über und öffnete die Tür.

»Franzi, ich kann nicht schlafen. Ich habe Angst.« Der kleine Alex stand im gestreiften Schlafanzug und mit seinem Kuschellöwen vor ihr.

»Ach, Alexchen, komm, ich bringe dich in dein Bett.«

Die beiden gingen zum Zimmer ›Starke Jungs‹. Peters Kopf schaute nur ein kleines Stück unter der Bettdecke hervor. Neben ihm hätten Bomben explodieren können. Er würde weiterschlafen. Alex kletterte in sein Bett.

Franzi kuschelte ihn ein. Sie nahm sich den Stuhl vom Schreibtisch und setzte sich vor sein Bett. »Warum kannst du denn nicht schlafen?«

»Ich habe ganz feste Angst.«

»Du brauchst keine Angst haben.«

»Aber wie lange bleibe ich denn hier?«

»Das kann ich dir leider auch nicht sagen, vielleicht noch ein paar Wochen?«

»Kann ich denn nicht für immer hierbleiben?«

»Wie? Du möchtest hierbleiben?«

»Hier finde ich es am schönsten.«

»Ja, aber hier ist man immer nur für ein paar Wochen. Dann muss man wieder woandershin.«

»Immer woandershin.«

Alex lag auf dem Rücken und schaute Franzi an. Seine Augen wurden kleiner. Nach einer Weile der Ruhe fielen sie zu. Franzi stellte den Stuhl zurück an den Schreibtisch und schritt an dem kleinen Jungen vorbei.

»Ich will nach meinem Papa«, flüsterte er noch einmal leise vor sich hin.

Die Erzieherin legte sich wieder schlafen. »Die Geschichten meiner beiden starken Jungs sind anders als die anderen! Da stecken viel zu viele Lügen drin. Mal schauen, was da noch alles zu Tage kommt«, flüsterte Franzi vor sich hin.

»Es gibt schlechte Nachrichten!« Franzi kochte sich gerade eine Tasse Kaffee am frühen Morgen, als Frau Doktor Mairainer in die Küche kam.

»Die gibt es hier doch jeden Tag, Frau Doktorchen«, versuchte Franzi, die Sorgen der Frau Mairainer zu mildern.

»Diesmal sind sie sehr, sehr schlecht. Ich erzähle sie dir vor der Teamsitzung, weil ich deine Arbeit sehr schätze und weil ich weiß, wie stark du dich für Alex einsetzt. Und weil ich weiß, dass du deine freche Zunge nicht immer unter Kontrolle hast.« Sie nahm die Erzieherin mit beiden Händen an den Schultern und schüttelte sie.

Die Frauen amüsierten sich.

»Die Gesetzgebung und die rechtlichen Bedingungen in diesem Land sind leider nicht immer zum Wohl des Kindes. Daran wirst du dich auch gewöhnen müssen.«

»Nun schießen Sie schon los!«

»Alex Schneider kommt auf die Geschlossene.«

»Wieso denn das?«, kreischte die kesse, wilde Frau direkt.

»Das wurde per Gericht entschieden, per Eilantrag. Gegenüber dem Vater wurde ein Kontakt- und Besuchsverbot verhängt.«

»Das darf doch alles nicht wahr sein! Was ist das denn für eine bekiffte Welt? Der Junge läuft doch total gut! Alex liebt seinen Vater! Der wird ja wohl in Berufung gehen.«

»Nein, wird er nicht. Er hat heute Morgen hier angerufen und sich für unsere Arbeit bedankt.«

»Und der nimmt das einfach so hin?«

»Er wirkte sehr gelassen. Über drei Jahre hat er für seinen Sohn gekämpft. Für das, was kommt, würde er keine Verantwortung mehr tragen müssen. Man hat ihm das komplette Sorgerecht entzogen. Das Jugendamt und Frau Doktor Ämtchen haben die Kontaktsperre empfohlen. Und die wurde verhängt.«

»Diese Ämtchen! Die schmeißt sich doch selber jeden Tag ein paar Pillen rein.«

Genau in dem Moment klopfte es an der Tür und Frau Doktor Ämtchen kam rein. Franzis Unterkiefer klappte herunter. Sie fächerte mit zwei Fingern vor ihrem Bauch und grinste Frau Mairainer mit weit aufgerissenen Augen an. Auch diese war erschrocken und überrascht zugleich, dass die Oberärztin um kurz nach acht in der Stationsküche erschien.

Sie schaute streng zu Franzi, bekam nur ein flüchtiges, leicht abwertendes »Guten Morgen« heraus, legte zwei Akten und ein paar Großbriefumschläge auf den Tisch. »Wenn Sie hier fertig sind, kommen Sie direkt zu mir ins Büro, Frau Doktor Mairainer.« Sie blickte auf den Boden, ohne einmal aufzuschauen.

»Wir haben in zehn Minuten Teamsitzung.«

»Sie kommen erst zu mir! Es dauert nicht lange.« Sie schaute weiter auf den Boden und ging schlürfend aus dem Raum.

»Die Frau ist so verstrahlt!«

»Franzi!«

»Sorry, ich kann die Frau nicht für voll nehmen.«

Die Teamsitzung begann. Franzi und Frau Doktor Mairainer fehlten. Dass die Oberärztin die Leiterin der Runde war, überraschte keineswegs. Doch dass Franzi nicht erschien, war mehr als ungewöhnlich. Sie war immer dabei, es sei denn, sie hatte Urlaub. Ihre Kolleginnen und Kollegen schien ihre Abwesenheit nicht zu stören. Tatsächlich konnte man sogar eine leichte Entspannung in ihren Gesichtern erkennen, denn Franzi stellte gern unbequeme Fragen oder versuchte, unkonventionelle Erziehungsmethoden durchzusetzen, was ihr auch oft gelang.

Frau Ämtchen trug vor: »Kommen wir direkt zum Organisatorischen. Gibt es zu den Klienten außerhalb der Dokumentation noch etwas anzumerken?«

Keiner sagte etwas.

»Das ist nicht der Fall. Eine Änderung habe ich: Alex Schneider wird in Kürze auf die Geschlossene verlegt.«

Manche Augen wurden größer. Eine ältere Kollegin schüttelte kaum sichtbar mit dem Kopf. Es entstanden leise Kurzgespräche unter den Anwesenden.

»Sie brauchen gar nicht herumzumurren. Es liegt eine richterliche Anordnung vor. Kommen wir zur Team-Orga. Kollegin Sträter ist bis zum dreißigsten und Kollege Müller bis zum siebenundzwanzigsten krankgeschrieben.«

Wieder zeigte das Kollegium der Station hundertzwölf seine Unzufriedenheit.

»Ich kann es doch nicht ändern, Leute. Ich kann es nicht ändern. Ruhe, bitte! Es gibt noch eine weitere personelle Änderung. Frau Albers wird versetzt. Sie wird ab nächster Woche in der Tagesklinik in Hennstätt die Betreuung der Kinder bis zwölf Jahre übernehmen. Frau Albers' Tätigkeit in der Mitarbeitervertretung wird vorerst ruhen. Es liegt ein Sachverhalt vor, der erst einmal geklärt werden muss.«

»Was soll das denn jetzt?«

»Wie sollen wir das hier schaffen mit so wenig Leuten?«

»Was hat die denn angestellt?«

»Wieso wird die versetzt?«

»Na ja, ein bisschen frech ist sie schon!«

»Muss ich auch bald gehen?«

»Ruhe, bitte! Leute, Ruhe, bitte! Auch darauf hatte ich als Oberärztin keinen Einfluss. Bitte sehen Sie es mir nach, dass ich hier vorerst keine weiteren Auskünfte geben kann. Wir werden aus Personalgründen Station hundertzwei schließen. Von denen werden zwei hier auf Station kommen. Dadurch werden wir aber wieder zwei Notbetten haben. Also ›tapfere Ritter‹ hat erneut drei Betten und im Spielzimmer wird wieder die Matratze liegen. Ich hoffe, es ist nur eine Zwischenlösung.«

Das Kollegium der Station hundertzwölf murrte und murmelte weiter vor sich hin. Aber die Tatsache, dass man drei Klienten mehr mit drei Kolleginnen weniger versorgen musste, nahm man einfach hin. Mit einer Franzi Albers in der Sitzung wäre dies niemals umsetzbar gewesen. Sie war in der Mitarbeitervertretung und kannte alle Rechte ihrer Kolleginnen und Kollegen – wenngleich sie den Schreibkram und starre Paragrafen hasste. Aber in der Position konnte sie die rechtliche Lage oft zum Schutz der Belegschaft auslegen. War das geplant gewesen? Rechtlich gesehen sicherte sich Frau Ämtchen ab: Es war eine Ausnahme. Mit einer Sondergenehmigung der überstehenden Behörde hatte die Oberärztin freie Hand.

»... und mit der anderen Hand wird sie die Tore des Medikamentenschrankes weit öffnen! Der starke Ritter Lin machts möglich!«, hätte Franzi wohl Karin ins Ohr geflüstert, wenn sie dabeigesessen wäre. Durch die Blume hätte ihre zu ehrliche Zunge in den Raum geworfen: »Plus drei und minus drei ergibt null, oder wie?«

Man hätte zu ihr geschaut, mit Bewunderung, mit Verachtung, mit Neid? Aber keine und keiner wäre auf ihre Aktion aufgesprungen, selbst Karin nicht. Aber zu dieser hätte sie gesagt: »Ich vergaß, diese Obernull kann ja nicht rechnen.«

Doch sie saß nicht an ihrem Platz neben ihrer Gruppenleiterin, die zwar mitmurmelte, aber diese tiefgreifenden Veränderungen durch das Mitschweigen abnickte. Murmeln war mehr schweigen als reden. Murmeln reicht nicht für ein klares Nein.

Franzi Albers wetterte auf dem roten Stuhl im Zimmer von Frau Mairainer vor sich hin: »Betreuung in der Tagesklinik! Das ist eine Beleidigung! Kinder von acht bis sechzehn Uhr betreuen – das macht jede Praktikantin!« Franzi lief zur Höchstform auf. »Nur weil ich gegen eine Tür gedrückt habe. So einen Schwachsinn habe ich noch nie gehört. Davon hat man uns auch in der Erzieherschule nichts gesagt. Ich darf mich nicht auf die Bettkante setzen. Ich darf ein Kind nicht fixieren oder bin schon in einer Grauzone, wenn ich es in den Arm nehme. Aber wenn ich eine Tür aufdrücke, berühre ich ein Kind noch nicht mal. Der Junge hat einen Herzfehler. Was wäre denn, wenn der im Bad umgekippt wäre? Frau Scheiwemann aus der Inobhutnahmestelle Alsberg hat mir erzählt, dass ihr Kollege in der Nacht eine Tür aufgedrückt hat und bei einem zwölfjährigen Mädchen zwei minderjährige Flüchtlinge angetroffen hat. Die haben dem Mädchen Wein verabreicht. Vielleicht war da ja sogar was drin! Der eine war ein Drogendealer und dem anderen drohte eine Zwangseinweisung in eine Kinder-Psychiatrie – wegen Waffenbesitz und fünffacher Körperverletzung. Hätte der Mitarbeiter auch nicht gegen die Tür drücken sollen, als der Dealer beim Aufschließen der Zimmertür Gegendruck aufbaute?«

»Franzi, es geht nicht um den Vorfall mit dem Türaufdrücken.«

»Sondern!?«

»Es geht um einen anderen Vorfall.«

»Was denn für einen anderen Vorfall? Ist das hier ein Albtraum?«

»Ich darf dir keine Einzelheiten nennen. Und Franzi, bitte! Bitte versuche nicht, etwas aus mir herauszubekommen. Das kostet mich dann meinen Job. Du weißt, ich schätze dich sehr. Ich werde alles daransetzen, dass du hier bei mir auf der Station bleibst. Karin hält auch zu dir.«

»Irgendetwas stimmt hier nicht! Und das werde ich herausbekommen. Die Ämtchen spielt falsch! Die hat schon mehrere Kolleginnen auf dem Gewissen!«

»Ich muss zugeben, dass mir die ganze Angelegenheit auch sehr suspekt vorkommt. Aber wir müssen uns nun an die rechtlichen Rahmenbedingungen halten.«

»Rechtlich, rechtlich, rechtlich!«

»Franzi, beruhige dich.«

»Ich will mich aber nicht beruhigen. Ich mache hier einen guten Job. Und ich mache ihn gern, weil ich Kinder liebe. In diesen Job stecke ich mein ganzes Herzblut. Und statt Lob zu bekommen, wird man rausgeschmissen?«

»Noch wurdest du nicht rausgeschmissen, noch ist nichts verloren. Ich war eben bei Herrn Sommer und in der Personalverwaltung. Herr Sommer war empört über den Vorfall und die eigenwillige Entscheidung von Frau Ämtchen. So etwas habe er in dieser Einrichtung noch nicht erlebt. Und der ist schon über fünfundzwanzig Jahre hier. Er sagte sofort, dass er alles daransetzen wird, dass du hier in der Einrichtung bleibst. Mit dem Personalleiter hat er ein Schlupfloch gefunden: Du wirst nicht versetzt, du wirst nicht freigestellt. Du nimmst jetzt einfach zwei Wochen Urlaub. Den Urlaubsschein habe ich schon unterschrieben.«

Franzi wurde ruhiger. »Ja, aber macht es nicht Sinn, einfach mal mit mir über diesen geheimen Vorfall zu sprechen? Ich weiß ehrlich gesagt nicht, was ich so dramatisch falsch gemacht habe, dass man so eine Veränderung durchzieht, ohne mit mir zu sprechen. Also ich meine, dass würde sogar richtig viel Sinn machen, Doktorchen.«

Frau Mairainer lächelte Franzi herzlich an und atmete einmal tief durch. »Ja, Franzichen!«

Die beiden Frauen lachten erleichtert.

»Frau Ämtchen ist hier ein grober Formfehler unterlaufen. Sie beruft sich darauf, dass du weisungsgebunden bist und damit laut Dienstvertrag jedem Bereich der Einrichtung zugeteilt werden kannst.«

»Wer hier länger als vier Jahre arbeitet, hat das Recht auf Mitsprache!«

»Ja! Franzi, das stimmt. Sie hätte zunächst mit dir sprechen müssen, dann mit mir als Stationsärztin und dann mit Karin als pädagogischer Gruppenleiterin. Das hat sie aber nicht. Und genau dies ist unser Joker. Vielleicht ist Anni Ämtchen ja gar nicht die Unruhestifterin. Womöglich ist sie nur eine Marionette. Lassen wir einfach mal alle Möglichkeiten offen. Du musst jetzt das machen, was du überhaupt nicht kannst.«

Franzi lachte laut auf. »Doktorchen, Sie können so schön frech sein!«

»Du gehst jetzt zu deinem Feuerstuhl, sagst kein Wort mehr, zu niemandem! Du setzt deinen Helm auf und fährst nach Hause und lässt uns hier machen. Wenn dir hier jemand was will, wird dieser Person genau diese Verhaltensweise absolut nicht gefallen. Sie erwartet jetzt von dir, dass du ausflippst. Und genau das machst du nicht!«

»Ja, aber …«

»Franziska Albers! Das war keine Bitte. Das war eine klare Dienstanweisung! Fahr einfach mit einem Lächeln im Gesicht nach Hause. Zeig allen, wie du dich auf deinen Urlaub freust.«

Franzi kratzte sich verlegen an der Wange, grinste frech mit leicht zur Seite geneigtem Kopf. »Na, ob ich das hinbekomme?« Sie stand auf.

Frau Mairainer tat es ihr gleich. Franzi ging auf sie zu, drückte sich einmal fest an ihre Vorgesetzte. Sie schauten sich tief in die Augen. Franzis Blick war immer noch frech, fast schon wieder zu frech. Im rechten Auge der Ärztin stand eine Träne. Franzi machte sich auf den Weg.

Kapitel 9 Security

»… So, Leute, das war es für heute.« In ihrer schlichten grauen Jacke, ihrer Schlabberjeans mit aufgestickten Blümchen auf Kniehöhe und in lila ausgelatschten Sneakern ging Frau Doktor Ämtchen aus dem Raum. »Lucky, komm!«

Dieser wartete an der Tür. Ihr langer hellgrün gefärbter Pony verdeckte ihre Augen, wirkte wie Scheuklappen für die Weitsicht. Trotz der schwarzgefärbten Kurzhaarfrisur sah man, auf welcher Seite der Kopf noch vor Kurzem auf einem harten Kissen oder auf einer Tischplatte gelegen hatte. Die ersten Kolleginnen begannen, sich leise zu unterhalten.

»Lucky, nun komm, wir haben nicht ewig Zeit!« Sie ging erste Schritte in den langen Flur.

Am anderen Ende öffnete sich die Glastür. Franzi Albers kam ihr in enger Bluejeans, Lederjacke und kurzen weißen Top entgegen. Ihr linker Arm griff nach dem offenen Visier des Helmes. Das rote wilde Haar pendelte im Gleichklang mit ihrem weiblichen Gang. Die hereinströmenden Sonnenstrahlen zielten auf die junge attraktive Frau. Wie eine eiserne Kämpferin schritt sie voran.

Frau Ämtchen schaute auf den Boden und tippelte wie eine blinde, alte Frau an der rechten Seite entlang. Zwei Frauen gingen aufeinander zu, wie sie unterschiedlicher nicht sein könnten.

Frech schaute die große, schlanke Franzi geradeaus. Die Oberärztin schaute wie immer auf den Boden, sah unter ihrer ›Scheuklappenmähne‹ nur die ersten drei Meter vor sich. An der rechten Hand führte sie Lucky. Im linken Arm hatte sie ihre Baumwolltasche mit Leckerlis und Unterlagen. Das war der ›Ämtchen-Look‹, den alle kannten – Ärzte und Ärztinnen, Betreuerinnen und Betreuer, Bewohnerinnen und Bewohner der Kinder-Psychiatrie Übermaßberg.
Schritt für Schritt gingen die beiden aufeinander zu. Die Blicke trafen sich nicht. Nahm Frau Doktor Ämtchen die Erzieherin überhaupt wahr? Franzi registrierte die Frau, die sie für ihre unbegründete Zwangsbeurlaubung verantwortlich machte. Selbstbewusst ging sie ihren Weg. Der zügige Schritt, die wild pendelnde rote Mähne ließ den Pony der Ärztin aufflattern. Der Duft von Abenteuer, Wildheit und feurigem Temperament wirbelte umher und vereinte sich mit dem Geruch von Schoßhündchen, Medikamenten und einer großen Portion Lebensunlust.

Um ein Haar hätte sich der Baumwoll-Taschengriff an der offenen Helmschnalle eingefädelt und die beiden Rivalinnen wären unliebsam aneinandergestoßen. Frau Doktor Ämtchen setzte unbeachtet schlürfend ihren Gang fort. Lucky guckte einmal Franzi nach, ohne dass die Leine zu sehr gespannt wurde. Beim Öffnen der Ausgangstür schaute Franzi mit tiefem Blick zurück. Der Hund blieb stehen.

Frau Ämtchen blickte verlegen nach hinten auf die Motorradstiefel der jungen Frau. »Lucky, komm!«

Der angenehme Duft der Lindenblüten aus dem Park zog in das Gebäude. Franzi folgte dem Duft. Vor der Tür atmete sie einmal tief ein und schloss die Augen. Sie zog ihr Handy und tippte ihrem Freund: »Wir fliegen.« Sie setzte ihren Gang fort bis zu ihrer Maschine. Sie steckte den Schlüssel in das Zündschloss und wollte den Motor hochdrehen. Doch er steckte nur. In aller Ruhe legte sie sich den Nierengurt um, zog ihr Halstuch über und setzte sich auf das Bike. Ihr Handy vibrierte: »Wir waren doch erst vor drei Wochen in Portugal, Schatzi.«

»Dann reißen wir aus! Bad Boy« Der Motor wurde gestartet. Franzis Hand lag auf dem Gasgriff. »Hochzieh'n?« Die Bikerin schaute in den Rückspiegel, zwinkerte sich an. »Ruhich bleiben!« Mit Fingerspitzengefühl versuchte sie, den lauten Enduromotor, der immer unüberhörbar über das komplette Gelände dröhnte und manche Gardine zum Wackeln brachte, so leise wie möglich ertönen zu lassen. Mit niedrigster Drehzahl, mit niedlichster Franzi rollte das Zweirad vom Gelände der Kinder-Psychiatrie Übermaßberg.

Die Glastür hinter der Oberärztin schlug zu. Lucky zuckte zusammen.

»Frau Doktor Ämtchen, Sie mögen bitte unbedingt in der Inobhutnahme Alsberg anrufen.«

»Die sollen sich mal gedulden. Vielleicht komme ich da heute Nachmittag zu. Ich kann nicht überall gleichzeitig sein.«

»Die weigern sich aber, den Klienten Noel Knil wieder aufzunehmen.«

»Sagen Sie denen, dass die dazu verpflichtet sind, den aufzunehmen. Mit sowas muss ich mich doch wohl nicht rumärgern. Ein Wahnsinn ist das hier.« Sie schlug die Tür zu ihrem Zimmer bestimmend hinter sich zu.

Nur wenige Minuten später klingelte das Telefon der Oberärztin. »Schwesternzimmer ruft an.«

»Was ist denn jetzt schon wieder?«

»Eine Frau Niesgrauer ist am Telefon. Ich konnte sie nicht abwimmeln. Die weigert sich, den Jungen aufzunehmen.«

»Welchen Jungen denn?«

»Noel Knil!«

»Na, dann geben Sie mir die mal.«

»Hallo? Sind Sie noch dran?«, fragte Frau Niesgrauer in den Hörer.

»Guten Morgen, ja, wir sind noch dran. Sie sprechen mit der Oberärztin der geschlossenen Station – Frau Doktor Ämtchen. Wir haben Ihnen am Freitag bereits telefonisch mitgeteilt, dass wir den Patienten Knil heute entlassen. Er hat sich hier gut geführt. Es besteht keine Gefahr mehr – weder der Eigen- noch der Fremdgefährdung.«

»Guten Morgen Frau Ämtchen, wir hatten dem Jugendamt mitgeteilt, dass wir Noel nicht mehr aufnehmen.«

»Das ist ein Problem zwischen dem Jugendamt und Ihnen. Das ist nicht unser Problem. Wir sind hier keine Problemfälleverwahranstalt. Sprechen Sie mit dem Jugendamt. Die müssen eine Bleibe für ihn finden. Die Therapie hier ist abgeschlossen. Wir sind überbelegt und haben eine sehr lange Warteliste. Ich kann Ihnen versichern, dass der Junge weder für sich noch für andere eine Gefahr darstellt.«

»Wir klären das mit unserer pädagogischen Leitung und mit Frau Plattheimer vom Jugendamt Oberstaufenwald.«

»Ja, dann klären Sie mal.« Frau Ämtchen legte auf.

»Diese Ämtchen treibt einen in den Wahnsinn!«

»Was hat sie denn gesagt?«, fragte Frau Scheiwemann von ihrem Schreibtisch aus.

»Die wären keine Problemfälleverwahranstalt.«

»Lass uns Frau Plattheimer anrufen.«

»Und was sagen wir der?«

»Nur mit Security, Sicherheitsdienst wie bei Lina.«

Die Arbeit in den Inobhutnahmegruppen in Deutschland befand sich im Wandel. Es handelte sich schon lange nicht mehr um einen reinen pädagogischen Auftrag. Es ging um Schutz! Man musste den Tag, besonders als Frau, allein im Dienst überstehen! Es ging um Schutz vor Gewalt. Es ging um Schutz vor den Klienten. Es ging um den eigenen

Schutz der Klienten, die nicht mehr Halt davor machten, sich selbst ein Messer an die Kehle zu halten, die aber auch keine Skrupel mehr davor hatten, eine Schere in den Arm der Betreuerin zu rammen. In den Großstädten wurden sie bereits zu Anfang des neuen Jahrtausends eingesetzt: Security-Service. Oft war ein Sicherheitsmann oder eine Sicherheitsfrau vierundzwanzig sieben für eine Gruppe zuständig. Die neuste Mode aber war, dass eine Schutzperson für einen Schützling zuständig war. Dafür erhielt die Sicherheitsdienst-Firma tausend Euro am Tag, mindestens achtundzwanzigtausend Euro pro Monat.

Lina war die Erste in der Inobhutnahme Alsberg, welche diesen besonderen Schutz genießen durfte. Egal, wo sie hinging – zur Schule ging sie nicht –, sie wurde immer bewacht. Selbst nachts saß der Wächter vor ihrer Tür und spielte an seinem Handy. Einmal sah das komplette Inobhutnahme-Team während der wöchentlichen Besprechung Lina allein auf der Schaukel im Park. Der in die Jahre gekommene Sicherheitsbeauftragte war oben vor dem Zimmer auf dem Stuhl eingeschlafen.

Lina war stolz, dass sie einen eigenen Schutzmann hatte, wenn sie auf den Spielplatz, wenn sie zum Arzt, wenn sie zum Friseur ging. Sie hatte eine eigene Schutztruppe, welche sich im Zwölf-Stunden-Takt ablöste.

»Ja, aber das würde dem Kreis Oberstaufen sechzigtausend Euro im Monat zusätzlich kosten. Tausend Euro für so ein Security pro Tag. Das ist Wahnsinn!«

»Ist das unser Problem? Noel hat mich schon beim Abendessen mit einer Gabel bedroht. Die wollte er mir in den Hals stechen. Also mein Leben ist mir dreißigtausend Euro pro Monat wert. Dann soll das Jugendamt endlich einen geeigneten Platz für Noel finden.«

Das war das Problem der Jugendämter. Es herrschte Fachkräftemangel – wie in allen Branchen. Regel- oder Intensivgruppen hatten lange Wartelisten. Man konnte sich die einfachsten Kinder heraussuchen, wenn es denn davon noch welche gab. Noel Knil wurde wohl immer nach ganz unten gestellt. Er galt als äußerst schwer vermittelbar.

Hinzu kam, dass deutschlandweit tausende Plätze durch die sogenannten UMA, also unbegleitete minderjährige Ausländer, belegt wurden.

Wenn ein Flüchtling an der Grenze mit seinem Smartphone, aber ohne Ausweis eintraf, durfte er durch so viele Länder reisen, bis er die Landesgrenze der Bundesrepublik Deutschland erreichte. In dieser Republik wurde dann in einem Ersterfassungslager sein Alter geschätzt. Über sechsundneunzig Prozent wurden als minderjährig eingestuft, hatten das achtzehnte Lebensjahr aber weit überschritten. Um die Mengen dieser besonderen Art von Flüchtlingen aufnehmen zu können, wurden UMA-Gruppen in den Jugendhilfeeinrichtungen installiert. Der Tagessatz für einen UMA lag circa zwanzig Prozent über dem eines BMD, eines begleiteten minderjährigen Deutschen.

Eine große Zahl der UMA war privat versichert. Für die Jugendhilfeeinrichtungen und medizinische Institutionen handelte es sich also um A-Kunden, die man gern aufnahm, ohne Rücksicht auf die B- und D-Kunden.

Ein Verbleib in Deutschland war so gut wie sicher. Rückführung? Abschiebung? Doch wohin sollten diese abgeschoben werden, wenn kein Pass mehr vorhanden war? Für alle unbegleiteten minderjährigen Flüchtlinge wurde an einem Gericht ein Vormund bestellt.

Auch in der Inobhutnahme Alsberg mussten UMA aufgenommen werden. Allein Frau Scheiwemann begleitete sieben von ihnen zum Gericht, bezüglich der Regelung einer Vormundschaft. Auf die Frage der Richterin, welche Perspektive die Jugendlichen für sich in Deutschland sahen, lautete die Antwort stets gleich: Sie würden Fußballspieler werden und hofften auf einen Familiennachzug. Fünf erwähnten den Fußballclub Bayern München. Ein UMA fragte Frau Scheiwemann nach der Handynummer von Uli Hoeneß.

Oft war das Personal der Inobhutnahme Alsberg mit ihren UMA in Krankenhäusern, um chirurgische oder internistische Beschwerden abzuklären. Aufgrund des Privatversicherten-Status handelte es sich um eine Sache von wenigen Wochen ohne Wartezeiten. Auf Veranlassung der Inobhutnahme wurden medizinische Altersfeststellungen durchgeführt, da das

Inobhutnahme-Team drei UMA im Durchschnitt etwas scherzhaft auf fünfunddreißig schätzte. Die Untersuchungen ergaben:

UMA eins: zweiundzwanzig Jahre
UMA zwei: neunzehn Jahre
UMA drei: fünfundzwanzig Jahre

Noel Knil, der auf elf Jahre geschätzt wurde und tatsächlich zwölf war, hatte ein übergroßes Überbein am rechten Fuß. Er benötigte dringend Schuheinlagen, doch die begleitende Kindsmutter war überfordert, das begleitende Jugendamt überlastet. Die dreißigtausend Euro für den ersten Monat mit Sicherheitsdienst vierundzwanzig sieben hingegen wurden ohne große Worte, ohne bürokratische Hürden bewilligt.
Die Aufnahme von Noel Knil wurde vorbereitet. »Schwester Elke, hier ist der Mediplan für Noel Knil.«

Die examinierte Krankenschwester schaute über den Medikamentenplan. »Unsere Intern-Medikation steht noch drauf.«

»Oh! Gut, dass Sie darübergeschaut haben! Die müssen wir natürlich wieder absetzen, unsere Easy-Pädagogik-Medi. In der Inobhutnahme sind ja ausreichend hoch geschulte pädagogische Fachkräfte tätig.«

Die Schwester und Ärztin amüsierten sich.

»Da haben wir es ja hier durch unseren medizinischen Fortschritt etwas einfacher.« Das Telefon schellte.

»Kinder-Psychiatrie Übermaßberg, Sie sprechen mit Schwester Elke.«

»Guten Tag, hier ist das Jugendamt Oberstaufenwald-Kreis, Frau Plattheimer, die Inobhutnahme Alsberg informierte mich, dass die Unterbringung von Noel Knil bei Ihnen beendet ist. Ich hatte heute Morgen mit Frau Doktor Ämtchen gesprochen. Sie willigt nur einer Verlängerung der Therapie bei Ihnen ein, wenn ich eine Anschlussmaßnahme für Noel gefunden habe. Leider habe ich für den Jungen noch keine geeignete Gruppe. Wir haben einen Security für Noel beauftragt. Da ein Personenschutzkonzept vorliegt, darf der Sicherheitsdienst die Beförderung von Ihnen bis nach Alsberg vornehmen. Wir mailen Ihnen gleich die Dokumente. Herr Mohammat Kamal wird gegen siebzehn Uhr bei Ihnen eintreffen.«

»Okay, dann wissen wir Bescheid. Vielen Dank für die Informationen.«

Um siebzehn Uhr fünfundzwanzig schellte das Telefon. Schwester Elke eilte in das Schwesternzimmer. Noel saß an der Glaswand im Flur mit seiner gepackten Tasche, aus der sein Kuscheltier Dino herausschaute.

»Kinder-Psychiatrie Übermaßberg, Sie sprechen mit Schwester Elke.«

»Hallo, wo ist Station?«

»Wer ist denn dort bitte?«

»Hier Mohammat Kamal, ich soll holen ab kleine Junge nach Alsberg.«

»Ach, Sie sind der Fahrer und Sicherheitsdienst von Noel Knil?«

»Ja, ich bin. Wo muss ich kommen hin?«

»Wo stehen Sie denn?«

»Ich stehe bei Klinik, Übermaßberg.«

»Das ist das städtische Krankenhaus. Sie müssen zur Kinder-Psychiatrie Übermaßberg. Haben Sie Navigation?«

»Ja, ich habe an Handy.«

»Dann geben Sie bitte ein: ›Kinder-Psychiatrie Übermaßberg, am Rosengarten drei, Übermaßberg‹.«

»Das ist schwere Wort.«

»Dann geben Sie nur ›Rosengarten drei, Übermaßberg‹ ein. Dann finden Sie auch zu uns.«

»Okay, ich bin gleich bei Ihnen.«

»Werde ich jetzt abgeholt?«, fragte Noel in der Tür stehend.

»Ja, wirst du. In wenigen Minuten ist er hier.«

»Aber Frau Plattheimer soll kommen.«

»Frau Plattheimer ist verhindert. Du bekommst doch jetzt einen Sicherheitsdienst.«

Noel strahlte über das ganze Gesicht. »Ja! Ich bekomme einen eigenen Bodyguard.« Er ging wieder zurück und kreiste in freudiger Erwartung um die Glaswände.

Um kurz nach sechs klingelte es. Schwester Elke öffnete die Eingangsschleuse. Mohammat Kamal, ein kleiner, schlanker Mann syrischer Abstammung, betrat die Einrichtung. Sein Haar war seitlich kurz rasiert. Das Haupthaar adrett frisiert. Mit seiner gepflegten Haut, mit seinem aalglatten kindlichen Gesicht wirkte er sehr jung. Noel lief unbeeindruckt seine Bahnen.

Schwester Elke ging zum Empfangstisch. »Sie sind Herr Kamal, ist das richtig?«

»Ja, isch soll abholen kleine Junge nach Alsberg.«

Schwester Elke betrachtete Noel durch die Glasscheiben. »Noel, kommst du? Der Fahrer ist da.«

Noel kam. »Wo ist er denn?«

Die Krankenschwester musste etwas schmunzeln. Sie zeigte auf den jungen Mann in der Jogginghose zwei Meter neben ihm. »Na, da steht er doch.«

»Das ist kein Fahrer! Das ist ein UMA. Das ist einer von den Kanaken. Ich steige nie mehr in ein Kanaken-Auto!« Wild schnaufend setzte er eiligen Schrittes seine Endlosschleife um das Glasrechteck fort und schimpfte mal laut, mal leise vor sich her: »Ich will wieder Fleischwurst essen. Ich will nicht diese blöde Afghanenmusik hören. Davon bekomme ich Kopfschmerzen.« Er schrie: »Ganz starke Kopfschmerzen!«

Schwester Elke rief die Oberärztin an. Diese war nicht erreichbar. »Mist! Immer wenn man die braucht, ist die nicht da!« Sie ging zu Noel, der weiterhin im Kreise lief. »Noel, jetzt fahr einfach mit, bitte.«

»Nein! Ich fahre da nicht mit. Der macht wieder seine scheiß Afghanenmusik an. Und die macht der dann ganz laut. Ich gehe da auf gar keinen Fall rein! Ich war schon mal in so einem Afghanenbus. Da wäre ich beinahe gestorben.

Ich wollte die alle umbringen.« Er blieb stehen und schrie: »Ich steige nicht in den Afghanenbus!«

Herr Kamal stand die ganze Zeit am Empfangstisch, an dem die Krankenschwester und der Klient gemeinsam vorbeischritten.

»Noel, isch bin Syrer, keinen Afghane.«

»Die sind noch viel schlimmer! Die machen Krieg. Außerdem kann der noch nicht richtig Deutsch.«

Der Junge war nicht zu beruhigen. Bei seinem letzten Aufenthalt in der Inobhutnahme Alsberg im Winter waren vier Afghanen gewesen. Pädagogisch eigentlich nicht lenkbar: ein geistig behinderter Autist mit vier Flüchtlingen, die kein Wort Deutsch konnten. Doch das Team der Inobhutnahme Alsberg schaffte es mit Fingerspitzengefühl und einer Riesenportion Glück, dass sich die fünf einander annäherten. Als die Gruppe mit einem weiteren deutschen Jungen, einem afrikanischen Jugendlichen und einem ukrainischen Mädchen erneut voll war, übernahmen die Betreuer wieder die Gruppe.

In den drei Wochen, in denen Noel mit den vieren allein in der Inobhutnahme betreut wurde, hatten selbst die Betreuer das Gefühl, in einer anderen Kultur zu leben. In der katholischen Einrichtung wurde afghanisch nach muslimischen Vorgaben gekocht und afghanisch gesprochen. Mit größter Mühe konnte man die Regel aufrechterhalten, dass wenigstens während der Mahlzeiten deutsch gesprochen wurde. Die Betreuerinnen der Gruppe kochten landestypisch für die Klienten. Diese standen nicht selten neben den Töpfen und sagten ihnen unverblümt mit den ersten deutschen Vokabeln, dass sie nicht richtig kochten.

Noels Phobie vor dem ›Afghanenbus‹ war wohl durch ein Erlebnis in der Inobhutnahme ausgelöst worden. Man hatte damals gelacht. Man nahm es mit Humor, die Betreuerin, der Betreuer und die vier afghanischen Herren, als Noel bei einem Ausflug nach Winterberg seinen Kopf für zwei Minuten tief in den Schnee steckte. Wie sah es Noel? Konnte er dieses Erlebnis nicht verarbeiten? Nicht vergessen? Hatte er nicht schon genug Probleme und Ängste? Musste er seinen Kopf abkühlen, weil er heiß gelaufen war? Er hatte absolut nicht mehr in den Gruppenbus einsteigen wollen.

Frau Niesgrauer und Frau Scheiwemann waren mit der Gruppe zum Schlittenfahren in die Nähe von Winterberg gefahren. Die Flüchtlinge aus Afghanistan waren neu, gerade erst ein paar Tage in der Gruppe. Sie sollten ankommen. Sie sollten sich wohlfühlen. Auf der halbstündigen Fahrt ließ man die vier lautstark landestypische Musik hören. Sie klatschten. Sie sangen in ihrer Muttersprache. Sie waren glücklich.

»In unsere Afghanistan gute Musik!«

Konnten sie doch mehr Deutsch, als sie angegeben hatten? Sie feierten die ganze Fahrt. Noel sagte kein einziges Wort.

Das dreistündige Schlittenfahren auf der selbstgebauten Naturrodelbahn konnte ihn etwas ablenken.

Und dann eskalierte die Situation: Er wollte nicht mehr in das Fahrzeug einsteigen. Noel tauchte ab. Er machte einen Köpper in den Schneeberg am Parkplatzrand und verharrte dort eine Weile in der Straußenstellung. Was passierte, wenn ein Autisten-, Flüchtlings- und Lügentrauma ohne Fachwissen in einer Blitz-Therapie geheilt werden sollte? Noel war traumatisiert. Damals konnten die beiden Pädagoginnen den Jungen dazu bewegen, wieder in das Fahrzeug einzusteigen. Sie versprachen Noel, dass man Techno hören würde und dass er, wenn er sich gut benehmen sollte, eine Tasse Kakao bekäme und zwei Stunden an der Switch spielen dürfte. Noel stieg ein. Er vertraute den beiden. Er wusste: Die würden ihr Versprechen halten.

Nun wollte er wieder nicht einsteigen. In der Geschlossenen, in der Nichtöffentlichen wendete man andere Methoden an: Schwester Elke scherte wieder aus dem rechteckigen ‚Kreislauf' aus und winkte den Sicherheitsmann in das Schwesternzimmer. »Sie sind doch berechtigt, einen Menschen zu fixieren.«

»Ja, ja.«

Schwester Elke ging an den Medikamentenschrank und zog eine Spritze auf. »Sie fixieren nun den Jungen und ich werde ihm dies verabreichen. Dann wird er bis nach Alsberg ein braver Junge sein.«

Die beiden gingen zu Noel. Der kleine, schlanke, aber auf spezielle Griffe trainierte Syrer marschierte ein paar Schritte neben Noel her.

Dann ging er hinter ihn, packte ihn an beiden Armen. Mit einem gezielten Tritt gegen das rechte Beingelenk wurde Noels Körper zu Boden gezwungen. Schnell drückte der Sicherheitsmann Noels Kopf auf den Boden. Er beugte sich über den Rücken des Jungen und hatte dabei Mühe, den sich wild windenden Körper unter Kontrolle zu halten.

Noel schrie, so laut er konnte: »Lass mich los! Lass mich los! Hilfe! Hilfe!«

Schwester Elke injizierte ihm den Wirkstoff. Nach nur wenigen Sekunden zuckte sein Körper nur noch leicht.

»Sie können ihn loslassen.«

Noel lag da wie ein betäubtes Raubtier. Er lag auf der Seite und schaute mit kleinen, glasigen und traurigen Augen auf die Schwester. Leise wimmerte er: »Was macht ihr mit mir?«

Nach einer guten Stunde brachte der Sicherheitsmann Noel zum Marienheim in Alsberg, in dem Noel zeitweise untergebracht worden war. Es war eigentlich genau die richtige Einrichtung für den Jungen. Doch nach drei Wochen hatte er einem Betreuer die Schneeschüppe auf den Kopf gehauen. Es war nur ein leichtes Andocken ohne Spuren, ohne Verletzung gewesen, doch es hatte zu seiner Entlassung geführt. Es war der Wiedereinzug in die Inobhutnahme gefolgt.

Die Betreuerin des Marienheimes erkannte Noel sofort. »Sie sind aber falsch hier. Ich vermute mal, dass er wieder in der Krisengruppe wohnen soll.«

»Krise?«, fragte der Sicherheitsmann irritiert.

»In der Inobhutnahmestelle, hinten, neben der katholischen Kirche. Noel, wie geht es dir denn?«

Noel schaute geradeaus. Er reagierte nicht.

»Sie fahren die Hauptstraße zurück, auf die Kirche zu. Rechts neben der Kirche ist auf der anderen Straßenseite das Kinderheim. Dort ist auch die Inobhutnahmestelle.«

»Nicht gut!«, sagte Noel leise. »Mir geht es nicht gut«, erklärte er noch leiser.

Die Betreuerin reagierte nicht.

Gegen einundzwanzig Uhr stand Noel mit seinem Sicherheitsmann endlich auf dem Treppenstein der Inobhutnahme.

»Was haben die denn mit dem gemacht?, dachte ich, als ich den beiden die Tür geöffnet habe, nachdem Mohammat endlich zu uns gefunden hat«, führte Frau Niesgrauer am nächsten Tag während der Übergabe aus.

»Ach, der heißt auch Mohammat?«, fragte Frau Scheiwemann.

»Ja, das ist jetzt Mohammat drei. Du wirst Noel nicht wiedererkennen. Erstmal ist er mindestens einen halben Kopf gewachsen. Aber das Gesicht! Sein Gesicht ist total aufgedunsen und kreidebleich. Überall hat er Rötungen auf seiner Haut. Er hat ganz kleine, glasige Augen.«

»O mein Gott, was machen die nur mit diesem Kind? Hat sich denn Frau Knil schon geäußert?«

»Nein, aber Frau Knil senior hat Frau Plattheimer mitgeteilt, dass sie ihren Enkel nicht mehr sehen möchte. Sie habe mit dem Kapitel Noel abgeschlossen. Der Junge sei ein unberechenbares Monster!«

»Ach ne? Die sagte doch immer, dass Noel nicht gefährlich sei – und dass das Jugendamt ihn einfach aus der Familie gerissen habe.«

»Diese Geschichte glaubt uns kein Mensch. Weißt du noch, wie Mama Knil vor uns stand?«

Anna Katharina Niesgrauer stand auf und mimte Frau Knil nach: »›Ich nehme Noel mit nach Hause!‹ So stand sie vor uns hinten vor der Verwaltung.«

»Und Noel schrie: ›Ich gehe nie mehr in diese Gruppe. Ich hasse die Gruppe! Ich hasse die Gruppe!‹«

Die beiden Pädagoginnen reflektierten die Situation, welche sich vor fast genau einem Jahr ereignet hatte. Frau Knil fühlte sich stark. Sie hatte einen Anwalt eingeschaltet. Dieser sollte ihr den Sohn wiederbringen, den man endgültig von ihr reißen wollte.

Anna Katharina stand immer noch da und fuchtelte mit dem Zeigefinger wie ein energischer Dirigent. »›Ich nehme den jetzt mit! Ich nehme den jetzt mit!‹«

»Und wir beide dann: ›Na, dann nehmen Sie ihn doch mit!‹«

»… Sie haben das Sorgerecht, Frau Knil. Nehmen Sie ihn mit!«

Die beiden Frauen erinnerten sich gut an die Szene, die zu einem weiteren Meilenstein in Noels Biografie geworden war: Die beiden Betreuerinnen waren damals zurück zur Gruppe gegangen. Das Schicksal lag in den Händen der Kindesmutter, deren Kinnlade unter die Gürtellinie schnallte. Die kreidebleich mit hilfloser Miene einfach dastand. Mit Frau Plattheimer kommunizierte sie nur noch über ihren Rechtsanwalt. Das Sorgerecht der Kindesmutter hing am seidenen Faden. Frau Plattheimer wusste auch keinen Lösungsansatz mehr und war sich mit dem Team der Inobhutnahme einig: Wenn sie wieder damit drohte, ihn einfach mitzunehmen, dann sollte sie ihn mitnehmen.

So geschah es: Statt sich von dem Gelände zu entfernen oder statt Noel wieder an der Tür der Inobhutnahme abzugeben, setzten Kindsmutter, Kindsgroßmutter und Klient den ersten Schritt auf den öffentlichen Gehweg in der Kirchstraße. Mit diesen Schritten war die Maßnahme beendet. Doch in weniger als vierundzwanzig Stunden musste Frau Plattheimer wegen Eigen- und Kindsmuttergefährdung einen neuen Platz für Noel finden. Da die Inobhutnahme Alsberg und die Kinder-Psychiatrie Übermaßberg sich weigerten, nahm ausnahmsweise das Marienheim den Jungen bei sich auf, bis der erste Schnee fiel.

»Wo ist Noel jetzt?«

»Er sitzt an der Playstation. Er darf während der Übergabe und abends eine Stunde an sein Lieblingsspielzeug.«

»Ah, also wie beim letzten Mal.«

»Und nicht wundern, wir haben jetzt zwei Securitys im Haus: Mohammat und Ali. Ali für Lina und Mohammat für Noel.«

»O mein Gott! Den Mohamet kennen wir ja schon. Das ist doch der kleine Judokämpfer.«

»Nein, nein – der Aktuelle ist Mohammat mit zwei M und einem A am Ende. Der ist auch deutlich kräftiger. Deutsch kann keiner von denen fließend. Außer Özdemir, der Chef, der immer mit uns frühstücken will und der für Lisa immer kochen möchte. Aber so sind sie ja ganz nett. Und ich fühle mich deutlich besser, wenn die im Haus sind. Wir müssen mal mit Özdi sprechen. Der soll seinen Jungs mal sagen, dass die hier nicht im Jogger rumlaufen können. Gestern bin ich mit Lina zum Arzt gegangen. Die Leute haben uns alle angeschaut, weil uns Ali im Jogginganzug und Muskelshirt auf Schritt und Tritt gefolgt ist.«

»O nein! Ich will so nicht mehr arbeiten. Als ich zum ersten Mal gehört habe, dass Sicherheitskräfte eingesetzt werden, dachte ich, dass die eine Art Uniform anhaben – mit der Aufschrift ›Security‹ auf dem Rücken.«

»Genau so müsste es laufen! Sind ja auch nicht ganz billig, die Jungs.«

»Und wie ist Noel so drauf?«

»Mach dir selbst ein Bild. Also ich erkenne den Jungen nicht mehr wieder. Der steht total neben sich.«

»Und die Medikation?«

»Ritalin wurde abgesetzt, Pipamperon und Risperidon wurden erhöht. Und wir dürfen ihm zwei Mal am Tag

Tavor geben – null fünf, maximal zwei Stück innerhalb von zwei Stunden.«

»Tavor!« Frau Scheiwemann war empört! »Das ist ein Beruhigungsmedikament für Erwachsene oder Suchtkranke. Wer hat das denn angeordnet?«

»Na, wer wohl?«

»Frau Oberärztin Ämtchen! Weiß die eigentlich, was sie den Kindern antut? Das ist nun das dritte Medikament, welches die anwenden, das nur für Erwachsene verschrieben werden darf.« Es klopfte an der Tür. »Wir haben Übergabe«, rief Frau Scheiwemann.

Es donnerte an der Tür. »Hey! Wir haben Übergabe! Das wisst ihr ganz genau!«

Stimmen waren zu hören. Sie wurden lauter. Aus dem Donnern wurde ein Bollern und Treten.

»Noel, es reicht.«

»Trafo! Trafo!«

»Noel, es ist genug.« Frau Niesgrauer öffnete die Tür.

Noel rannte sie fast um. Der Sicherheitsmann versuchte, ihn zurückzuziehen. Es gelang ihm nicht.

Noel stand dicht vor der Pädagogin. »Trafo, ich brauche Trafo. Ich darf so viel Trafo, wie ich möchte.«

»Noel, jetzt …«

»Trafo!, Trafo!« Sein Kopf war hochrot und der Blick aggressiv, als er mit beiden Händen nach dem Hals der Betreuerin griff.

Mohammat versuchte erneut, ihn aus dem Büro herauszuziehen. Noel drehte sich um, drückte mit beiden

Händen so kräftig gegen den Oberkörper von Mohammat, das dieser rückwärts zu Boden fiel. Sein Kopf knallte auf den harten Boden.

»Alles okay?«, rief Frau Scheiwemann.

»Ich raste jetzt aus! Ich renne auf die Straßen und bringe alle um!« In Windeseile rannte der Junge aus dem Haus.

Ali kam von oben runtergerannt und lief hinter Noel her.

Mohammat hatte nur eine Platzwunde am Hinterkopf. Er stand auf. »Alles gut! Alles gut!« Er rannte ebenfalls nach draußen.

Die beiden Betreuerinnen eilten ihm nach. Als sie an der Eingangstür standen, trauten sie ihren Augen nicht.

»Sollen wir die Polizei anrufen? Oder den Rettungswagen?«

»Am besten beide!« Frau Scheiwemann wählte direkt den Notruf.

»Notrufzentrale Hennstätt, in welcher Stadt ist der Notfall?«

»In Alsberg, Kirchstraße eins.«

»Um was für einen Notfall handelt es sich?«

»Ein Klient schlägt sich mit zwei Sicherheitsbeamten. Von ihm geht eine starke Fremdgefährdung aus.«

»Wir schicken einen Streifenwagen vorbei.«

»Bitte schnellstmöglich. Die Lage ist wirklich bedrohlich.« Sie legte wieder auf. »Die schicken einen Streifenwagen.«

»Und einen Rettungswagen?«

»Dann müssten wir noch die hundertzwölf anrufen. Bis jetzt ist es ja nur ein wildes Gemenge.«

»Deine Ruhe hätte ich jetzt gern!«

»Wie kann das sein, dass zwei Sicherheitsleute nicht mit einem zwölfjährigen Jungen fertigwerden? Was machen die denn, wenn eine Situation auf einem Event oder in einem Stadion eskaliert?«

Die beiden schauten gebannt aus sicherer Entfernung zu: Die drei Kämpfenden rollten über die Wiese im Park den Hang hinunter, ähnlich einer ›Kampfrolle‹ bei Asterix und Obelix. Mal war Noel oben, mal einer der Sicherheitsmänner. Diese versuchten, ihn irgendwie an den Händen und Armen zu greifen. Doch er trat mit allen vier Extremitäten aus wie ein wilder pubertierender Hengst.

Frau Niesgrauer und Frau Scheiwemann wussten nicht, ob sie weinen oder lachen sollten. Die Polizei traf nach wenigen Minuten ein und zerrte direkt aus dem Gemenge, in dem die unbeholfenen Hilfssheriffs in der Überzahl waren, den tapferen Starfighter heraus, der aus den umliegenden Fenstern staunende Fanblicke erntete. Das war eine Sache von drei Sekunden. Der Polizeibeamte zog Noel an einem Oberarm an sich, griff ihn an beiden Armen und stellte ihn mit geübtem Griff vor sich. Noel stand, tief und schnell ein- und ausatmend wie ein Elitesoldat, vor dem Beamten.

Die Beamtin ging auf die Betreuerinnen auf dem Treppenstein vor der Einrichtung zu. »Guten Morgen, Sie sind die Betreuerinnen von dem jungen Mann?«

»Ja, sind wir«, erwiderten beide gleichzeitig.

»Können Sie kurz den Ablauf schildern, wie es zu den Handgreiflichkeiten kommen konnte?«

Frau Niesgrauer führte aus: »Das kam aus heiterem Himmel. Wir hatten Übergabe und dann klopfte es an der Tür. Wir hatten dem Klienten gesagt, dass wir Übergabe haben. Eigentlich weiß er das auch, dass wir dann nicht gestört werden möchten. Ja, und dann flippte der total aus. Donnerte wild gegen die Tür und forderte Medikamente ein. Als wir die Tür öffneten und ihm die Bedarfsmedikation verwehrten, rannte er raus und wollte alle umbringen.«

»Warum haben Sie ihm die Bedarfsmedikation verwehrt?«

»Weil er zwei Stunden zuvor seine hochdosierte Morgen-Medikation bekommen hat«, führte Frau Scheiwemann aus. »Dieser Junge ist vollgepumpt mit Tabletten.«

»Und wer sind die beiden Herren aus dem Gemenge?«

»Das sind zwei Securitys.«

Während sie sich auf dem Blöckchen Notizen machte, schaute die junge Beamtin, die ihr Haar zu einem glatten Pferdeschwanz gebunden hatte, mit gerunzelter Stirn zu den beiden Pädagoginnen.

Diesen fiel es sichtbar schwer, ein ernstes Gesicht zu behalten. Nur mit Mühe kämpften sie gegen einen Lachanfall an.

»Und wer hat die bestellt?«

»Das Jugendamt«, gab Frau Scheiwemann unverzögert an.

»Okay, liegt eine Sachbeschädigung oder eine Körperverletzung vor?«

»Nein«, sagte Frau Scheiwemann.

»Möchten Sie Anzeigen gegen Noel Knil erstatten?«

»Nein, woher wissen Sie, wie der Junge heißt?«

»Es ist nicht das erste Mal, dass man uns wegen einer Schlichtung zwischen Noel und anderen Beteiligten gerufen hat. Wir bräuchten dann noch Ihre Personalien und Ihre Ausweise. Dann sind wir wieder weg.«

»Und wo soll der Junge hin?«

»Das müssen Sie entscheiden. Für eine Zwangseinweisung in die Psychiatrie liegt kein Tatbestand vor. Es war eine Rauferei ohne körperliche Schäden.«

Die drei Damen machten sich auf den Weg ins Büro und regelten die Formalitäten. Dann gingen sie wieder vor die Tür.

Die beiden Sicherheitsmänner hatten sich bereits den angepappten Rasenschnitt aus dem Gesicht und von der Kleidung geklopft. In den wild verworfenen Frisuren steckten noch reichlich grüne Strähnen. Der Haustechniker auf dem Rasenmähertraktor schaute aus sicherer Entfernung rüber.

Noels Körper war noch vollständig mit einer gleichmäßig aufgewälzten Grünschnitt-Panade verziert. Er stand einfach da, neben dem Beamten. Frau Scheiwemann verabreichte ihm die Bedarfsmedikation.

Lina tänzelte barfuß und nur im Nachthemd über das frische Grün zu ihrem Bodyguard. »Hier treibst du dich rum. Ich habe schon überall im Haus nach dir gesucht. Warum ist denn die Polizei hier, Frau Niesgrauer?«

»Das braucht dich nicht zu interessieren.«

»Ich wollte ja nur mal höflich fragen«, sagte sie überfreundlich mit piepsiger Stimme.

»Ihr geht jetzt erstmal beide in die Gruppe. Lina, du hast Küchendienst. Du kannst schon mal den Tisch decken. Noel, du spielst weiter mit der Switch oder gehst auf dein Zimmer.«

Die zwei jungen Menschen gingen in Begleitung ihrer Sicherheitsleute zurück zur Gruppe, der eine links von ihnen, der andere rechts.

Kapitel 10 Der unbesiegbare Ritter Lin

Auf der geschlossenen Station herrschte an dem Morgen ebenfalls ein buntes Treiben: eine Entlassung und drei Neuaufnahmen, darunter der neunjährige Alex Schneider. Die beiden anderen Kinder hatten schon ihre Zimmer bezogen. Der kleine Alex saß im Wartebereich. Er schaute zu Boden. Aus dem Schwesternzimmer drangen immer wieder laute Stimmen.

Nach einer Weile öffnete sich die Zimmertür. »Adam, du kannst nicht einfach rausrennen!«

»Ich kann alles!« Schon klopfte er an Tür Nummer eins A.

»Noch nicht fertig, eine paar Minute dauert noch«, sagte eine Frau.

Schwester Elke kam heraus. »Du kommst jetzt wieder in das Schwesternzimmer. Du wirst in wenigen Minuten abgeholt.«

»Nerv nicht, Alte! Ich muss überhaupt nichts!«

Schwester Elke war Anfang dreißig.

Er rannte vor ihr weg. Schwester Elke ging wieder an ihren Schreibtisch. Adam zappelte neugierig durch die offenen Räumlichkeiten. Er fand Alex auf dem Stuhl im Wartebereich.

»Hey, ich bin Adam, der letzte Mensch auf der Erde. Und wer bist du?«

Alex regte sich nicht, gab keinen Mucks von sich.

Schwester Elke kam zu den beiden Jungs. »Adam, komm wieder in das Schwesternzimmer.«

»Ädam, käm wädä in das Schwästäzämmä!«, äffte Adam sie laut schreiend nach und sprang auf den kleinen Tisch an der Wand. »Dann musst du mich erstmal fangen, du Fette. Ich kann nämlich fliegen!«

Es schellte an der Tür. Schwester Elke öffnete.

Die bestellten Rettungssanitäter kamen mit der Krankenschwester zurück in das Wartezimmer. »Ah, da ist er ja, der junge Mann.«

Adam saß brav auf dem Stuhl und schaute die beiden Männer freundlich an. »Hey, alles gut bei euch?«

»Bei uns auf jeden Fall, bei dir auch?«

»Looogisch!«

»Dann komm, wir sind schon spät dran.«

»Nö!«

»Wie, nö? Aufstehen, Tasche nehmen und mitkommen. So einfach ist das, Sportsfreund.«

»Ich habe aber keinen Bock auf das abgefuckte Norderney! Da war ich schon mal!«

»So schlimm kann es da nicht sein.«

Adam fing an zu schreien: »Ich will da aber nicht hin! Was verstehst du Spasti denn daran nicht?«

Beide gestandenen Männer gingen auf Adam zu.

Der Ältere sprach weiter: »Pass mal auf, junger Mann. Wir kürzen das jetzt ab hier. Entweder du kommst freiwillig mit oder wir rufen den Notstand aus und dann packen wir dich an den Armen und verfrachten dich in den RTW.«

»Na, dann macht doch!«, keifte Adam, verschränkte seinen rechten mit Alex' linkem Arm und grinste die beiden noch frecher an.

»Gehört der andere Junge dazu?«, fragte der ältere Sanitäter.

»Nein, der Klient kommt auf das Zimmer von Adam.«

Sofort flüsterte Adam Alex leise etwas ins Ohr. Die beiden Sanitäter versuchten, die Kinder zu entkoppeln. Adams Arm klemmte fest an Alex' Arm.

Im Notfall berief man sich auf das PART-Deeskalationskonzept. Die Abkürzung stand für ›Professional Assault Response Training‹, zu Deutsch ›Professionelles Handeln in Gewaltsituationen‹. Die Notfall-Sanitäter hatten zwar die meisten Möglichkeiten, ein Kind zu greifen oder es zu fixieren, aber nicht in einem unbegrenzten Zeitraum. Je länger die Entkopplung dauerte, umso mehr gerieten sie in die Grauzone, in der die rechtlichen Möglichkeiten schnell zu rechtlichen Konsequenzen werden konnten.

Schwester Elke eilte mit einer Spritze herbei. »Halten Sie ihn fest. Halten Sie ihn genau so fest!«

Die Nadelspitze flog durch Adams Blickfeld, nur wenige Dezimeter vor seinen Augen her.

Der ältere Sanitäter schob sie beiseite. »Nein, nein, nein! Nicht immer sofort mit der Chemiekeule!« Nur mit einem Blick zeigte er seinem deutlich jüngeren Kollegen, dass er sich aus der achtteiligen Handgreiflichkeit herausziehen sollte. »Mit Kindern ist es manchmal wie mit

Kleiderschränken.« Er umfasste Adams Körper unter dessen Achsel und massierte mit seiner anderen Hand seine Seite. Sofort löste sich die starre Verbindung. »Manchmal kann man Kräfte allein besser lenken als zu zweit.« Er zwinkerte seinen Kollegen an. »Aber dieser Griff ist mir gerade spontan eingefallen: Kraft mit Kitzeln.«

Die beiden Herren lachten laut. »Den müssen wir in unser PART-Konzept einpflegen.«

Der kleine Adam zappelte wild vor sich hin. Der starke Unterarm des kräftigen Mannes klemmte so fest vor seinem Brustkorb wie der Bügel in der Achterbahn. Der zweite Sani nahm die Tasche und die Unterlagen in Empfang. Er quittierte Schwester Elke das Aushändigen der Guthaben von Taschen- und Bekleidungsgeld sowie der entgegengenommenen Wertgegenstände und Unterlagen des Jungen. Sie verließen den Raum.

Adams Hand krallte sich am Türrahmen fest. Er schrie zu Alex rüber: »Prüf alle Steckdosen! Alle Steckdosen!«

Alex saß wieder allein auf seinem Stühlchen im Wartezimmer, als wäre nichts gewesen. Er schaute erneut auf den Boden vor sich. Noch einmal hörte er Adam laut schreien: »Alle Steckdosen musst du prüfen!« Den ganzen Vormittag hockte er dort und starrte auf den Boden. Im Flur waren Stimmen von Kindern zu hören. Mal ging eine Tür auf, mal nahm er das Doppelschließen der Eingangsschleuse wahr. Mal tippelte ein Hund über den grauen Linoleumboden, mal schlurften Sohlen darüber. Der kleine Alex liebte Geräusche. Als kleiner Junge war er neugierig wie ein kleiner Welpe. Alles musste er sich anschauen. Jedes kleinste Geräusch weckte sein Interesse. Im großen Garten von Mama und Papa gab es jeden Tag etwas Neues zu entdecken. »Wo steckt denn wieder mein kleines Igelchen?«, hatte sein Vater oft gesagt, wenn der kleine Alex zwischen den Sträuchern oder hinter den Hecken oder auf dem Baumhaus wieder etwas Neues erforschte.

Bereits im Kinderwagen in Südtirol war eines seiner ersten Worte ›kuckuck‹ gewesen.

Papa schob damals den Wagen. Er lächelte sein Söhnchen an und erwiderte: »kuckuck.«

Baby-Alex fing an zu weinen. Er hörte nicht mehr auf, zwischendurch rief er zwei, drei Mal weinerlich: »kuckuck!«

»Lass mich ihn mal schieben«, sagte Mutter Caro.

Nach kurzer Zeit rief der Kleine wieder: »kuckuck!«

Sie bückte sich zu ihm herunter, lächelte ihn freundlich an, wie es nur eine Mutter tun konnte. »Kuckuck, mein kleiner Schatz!«

Sofort fing das Baby an zu schreien. Die Eltern waren genervt bis ratlos. Wieso flippte ein Kind so aus, wenn man in Babysprache auf seinen Gruß antwortete? Die Eltern ließen ihn schreien. Vater Michael konnte sich das Geplärre nicht mehr anhören. Er blieb stehen und ließ Mutter und Kinder ein paar Schritte vorlaufen. Der Vater schaute runter in das menschenlose Tal. Im Hintergrund grüßte der stolze Ortler, auf dem selbst im Hochsommer Schnee lag.

»Ist das schön hier!«

»Kuckuck!«

Michaels heiteres Lachen wurde durch ein mehrfaches Echo verstärkt. Schnellen Schrittes ging er zu seiner Frau. »Er meint den Kuckuck!«

»Welchen Kuckuck?«

»Kuckuck! Kuckuck!«, freute sich Alex in seinem Wagen. Na, der Vogel im Wald. Lass uns mal stehen bleiben.«

Sie lauschten. Sie lauschten dem Wind. Sie sahen in die Ferne.

»Da ist nichts«, sagte Caro und wollte schon weiterziehen.

»Lass uns noch einen Augenblick warten. Seid mal alle ganz leise.«

Und da war es: »Kuckuck!«, rief es leise von fern.

»Kuckuck!«, rief der Kleine wieder aus dem Wagen.

Sofort ging Michael zu seinem Sohn. »Da ist der Kuckuck. Der Alex hat den Kuckuck gehört.«
Alex schenkte seinem Vater sein schönstes Lächeln. »Kuckuck! Da Kuckuck!«

»Ja, da ist der Kuckuck. Der sitzt da ganz oben auf einem Baum.«

Im hochmodernen Wartezimmer der geschlossenen Kinder-Psychiatrie saß Alex weiter mucksmäuschenstill auf dem Stuhl aus Fichtenholz.

Die Geräusche wurden weniger. Alex hockte da und schaute weiter auf den Boden. Was ging in seinem Köpfchen vor? War es ausgeschaltet? Welches Kind konnte so lange und so still auf einem Stuhl sitzen?

Um vierzehn Uhr öffnete sich die Eingangsschleuse. Weiße Sandalen schlurften durch den Flur. Eine Tür öffnete sich. Eine Tür, wohl die gleiche, wurde wieder geschlossen. Eine andere Tür wurde geöffnet.

»Schwester Monika, wo ist denn Alex Schneider?«

»Welcher Alex?«

»Na, Alex Schneider, der ist heute Morgen von der Kinderstation hier rüberverlegt worden. Hat Schwester Elke das denn nicht in der Übergabe erwähnt?«

Weiße Sandalen schlurften über den Flur. »Dieser Laden fuckt mich manchmal sowas von ab!«

Mehrere Türen gingen fast gleichzeitig auf. Mehrere ausgelatschte Sportschuhe schlurften umher. Leise, kratzige Hip-Hop-Musik war zu hören.

»Ey, Dicker, lass es!« Ein Weggehen. Ein Junge ging in das Wartezimmer. Er erschrak. »Wer bist du denn?«

»Mmh?«

Ein junges Mädchen ging zur Tür des Wartezimmers. »Lass mich auch mal sehen, Alter!« Auch sie erblickte den stillen Gast im Raum. »Wer ist das denn?«

»Na, ein Neuer. Der kommt in Adams Zimmer.«

Schwester Monika sprang auf. Sie eilte dazu, ließ sich aber nichts anmerken. »Geht ihr bitte in den Garten, in den Aufenthaltsraum?«

Die Kinder gingen.

Die Schwester setzte sich zu dem stummen Jungen. »Ich bin die Schwester Monika und wer bist du?«

»Lex«, kam es kaum hörbar aus ihm heraus.

»Komm mal mit, ich zeige dir dein Zimmer.«

Alex blieb sitzen. Die freundliche Schwester nahm ihn an der Hand und der Kleine folgte ihr. Gemeinsam betraten sie den Raum. Es war die gleiche Kammer wie bei Noel Knil: Bett, Schrank, Schreibtisch und ein grüner Gummistuhl.

»Schau, hier ist dein Zimmer. Das hast du ganz allein für dich.«

Alex setzte sich auf das Bett mit der blauen Bettdecke. Er holte sein schwarzgelbes Lego-Auto aus der Bauchtasche seines Pullovers und hielt die Scheibe der Beifahrertür direkt vor sein rechtes Auge.

»Alles gut bei dir, Alex?«

»Mmh!«, brummte er leise als Motorgeräusch aus sich heraus.

Schwester Monika verließ den Raum. Alex saß auf dem Bett, das Auto fuhr auf seinem rechten Oberschenkel rauf und runter.

Schwester Monika kam erneut. »Alex, kommst du? Frau Dr. Ämtchen möchte mit dir das Aufnahmegespräch führen.«

Der Junge regte sich nicht. Die freundliche Dame nahm ihn wieder ans Händchen und führte ihn in das

Zimmer der Oberärztin. Lucky lag in seinem Chill-Körbchen, Frauchen saß an ihrem Schreibtisch.

»Na, Alex, wie ist die Lage?«

Lucky schaute einmal kurz auf. Dann streckte er die Beinchen lang.

Frau Ämtchen holte einen Nagelknipser aus der Schreibtischschublade. Sie kürzte den Nagel ihres rechten Zeigefingers. Der Knipser wurde wieder in die Schublade gelegt. Frau Ämtchen tippte auf der Tastatur herum. »Na, also du musst schon mit mir reden. Sonst kann ich dir nicht helfen.«

Der Wind bewegte die Lamellen am Fenster. Das bunte Fensterbild schaukelte von links nach rechts. Alex schaute regungslos mit versteinerter Miene auf den Boden.

»Wir kennen uns doch aus der Kinderstation.«

Alex' Lider schlossen sich kurz. Nach zwanzig Sekunden fuhren sie erneut runter und wieder hoch.

Im nächsten Augenblick kam Schwester Monika in den Raum gestürzt. Sie legte der Ärztin einen Zettel hin.

»Ach, Leute, das darf doch nicht wahr sein! Was ist denn heute los hier? Alex tut mir leid. Wir beenden das Gespräch. Morgen um zehn Uhr kommst du zu mir.«

Schwester Monika nahm ihn wieder ans Händchen.

»Geben Sie ihm sofort vierzig Milligramm Ritalin. Ich gebe ihm gleich noch eine Spritze.« Sie war wieder allein in ihrem Büro und sprach mit sich selbst: »Das kann nur wieder eine dieser unfähigen Nichtakademikerinnen gewesen sein, die mit Ach und Krach den

Hauptschulabschluss geschafft haben. Solche hohlen Menschen darf man doch nicht auf die Menschheit loslassen!«

Am anderen Morgen wurde Alex – auch ohne Amsel – um fünf Uhr wach. In seinem Kinderzimmer bei Mama und Papa saß morgens immer eine Amsel in der Trauerweide. Die weckte ihn immer im Frühling mit ihrem schönen Gesang. In seinem Zimmer der Kinderstation hörte er auch morgens seinen Lieblingsvogel. In Übermaßberg fing es zu dämmern an.
Alex ging zur Toilette. Im Spiegel schaute er sich an. Er musste grinsen. »Meine Augen sind ja ganz klein.« Er ging wieder zurück auf sein Zimmer und legte sich auf das Bett. Sein gelb-schwarzer Lego-Sportwagen fuhr über die Hügel des Deckengebirges.

Der kleine Junge war voller Tatendrang. Er sprang auf und holte sein Kuscheltier aus der Reisetasche. »Ach, Löwi, hat dich keiner aus der Tasche geholt? Hast du denn gut geschlafen?« Seine linke Hand half dem Tier beim Nicken.

Mit piepsiger Alex-Stimme sprach das Tier: »Ich habe tausend Jahre geschlafen. Von gestern Mittag bis heute Morgen.«

»Das sind doch keine tausend Jahre.«

»Aber es fühlte sich so lange an. Mein Mund war zugewachsen und ich konnte fliegen.«

»Ach, Löwi!«

Mit seinem Tier, seinem unzertrennlichen Partner, lag er auf dem Bett und versuchte, sich an den vorherigen Tag zu erinnern. »Warum weiß ich denn nichts mehr von gestern?«

Der Löwe stapfte wieder über die Bettdecke.

»Löwi, weißt du noch etwas von gestern?«

»Nein, ich weiß auch nichts mehr von gestern. Ich bin genauso blöd wie du«, piepste es.

Dann sprang Alex auf. »Doch, ich weiß noch was!« Er ging zum Schreibtisch und schaute sich die Steckdose an. Anschließend rannte er zur Tür und prüfte die Steckdose unter dem Lichtschalter. Der kleine Junge schaute umher. Er ging noch einmal zum Fenster und blickte von da durch den Raum, prüfte alle vier Wände.

Dann musste er die Luft anhalten. Oder etwas anderes? Er rannte, so schnell er konnte, zur Toilette und musste sich übergeben.

Alex ging wieder in sein Zimmer. »Mein Bauch tut weh.« Das kleine Kerlchen legte sich auf das Bett, versuchte, einzuschlafen. Nach wenigen Minuten stand er wieder auf. Sein gelb-schwarzer Lego-Sportwagen erkundete den schlichten Raum beziehungsweise rollte durch die schönsten Momente aus Alex' Kindheit. Lange fuhr der Wagen unter dem Bett durch mehrere Kurven. Das war der erste lange Tunnel in Österreich, direkt hinter der deutschen Grenze. Der Wagen parkte vor der hohen Felswand des Schreibtisches, vor dem Schlern, dem Wahrzeichen Südtirols.

Dann flog der Wagen mitten auf den Schreibtisch. Alex' Hände pflückten das Dach ab, rissen die Windschutzscheibe ab, zerlegten die Türen. Der Fahrer wurde aus dem Fahrzeug entnommen und in seine Einzelteile zerlegt.

Nachdem alle Teile zusammen auf einem Berg lagen, setzte Alex sein Kinn auf die Tischkante und schaute sich die schwarzen, roten und gelben Bauteile an. »Hab ich mit Papa zusammengebaut.« Mit einem schwachen Lächeln im Gesicht baute er den Wagen wieder zusammen. Er schaute sich die Front des Wagens an. »Die Scheinwerfer sehen ja aus wie Tabletten. Das ist ja ein richtiger Tablettenwagen.« Als der Wagen wieder fertig zusammengebaut war, untersuchte er das Heck mit den beiden dicken Auspuffrohren. »Und damit könnte man Tabletten aufsaugen wie bei Papas Laubsauger.«

Dann fielen ihm die Augen zu. Der kleine Junge mit den blonden strubbeligen Igelhaaren fiel in einen tiefen Schlaf, in einen schönen Traum.

»Ach, Alex!« Schwester Elke stöhnte einmal auf. Sie stand im Türrahmen.

Der Klient aus Zimmer eins A saß in seinem Dino-Schlafanzug am Schreibtisch. Der Kopf lag auf dem Tisch, die Arme hingen runter.

Sie ging zu ihm. »Alex, leg dich in dein Bett.«

Der Junge öffnete ein Auge. »Wo ist Schwester Moni?« Das Auge schloss sich wieder.

Schwester Elke verließ leise den Raum.

Alex öffnete wieder ein Auge und flüsterte leise: »Schwester Moni hätte mich ins Bett gelegt!« Er schlief wieder ein.

Nach dem Frühstück saß er wieder bei Frau Doktor Ämtchen.

»Na, Alex, wie geht's dir heute?«

»Schlecht!«

»Ich muss dir was beichten. Weißt du, was ›beichten‹ ist?«

Alex schüttelte den Kopf.

»Als ich so alt war wie du, da musste ich beichten. Da musste man in die Kirche zum Pastor in den Beichtstuhl und dem alles sagen, was man Schlimmes gemacht hat. Das war nicht schön! Die Pfaffen durften früher in ihren Röcken Fußball spielen, wir Mädchen nicht. Spielst du gern Fußball?«

»Nein, und der Peter auch nicht und der Noel auch nicht.«

»Ich hätte früher gern Fußball gespielt. Aber wir durften nicht.«

»Ich weiß.«

»Ich habe immer den Burschen beim Bolzen heimlich vom Küchenfenster zugeschaut.«

»Ich weiß.«

»Ich hätte so gern mitgespielt. Aber wir durften nicht. Das war eine andere Zeit. Heute dürfen die Mädchen

Fußball spielen. Das war so eine blöde Zeit früher. Das kannst du dir gar nicht vorstellen.«

»Der Ritta Lin hat mir weh getan.«

»Das Ritalin hat dir weh getan. Es muss heißen: ›das‹. Wo hat es dir denn weh getan?«

»Er hat mir in den Bauch geschossen.«

»Es!«

»Nein, er hat mir in den Bauch geschossen – ganz feste! Ich habe jetzt noch Aua im Bauch.«

»Ach so, ja. Ich wollte dir ja noch etwas beichten: Die Kinderstation hat dir gestern die falschen Medikamente verabreicht. Deswegen warst du gestern auch so müde. So etwas darf eigentlich nicht vorkommen. Das passiert uns auch nur alle tausend Jahre. Geht es dir denn jetzt wieder besser?«

»Es geht.«

»Als Wiedergutmachung darfst du dir etwas wünschen.«

Wie aus der Pistole geschossen entgegnete er: »Ich möchte meinen Papa sehen.«

»Nein, das geht nicht. Ich meinte aus meiner Schatzkiste da unten in der Schublade.«

»Und ich meinte meinen Papa!«, schrie Alex.

»Du wirst deinen Papa nicht mehr wiedersehen.«

»Das werde ich wohl! Das werde ich wohl. Du blöder Ritter Lin!« Der Kleine saß da auf dem Stuhl. Er saß da wie ein Häufchen Elend. Eine dicke Träne rollte an seiner Wange hinunter und tropfte auf sein Händchen, in dem er fest sein Lego-Auto hielt. Seine Mundwinkel zogen nach unten. Weitere Tränen rollten über seine blassen Wangen. »Aber ich habe meinen Papa doch so gerne.«

»Alex, jedes Kind hat seinen Papa gern.«

»Aber der Papa ist doch so lieb. Warum darf der denn nicht mehr hierhin?« Feste begann er zu weinen und ließ sich nicht mehr beruhigen. »... Du bist so ein doofer Ritter! Du bist überhaupt kein Ritter! Du hilfst überhaupt nicht. Mein Papa ist viel stärker. Hoffentlich findet der dich, du blöde Tablettenhexe. Dann kämpft der dich kaputt.«

Frau Doktor Ämtchen griff zum Telefonhörer. »Schwester Elke, holen Sie bitte den Alex bei mir ab und geben Sie ihm etwas zur Beruhigung.«

Alex stand auf. Ihm wurde schwindelig. Das gelb-schwarze Lego-Auto rollte an seinem Oberschenkel herunter und raste mit hundertachtzig Zentimetern pro Sekunde unter den alten Medikamentenschrank mit seinen markanten runden Eichenstandfüßen, die nach vorne und zur Seite herausstanden. Er taumelte zur Tür und sackte zu Boden. Lucky schaute einmal hoch. Dann legte er seinen Kopf wieder auf die Decke und schloss die Augen.

Schwester Elke öffnete die Tür. Der Türflügel klopfte leicht an Alex' Wuschelköpfchen. »O mein Gott, was ist denn hier passiert?«

»Er ist ohnmächtig geworden. Legen Sie ihn auf sein Bett und verabreichen Sie ihm die Morgen-Medikation – Ritalin um zehn Milligramm erhöht.«

Schwester Elke griff den erschöpften Jungen mit beiden Armen. Seine Ärmchen hingen herunter. Sie brachte ihn in sein Zimmer und legte ihn auf sein Bett. Er fiel in einen tiefen Schlaf. Schwester Elke ging.

»Aufwachen!«

»Hallo, kleiner Mann, aufwachen!«

Alex öffnete ein Auge.

»Guten Tag, junger Mann.« Schwester Monika stand vor seinem Bett und genoss den Moment, wie der kleine, süße Junge erwachte. Sie hatte selbst zwei Mädchen in dem Alter. Doch der Junge sprang auf und huschte wie ein eingesperrtes Eichhörnchen verstört durch das Zimmer.

»Alex! Beruhige dich.«

»Wo ist das Auto?«, rief er weit unter dem Bett liegend.

»Ich habe es nicht gesehen.«

»Ich brauche mein Auto, sonst sterbe ich!«

»Hattest du es heute Morgen bei Frau Ämtchen mit?«

»Ämtchen! Ämtchen! Böse! Böse!« Alex lief wieder im Zimmer hin und her.

Schwester Monika schaute ihm nach. Sie hatte schon viele aufgescheuchte Kinder auf der Geschlossenen gesehen. Aber so einen emotionalen, hilferufenden Ausbruch hatte sie noch nie erlebt. »Sollen wir mal im Büro von Frau Ämtchen schauen?«

»Nein! Nein! Angst! Ganz viel Angst!«

»Frau Ämtchen ist um diese Uhrzeit immer in der Kantine. Außerdem haben wir Donnerstag. Dann fährt sie immer nach dem Essen nach Hennstätt in die Tagesklinik.« Sie nahm ihn wieder an der Hand und ging mit ihm rüber zum Zimmer der Oberärztin. Sie klopfte an der Tür.

Alex schaute ängstlich zu ihr hoch.

»Es ist keiner da«, flüsterte sie zu ihm runter. Schwester Monika hielt den Zeigefinger vor ihren Mund. Auf Zehenspitzen tastete sie sich lautlos in den Raum. Wie zwei Einbrecher schlichen die beiden in das Zimmer. Das gefiel Alex. Schwester Monika ging direkt zur Spielekiste hinter dem Besuchertisch. Alex schaute im Mülleimer und unter den Schreibtisch. Der gelb-schwarze Lego-Sportwagen war nirgends zu sehen.

»Vielleicht hat sie es aus dem Fenster geworfen«, flüsterte Alex.

»Die Fenster kann man doch nicht öffnen.«

»Doch!« Alex zeigte auf den Fenstergriff.

»Ach, schau mal an! Das Fenster im Schwesternzimmer lässt sich nicht öffnen.«

Alex rannte zum Fenster. Auf dem penibel gepflegten englischen Rasen war kein Fahrzeug zu sehen. Er krabbelte auf allen Vieren durch den Raum und sprach wie ein Roboter: »Wo ist das Auto? Suche das Auto.« In der Mitte des Raumes angekommen, legte er sich mit dem Bauch auf den Boden. Seine rechte Wange lag ebenfalls auf dem kühlen PVC-Boden. Er drehte sich einmal um die eigene Achse. Mit dem linken Fuß drehte er sich schrittweise. Seine Augen prüften unter dem Sideboard, unter dem Aktenschrank und unter dem uralten Medizinschrank.

Und da! Hinter dem ersten runden Eichenklotz des Medizinschrankes erblickten seine Augen das Heck seines Sportwagens. Sofort robbte er herüber und quetschte seinen Kopf so weit wie möglich unter den Schrank. Seine kleine Nase passte gerade so unter die Schrankkante. »Was ist das denn für ein Schrank?«

Kapitel 11 Der Medizinschrank

»Hat dir Frau Ämtchen nichts von dem Schrank erzählt?«

»Nein?«, erklang Alex' Stimme dumpf unter dem Möbelstück hervor.

»Das ist doch ihr alter, berühmter Medizinschrank.«

»Ist der von Ritter Lin?«

Schwester Monika musste einen Lachflash unterdrücken. Gut, dass Alex' Blick immer noch unter dem Schrank verweilte. Das Öffnen der Eingangstüranlage war zu hören.

»Komm, wir gehen besser.«

Alex schaute sich interessiert unter dem Schrank um. Leise sprach er etwas vor sich hin: »Wir müssen eine Bohrung machen, Hugo.«

»Alex, komm.«

»… und dann können wir alle Tabletten daraus holen …«

Schwester Monika verließ den Raum. Nach wenigen Schritten kam ihr Frau Ämtchen mit einem gemischten Salat auf einem Pappteller mit Plastikhaube entgegen.

»Oh, Sie sind schon zurück aus der Kantine?«

»Es gab Königsberger Klopse. Die sind ja gar nicht meins. Davon muss ich immer aufstoßen.« Frau Doktor ging einen leichten Bogen um die Schwester herum und wollte gerade die Türklinke zu ihrem Büro öffnen.

»Frau Doktor Ämtchen?«

»Was ist denn noch, Schwester Monika?«

Diese klopfte auf die Plastikhaube. »Besteck!« Dabei zog sie das zweite E in die Länge.

»Ach, jau! Schwester Monika, wenn ich Sie nicht hätte.« Die Ärztin schlurfte rüber zur Stationsküche.

Die Schwester huschte eiligst in das Büro. »So, Alex, nun aber flotti, flotti. Frau Ämtchen ist schon wieder zurück.«

Sofort griff der Junge nach seinem Lego-Auto. Der Wagen raste los. Alex sprintete in geduckter Haltung davon, begleitet durch ein lautes »Talo, tallo-tallo! Talo, tallo-tallo …!«. So imitierte er früher ein italienisches Polizei-Fahrzeug im Familienurlaub in Südtirol.

Frau Ämtchen schlurfte auf der ›Gegenfahrbahn‹ an ihm vorbei. »Alex Schneider! Es ist immer noch Zimmerzeit. Geh bitte auf dein Zimmer.«

Alex hörte sie nicht. Er war in einen noch unbekannten Fall involviert. Hinter seinem Bett blieb der Einsatzwagen stehen.

Sofort legte sich Alex wieder auf den Bauch und seinen Kopf auf die Seite. So konnte er direkt den Einsatz seines Lego-Freundes hautnah verfolgen.

Das Kerlchen stieg aus und öffnete den Kofferraum. »Te,te,te,te.« Eine große Bohrmaschine lief langsam an.

»Vorsicht! Nicht dass der Bohrkopf anfängt, zu glühen. Wenn wir durch die dicke Holzplatte sind, haben wir es geschafft, Leute.«

Mit einer unendlichen Geduld bohrte und bohrte das kleine Lego-Kerlchen, welches beide Arme nach oben streckte und etwa sieben Zentimeter über dem Boden in der Luft stand.

»Wir sind gleich durch.«

Der Lego-Mensch hatte es geschafft und krabbelte durch das Loch in den Schrank hindurch.

»Boa! Das sind ja unendlich viele! Die müssen wir alle vernichten! Wenn alle Tabletten weg sind, sind wir alle wieder gesund.« Schon hörte man die erste Ladung in den Kofferraum des Lego-Sportwagens rieseln. »Hugo! Kannst losfahren.«

Hugo, das Lego-Männeken in dem gelb-schwarzen Rennfahrer-Overall, sprang wieder nach unten und stieg in sein Fahrzeug ein. Nun konnte er nicht mehr mit quietschenden Reifen davonfahren. Vorsichtig beschleunigte Hugo seinen vollbeladenen Sportwagen in die hinterste Ecke des Endlagers unter seinem Bett. Der Kofferraum öffnete sich mechanisch. Der Wagen wurde vorne automatisch angehoben. So musste Hugo nicht aussteigen und konnte mit Vollspeed wieder zum Medizin-Schrank. Doch wo stand der? Wo war das Loch, welches mit viel Kraftaufwand und modernster Schneidetechnik in die dicke Bodenplatte des Medzinschrankes gebohrt worden war?

Alex rannte zum Badezimmer und holte seine Zahnpastatube. Damit malte er den Grundriss des Medizinschrankes auf den grauen Linoleumboden. Sein zartes Händchen traf die Außenmaße ziemlich gut. Auch die runden vorderen Standfüße konnte er recht maßstabsgerecht aufreißen. Wie ein Straßenkünstler saß er zwischen Bett und Schreibtisch auf dem Boden und schuf mit konzentriertem Blick seine abstrakte Zeichnung. Vorsichtig trat er aus dem Rechteck heraus. »So, Männers, wir müssen noch mal bohren.«

Schon dröhnte der Bohrer mit hoher Drehzahl los. Mit einer Hand hielt Alex Hugo an den Beinen, mit der anderen zog er einen etwas unrunden, nach Pfefferminze und Fluorid duftenden weißen Kreis. »So! Jetzt wissen wir, wo unser Geheimeinstieg ist. Und den darf keiner verraten!«

Schon fuhr der Wagen wieder vor. Alex' Ärmel zog über die weiße Linie, die Reifen hinterließen eine gestrichelte Spur. Der Wagen und sein rechter Arm waren schon wieder unter dem Bett.

»Alex, Zimmerzeit ist um. Möchtest du in den Garten?«

Alex erschrak über das plötzliche Hereintreten von Schwester Monika. Er guckte sie erstaunt an.

»Du musst nicht. Du kannst auch auf deinem Zimmer spielen.«

Er zog den Wagen wieder langsam unter dem Bett hervor, sagte aber immer noch nichts.

Die nette Schwester lächelte. »Du und dein Auto.« Sie verließ das Zimmer wieder.

Der kleine Junge ging an das Fenster. Das Auto rollte an der Glasscheibe hoch und runter. »In den Garten, nach draußen gehen, nach Papa gehen …«

Alex drehte sich um und verließ sein Zimmer. Er machte sich auf die Suche nach dem Garten mit den vielen bunten Blumen und einem Teich, an dem wilde Rosen und Blumen wuchsen, über dem die langen Zweige einer Trauerweide im Winde schaukelten. Alex ging durch den Flur an der Glaswand entlang. Er suchte weiter. Wo waren denn die Sonnenblumen, die viel größer waren als er? Wo waren die gelben und orangefarbenen Ringelblumen? Wo waren die zuckersüßen Erdbeeren, wo die leckeren Erbsen? Und wo stand der Schnittlauch, von dem er und sein Freund Stanek immer heimlich naschten?

Durch die hochgesicherte Eingangstür kam er nicht. Alex drückte alle Taster, die er fand. Doch die Schleuse nach draußen in die Freiheit, in das Grüne öffnete sich nicht. Mal ging das Licht zwischen den beiden Türen an, mal schalteten sich die Strahler in der Decke entlang der Glasfassade zum Innenhof ein. Langsamen Schrittes ging er einmal um den Glaskasten. Er schaute in den Innenhof. Dann suchte er nach weiteren Türen, die nach draußen führen könnten. Er erreichte wieder die Anlage an der Eingangstür, drückte den Taster für die Öffnung der Tür und jenen für die Strahler in der Decke.

Schwester Monika bemerkte die Lichtsignale nicht sofort. Aus dem Garten sah sie nur, wie drei Bilder an den Wänden im Flur mal heller, mal dunkler wurden. Sie ging der Ursache nach und fand den kleinen Herrn Schneider an der Eingangstür. »Komm, Alex, wir haben auch etwas zu trinken und zu essen dabei.«

»Wo ist denn der Garten?«

»Na, direkt hinter dir.«

Alex drehte sich nicht um und sprach enttäuscht bis lustlos: »Das ist kein Garten. Das ist nur eine Wiese im Aquarium.«

Schwester Monika schmunzelte wieder vor sich hin. Sie mochte Alex' Sprüche, Alex' trockenen Humor. Aber sie fand nicht direkt die richtigen Worte.

»Und abtauchen will ich nicht.«

Das Telefon an ihrem Gürtel schellte. Nach der Begrüßung eilte sie direkt ins Schwesternzimmer. Die Tür fiel etwas zu heftig hinter ihr ins Schloss.

»Ich stelle Sie kurz auf laut, dann kann ich besser an der Tastatur arbeiten.«

»Sie sollen nicht an der Tastatur arbeiten. Sie sollen die Abfolge prüfen! Ist die Tür geschlossen? Und schauen Sie in die Akte!«

Schwester Monika zuckte zusammen, schaute trotz erfolgtem Knall. »Ja ist sie.« Sofort rollte sie mit dem Stuhl zum Aktenschrank. In Windeseile griff ihre Hand nach der Akte ›Schneider, Alex‹. »So, ich schaue mal, was da heute Morgen passiert ist.«

»Also, ich habe schon geschaut, was da heute Morgen passiert ist. Aus meiner Sicht nämlich gar nichts!

Ausgerechnet bei diesem Patienten!«, fauchte die Oberärztin.

»Schwester Elke hatte in der Übergabe mitgeteilt, dass Alex Schneider heute Vormittag bei Ihnen im Büro ohnmächtig geworden sei. Sie hatte ihn dann auf sein Bett gelegt.«

»Und nicht die angeordnete Medikation verabreicht.«

»Wie denn auch? Alex Schneider hat geschlafen.«

Frau Doktor Ämtchen atmete einmal tief aus. »Also, wie lange machen Sie nun schon Ihren Job?«

»Fünfzehn Jahre«, kam es schüchtern aus der Krankenschwester heraus.

»Und wie lange sind Sie schon bei uns in der Einrichtung?«

»Seit sieben Jahren bin ich hier.«

»Und dann wissen Sie nicht, dass wir die Medikation auch als Injektions-Präparate vorrätig haben?«

»Aber Schwester Elke hat …«

»›Schwester Elke, Schwester Elke!‹ Sie geben ihm jetzt augenblicklich die versäumte Morgenmedikation. Das Ritalin habe ich bei Alex Schneider abgesetzt.«

»Aber …«

»Nichts ›aber‹! Das ist eine Dienstanweisung.« Frau Doktor Ämtchen legte auf.

»Diese Frau hat sie doch nicht mehr alle! Was ist das für ein Monster?«, wetterte Schwester Monika vor sich hin und war gar nicht mehr zu bremsen. »Elke hat es verbockt und ich soll mich jetzt an dem Jungen vergreifen? Die kann mich mal, die Alte!«

Manche Kolleginnen sagten Frau Doktor Ämtchen starke autistische Züge nach. So war sie berechenbar wie die Festlegung des zweiten Weihnachtsfeiertages in hundert Jahren – wenn es denn keine Königsberger Klopse gab. An dem Nachmittag war sie von vierzehn bis siebzehn Uhr in der Tagesklinik. Anschließend ging sie mit Lucky zum Hennsee. Donnerstag war Hundebadetag!

»Ich gebe diesem eingeschüchterten Kind doch keine Spritze.«

Ähnlich wie der Jäger bei Schneewittchen musste sich die Schwester nun etwas einfallen lassen, um den Befehl auszuführen, ohne das Kindeswohl zu schädigen. Das Ausschalten von Franzi Albers hatte sich schon seit Tagen in den Gemäuern der Geschlossenen wie ein Lauffeuer verbreitet. Es war also allerhöchste Vorsicht geboten! Schwester Monika nahm eine Spritze aus der sterilen Verpackung, zog den Medikamentenmix auf, spritzte ihn aber in einen der kleinen Plastikbecher. Die Einzelteile der Spritze warf sie gewissenhaft in die drei verschiedenen Entsorgungsklappen.

Dann ging sie zu Alex und verabreichte ihm die schwache Bedarfsmedikation. Aus ihrer Sicht war diese vollkommen ausreichend. Den Zaubertrank entsorgte sie über die Toilette. Die Hammerdröhnung war abgewehrt. Alex bekam weder einen bunten Kopf noch Stielaugen. Er hüpfte nicht wie ein Presslufthammer. Er drehte sich auch nicht innerhalb einer Sekunde zweihundertmal um die eigene Achse. Er bekam auch nicht die Kräfte von tausend Galliern. Der kleine Junge schloss einmal die Augen und öffnete sie wieder, fing an zu grinsen und setzte sich im Garten auf die Wiese, auf der zwei andere Kinder mit dem gleichen verträumten Blick saßen. Ein wahrer Traumgarten! Das Kreuz auf dem Hügelchen war weg, der Rasen penibel nachgesät.

Schwester Monika konnte es nicht mitansehen. Sie verließ den Garten Eden, wie ihn Franzi Albers getauft hatte, obwohl sie selbst den englischen Rasen niemals betrat. Mit dem Morgennebel zogen Gerüchte um die Gebäude, dass Schwester Monika die beurlaubte Erzieherin mit Informationen und Bildmaterial versorgte. Man fand aber keinerlei Spuren.

Schwester Moni setzte sich mit einer Träne im Auge an den Schreibtisch und protokollierte ihre Handlung in der Akte ›Alex Schneider‹. Die Träne fiel auf eines der Kreuze in den Medikamentenspalten. »Auch das noch!« Schnell griff sie nach einem der Saugtücher auf dem Assistenzwagen direkt neben ihr. Sofort schoss die Feuchtigkeit in den speziellen Zellstoff. »Saugt auf, bevor Geruch entsteht!«, zitierte Schwester Moni einen von Franzis Lieblingssprüchen und lachte einmal auf. Ursprünglich stammte der Spruch aus einer Werbung für Katzenstreu.

Der kleine Alex reihte sich ein in die schweigende, lustlos wirkende Kinderschar. Wie Roboter marschierten sie aus dem Garten und aus dem Aufenthaltsraum in das Esszimmer, bekamen Brot, Schinken, Wurst und Käse auf ihre Teller rationiert, tranken vom dünnen, ungezuckerten Tee. Sie räumten das Besteck weg und gingen in die Bäder. Sie duschten, putzten sich die Zähne und verteilten sich auf ihre Zimmer. Für jedes Elternteil, für jede Erzieherin, für jeden Erzieher, für jede Sozialpädagogin und für jeden Sozialpädagogen ein Traum. Keine Zankereien, kein Geschrei, keine Endlosdebatten um das tägliche Zubettgehen: »Dürfen wir ausnahmsweise länger aufbleiben? Der durfte aber auch zehn Minuten länger fernsehen …«

Um fünf Uhr am anderen Morgen: Alex knipste das Licht an, griff nach seinem gelb-schwarzen Auto auf dem Nachtschrank und sauste rüber zum Medikamentenschrank. Piepend fuhr der Sportwagen rückwärts an das gebohrte Loch heran. Nach wenigen Minuten schoss er wieder unter das Bett. Wie ein fleißiges Bienchen oder eine emsige Ameise verrichtete Alex Schneider seine monotone Arbeit.

Der morgendliche Gong ertönte. Alex ging in den Essensraum, um zu frühstücken. Nach dem Zähneputzen hatte er Therapie bei Frau Padberg mit der krokogrünen Brille.

Um zehn Uhr dreißig gab es fünfzehn Minuten Zimmerzeit. Alex nahm sein Auto vom Nachttischen direkt neben der Tür und brummte wieder rüber zu seinem gemalten Medikamentenschrank. Doch was war das? War das die Tat einer bösen Zauberin oder einer Hexe? War da ein Einbrecher am Werk gewesen? Alex' große blaue Augen suchten nach Spuren. Aber sie fanden kein einziges Haar, kein einziges Staubkörnchen. Der Medikamentenschrank war weg. Irgendjemand hatte ihn entwendet. Oder er war nur weggezaubert worden. Alex hatte eine Idee. »Heute beim Abendessen hole ich mir einen Geheimstift. Mit dem zaubere ich den Tabletten-Bunker zurück.«, sprach er zu Hugo.

Doch abends am Tisch saß er einfach wieder nur da und kaute lustlos auf seinem Paderborner Brot mit Salami herum. Nach dem Essen betrat er das Bad, danach ging er in sein Zimmer und kippte fast vor Müdigkeit ins Bett. Auf seiner Bettdecke schlief er kurz darauf ein.

Um fünf Uhr wurde er wach. Seine Augen schauten zur Decke. »Mist! Ich habe den Zauberstift vergessen. Dann muss ich das gleich beim Frühstück machen.«

Nachdem er seine zwei frischen Scheiben Graubrot mit hauchdünn geschnittener Salami aufgegessen hatte, blickte er einmal kurz in die Runde. Keine, keiner schaute zu ihm. Mit seinem Zeigefinger nahm er das bereits am Tellerrand gelagerte erbsengroße Stück Margarine auf und verteilte die Masse auf seinem linken Handteller. Dann ging er ins Bad. Hier versuchte er, möglichst alles mit der rechten Hand allein zu erledigen. Um diese abzutrocknen, brauchte er etwas länger. Anschließend ging er wie ein Musterschüler in sein Zimmer.

Kaum war die Tür geschlossen, rannte er zur Nische zwischen Bett und Schreibtisch. Er tippte seinen rechten Zeigefinger in die Margarine auf dem linken Handteller. Nun saß er da wie Michelangelo, tupfte immer mal etwas Zauberfarbe von seiner Fettpalette und erschuf den Medikamentenschrank detailgetreu in neuem Glanz. Das i-Tüpfelchen war natürlich das Pünktchen für den Einstieg in den Schrank.

Der kleine Künstler stellte sich hin und bestaunte sein Werk aus zwei Metern Entfernung. »Hurra! Der Schrank ist wieder da. Wunderbar! Er ist jetzt unsichtbar.« Das Loch durch die Bodenplatte des Schrankes war in Bestzeit erstellt worden. Die ersten Tablettenladungen verließen den Bunker. Das Endlager unter dem Bett war natürlich auch leer gezaubert. Die Entsorgung der lebensbedrohlichen Ware musste komplett von Neuem durchgeführt werden – Tablette für Tablette.

Frau Padberg klopfte an der Tür. »Alex?«

Er antwortete nicht, fuhr ohne Regung zum Medizinschrank. Als die fünfte Ladung unter dem Bett abgeschüttet wurde, summte das Schloss an seiner Tür. Frau Padberg und Schwester Elke betraten den Raum. Die Privatsphäre der Kinder in Jugendhilfeeinrichtungen war hoch geschützt. Ohne einen Grund durfte man das Zimmer nicht betreten. Schwester Monika schaute abends immer in die Zimmer der Patientinnen und Patienten und vergewisserte sich, ob sie schliefen und zugedeckt waren. Bereits in solchen Situationen befand sie sich in einer

Grauzone. Bestand ein Verdacht oder auch eine gesundheitliche Gefährdung, durfte man die Räumlichkeiten betreten. Schwester Elke verhielt sich rechtskonform. Sie ging jeden Abend an den Zimmertüren vorbei. Wenn man direkt vor der Tür stand, hörte man Kinderstimmen im Schlaf, die unterschiedlichsten Schlafgeräusche oder wenn ein Kind weinte.

Alex sah die Spitze der grünen Crocs von Frau Padberg. Die Schwestern der geschlossenen Station trugen graue Crocs. Nur die Oberärztin bevorzugte verblasste Sneaker mit Blümchen drauf, in Ausnahmefällen weiße Crocs.

»Nanu? Wo ist er denn?«

»Auf Toilette?«

»Nein, der ist nicht auf Toilette«, sagte Frau Padberg, die unter das Bett lugte. Alex versuchte, sich hinter Hugo zu verstecken, und flüsterte ihm ins Ohr: »Zum Glück sind die ganzen ekligen Pillen unsichtbar.«

»Alex, wo bleibst du? Wir haben Therapie.«

»Ich komme, Frau Patty.« Er bedankte sich bei Hugo: »Wir haben schon wieder einiges geschafft.«

Doch was war das? Das spiegelblanke Türblatt reflektierte die späte Morgensonne unter das Bett. Es wurde taghell unter dem Nachtlager. Alex war fasziniert! »Boa!« Seine Augen blinzelten zur blendenden Tür. »Die Tür zwei Zentimeter öffnen.«

»Jetzt lass die Spielchen und komm unter dem Bett hervor!«, donnerte Schwester Elke los.

»Nein, nein! Lassen Sie nur«, flüsterte die Therapeutin. Sie bewegte den Türflügel circa fünf Zentimeter in den Raum hinein. Das Licht strahlte mit voller Kraft die lange Rückwand an. »Was ist denn da?«

Alex robbte etwas weiter an die Wand. Seine Hände fuhren an dieser entlang. An einer Stelle war die sonst sehr glatt verarbeitete Wand uneben. Als er seine Hände an der Wand entlanggleiten ließ, spürte Alex einen kleinen Kreis. Wenn man bei dem ›Scheinwerferlicht‹ genauer hinschaute, konnte man den Kreis mit bloßem Auge erkennen.

»Alex, jetzt ist es aber wirklich gut. In fünf Minuten bist du oben.«

»Warte, Frau Patty, ich komme mit dir.«

Die beiden gingen die Treppe rauf.

»Frau Patty, warum willst du eigentlich nicht Frau Knatti heißen?«

Frau Padberg lachte. »Ach, Alex, du und deine blühende Fantasie.«

Schwester Elke stand an der Tür zum Schwesternzimmer. »Na, so richtig sind die Tabletten bei dem auch noch nicht eingestellt. Der ist mir viel zu vorlaut.«

Wieder zurück im Zimmer, noch vor dem Mittagessen, kreischte er einmal laut auf. Schwester Elke im Zimmer direkt daneben schüttelte den Kopf. Was war passiert in Zimmer eins A? Wenn jemand schrie, passierte etwas in der Geschlossenen. Hier wollte man absolute Ruhe haben.

Alex war wütend! »Wer hat den Schrank wieder weggezaubert? Das war extra ein unsichtbarer Zauberstift. Wer kann denn unsichtbare Sachen wegzaubern? Das geht doch gar nicht.« Was sollte er machen? Wie sollte er die neunzig Minuten Zimmerzeit überleben?

Er verließ sein Zimmer und ging rüber zum Mittagessen. Er schaute auf den Wischer, der mit geübter Hand in Doppelschwingen hinter der Reinigungskraft am Ende des Ganges herzog. »Die schreibt ganz viele Achter auf den Boden.«, sprach er wieder zu sich selbst. Dann kombinierte er acht und acht. »Die zaubert den Schrank weg mit ihren Achtern, mit ihrem weißen Schaffell. Alex schrie einmal: »Fell!«

Die Reinigungsfrau schaute einmal kurz zu ihm.

An der Essensausgabe erklärte er Frau Adams: »Mir geht es heute nicht so gut. Könnte ich ein Brot mit Salami bekommen?«

»Aber klar, Alex, ich mache dir eben eins.«

»Das kann ich mir auch selber machen.«

»Das mache ich doch gerne für dich.« Schon werkelte die freundliche Hauswirtschaftlerin an der Arbeitsfläche vor sich hin. Sie hatte flinke Hände. Es war ein Show-Bread-Making.

Alex schaute angespannt zu. Seine Blicke klebten an der Spitze des Messers, welches gerade über der unebenen Fläche im Margarinenbecher herzog. »Tiefer! Zieh tiefer durch«, wünschte sich Alex heimlich.

Sein Wunsch ging nicht in Erfüllung. Frau Adams war beim Margarine-Auftragen sehr sparsam. Nur die Löcher im Brot wurden geschlossen. Genau so mochte es der Junge aus dem Oberstaufenwald sonst. Die warmen Sommertage hatte Familie Schneider immer im großen Garten verbracht. Alex sagte dann immer zu seiner Mutter, wenn diese eine köstliche Schnittchen-Platte für ihre Männer zauberte: »Ich will aber nur Margarine in den Löchern.«

»Darf ich mehr Margarine? Frau Padberg sagt, dass ich zu dünn bin. Ich soll mehr Fett essen«, fiel ihm noch schnell vor dem Auflegen der Salami als Ausrede für die Extraportion ein.

»Aber klar darfst du. Die meisten Kinder mögen keine Margarine. Ich kann dir auch gute Butter draufmachen.«

»Was ist gute Butter?«

»Die wird aus Milch von freilaufenden Kühen gemacht. Und die hat extra viel Fett. Die schmeckt besonders gut.«

»Und was ist schlechte Butter?«

Frau Adams lachte freundlich, als sie Butter aus dem Kühlschrank nahm. »Das sagt man doch nur so, das mit der guten Butter.« Ohne zu fragen, bestrich sie eine weitere Graubrotschnitte mit ordentlich Butter.

Alex schaute zu, sagte nichts. Die gute alte Frau hatte etwas Mühe, die harte Butter auf dem Brot zu fixieren.

»Ähm, Frau Adams, ich schaffe aber keine drei Brote. Können Sie mir das Dritte einpacken?« Alex grinste schelmisch.

»Na klar kann ich das.«

Mit dem dritten Brot tief in seiner Pullover-Brusttasche ging er, nachdem er die zwei anderen in aller Ruhe verspeist hatte, gut gelaunt in die Zimmerzeit. Sofort packte er seine aufklappbare Farbpalette mit nur einer transparenten Farbe auf und begann, den Schrank ein drittes Mal aufzumalen.

Nach achtzig Minuten war er fertig. Der Schrank sah nun total anders aus. Aber er war dem Original jetzt viel ähnlicher! Auch die runden Standbeine waren wieder maßstabsgetreu gezeichnet. Hugo und sein unsichtbarer Raubgeselle bohrten, wie gewohnt, das Loch in die Holzplatte. Aber es sah jetzt anders aus. Es war völlig krisensicher. Der ganze Tabletten-Bunker würde jetzt absolut sicher vor jeder Krise sein. Davon war Alex überzeugt. Wegen der Zauberbutterfarbe von Frau Adams? Nein. Weil er diesmal die Fettlinien filigran mit seinem kleinen Finger gemalt hatte? Nein. Wenn man an der Mitte seines Bettes stand, konnte man den Schrank am besten sehen, spiegelten sich die Zauberlinien am besten im Tageslicht. Der kleine Fuchs Alex hatte den Medizinschrank in drei Zimmerzeiten mit der Adams-Farbe an die Wand gemalt: Links und rechts waren zwei große Türen. Dazwischen waren mittig vier Schubladen. Darüber und darunter jeweils zwei doppelflügelige Türen. In seiner kindlichen Fantasie malte er Etagen in den Schrank. Besonders süß war der Treppenaufgang an der rechten Seite für Hugo. Irgendwie musste er ja im Schrank bis oben hinkommen. Weiterhin bekamen die zirka fünfzehn Etagen einzelnen Räume, indem mit der Margarine senkrechte Striche gezogen wurden.

Kapitel 12 Lauschangriff

Endlich konnte der Abtransport der doofen Tabletten ungestört und reibungslos abgewickelt werden. In den ersten zwei Zimmerzeiten des Tages wurde eifrig abtransportiert. Nachmittags saß Alex auf der Wiese oder auf der Lego-Decke im Aufenthaltsraum und Hugo in seinem Sportwagen. Direkt nach dem Abendessen fiel Alex ins Bett.

Neun Stunden später streckte sich Alex einmal, richtete sich auf und schüttelte den Kopf. Er knipste das Licht an. Dann griff er nach seinem gelb-schwarzen Auto, welches er erst im Bett suchen musste. Nach einer Weile fand er es unter dem Kopfkissen. Das Auto berührte als Erstes den Boden. Mit langgestrecktem Arm rollte es sich warm. Dann folgte der erste Fuß, das erste Knie. Träge wie ein alter seniler Opa verließ er sein Bett. Hatte er in der vergangenen Nacht einen Vollrausch gehabt? Waren es die Tabletten oder seine angeknackste Psyche, welche ihn so schnell hatten altern lassen? Nach dem Gang zur Toilette ging es wieder. Wie bei vielen Greisen oder Rheumakranken: Wenn der Körper erstmal in Bewegung war, verbesserte sich die Erschöpfung. Vielleicht lag seine Bewegungsfaulheit an den wenigen Schritten, die er pro Tag zurücklegen konnte. Seine Muskeln bauten ab.

Ein neunjähriger Junge drängte nach Bewegung. Er wollte toben, rennen und klettern. Doch wohin mit der Energie? Wohin mit der zusätzlich durch Medikation unterdrückten Tagesenergie? Der Garten war nach dreißig Kinderschritten durchwandert worden. Vor neun Uhr durfte er nicht aus dem Zimmer. Am liebsten wäre er wie ein eingesperrtes Eichhörnchen wild in seinem Zimmer umhergehuscht. Aber seine Knochen und Muskeln schmerzten. Sein Schädel dröhnte jeden Morgen. So bewegte er sich wie ein gezähmtes Kaninchen, das sich aber auch mal in der hintersten Ecke versteckte, in seinem Ställchen.

»Alex, wo steckst du denn schon wieder?« Schwester Monika stand am frühen Morgen in der geöffneten Tür. »Du hast heute Therapie. Morgen ist Samstag. Da kannst du wieder ausschlafen.«

Alex war geschockt! »Das hatte ich ja schon ganz vergessen, das mit der Wand«, flüsterte er Hugo ganz leise ins Ohr. Die Morgensonne strahlte wieder über das Türblatt die Wand an. »Ich komme, Schwester Moni.«

Sie schaute lächelnd unter das Bett. »Hast du letzte Nacht unter dem Bett geschlafen?«

»Das ist doch viel zu hart.«

»Komm, wir frühstücken.«

»Ja, ich komme.« Und wieder zu Hugo sagte er im Flüsterton: »Ich glaube, wir haben die Steckdose gefunden, die ich suchen sollte. Die hat der Hausmeister einfach überspachtelt.« Mit vier Fingergelenken klopfte er über die Wand. »So macht das Papa auch immer, wenn der ein Bild aufhängen will.« Es klopfte dumpf. Dann klopfte es hell, dann wieder dumpf.

»Du sollst kommen, nicht klopfen!«

»Ja, ich komme.« Und wieder an Hugo gewandt fragte er: »Hast du gehört? Da wird die Steckdose sein. Wir brauchen einen Hammer oder eine Bohrmaschine.«

Auf dem Weg zum Frühstück grübelte der Kleine konzentriert vor sich hin. »Niemals bekomme ich einen Hammer, höchstens einen von Hugo. Vielleicht komme ich an ein Messer.« Nach wenigen Sekunden war ihm klar: Ein Messer würde er niemals aus dem Esszimmer bringen können. Die mussten immer bei der Geschirrabgabe auf dem Teller liegen. Aber vielleicht einen kleinen Löffel.

»Alex, hast du deinen Teelöffel noch am Tisch?«, fragte Frau Adams bei der Abgabe.

»Ich hatte doch gar keinen Tee.«

»Du weißt genau, was ich meine!«

»Upsi!« Der Junge ging noch einmal an seinen Platz, kramte den Löffel wieder aus seiner Hosentasche heraus, legte ihn auf seinen Stuhl und griff danach. »Hier ist er.«

Alex ging einen Umweg um das Wiesen-Aquarium. »Was kann ich dann nehmen? Eine Glasscherbe? Mit seinen Hausschuhen trat er einmal gegen eine Scheibe. Die stand starr und fest in ihrem Rahmen. In dem sonst so geduldigen Jungen wuchs im rasanten Tempo eine noch nie verspürte Wut. »Vielleicht einen Kugelschreiber von Frau Padberg?«

Er ging auf sein Zimmer. Die Tür knallte zu. »Und was soll ich jetzt nehmen?«, schrie er vor Wut. Seine Hand griff nach dem Sportwagen und klatschte diesen mit voller Wucht gegen den ›Medikamentenschrank‹.

Sofort rannte er zum Sportwagen, der sich mehrmals in der Luft gedreht hatte und mit dem Dach unsanft auf dem Boden aufgekommen war.

Als er sich gerade noch ein paar Mal drehte, rief Alex: »Sorry, Hugo! Das wollte ich nicht. Gut, dass du einen Helm aufhast.« Alex kniete sich vor den Unfallwagen. Ohne ihn zu berühren, wurde das Fahrzeug von seinen Augen begutachtet. Der Sportwagen war unversehrt geblieben. Nur die Unterseite am rechten Kotflügel hatte etwas abbekommen. Etwas Putzreste von der Wand hingen in dem flachen Lego-Stein.

»Das ist es!« Alex hüpfte vor Freude ein paar Mal auf der Stelle. Dann schaute er nach dem fehlenden Stück Putz im Medikamentenschrank. In der Mitte der dreizehnten Etage befand sich eine kleine dreieckige Einkerbung im Putz, wo der Sportwagen mit hundertachtzig Sachen vorgedonnert war. Alex lugte, das rechte Auge dicht an das Fenster der Fahrertür gepresst, in den Wagen. »Alles gut Hugo?« Da sein Freund nicht verneinte, sausten die Beiden mit Vollspeed und dröhnendem Motor unter das Bett. Hugo stieg aus. Er setzte sich etwas abseits. Alex half ihm dabei. Dann pickelte er los – auf der ersten Sohle unter der Matratze. Nach drei Schlägen brach der Kotflügel ab. Alex nahm den spitzen, beweglichen Heckflügel. Aber der brach schon nach zwei Schlägen ab. Ohne das Heck kloppte er weiter. Ein paar Kratzer im Putz waren im spärlichen Licht erkennbar, mehr nicht. Seine Wut steigerte sich. Sein Arm wurde lahm. Tapfer wie der Graf von Monte Christo schlug er auf das harte Gemäuer ein.

Dann klopfte es an der Tür. »Alex! Kannst du mal das Klopfen sein lassen?«

Geladen voller Wut rammte er den Wagen noch einmal gegen die Wand. Er verfehlte seine Einschlagstelle.

»Was macht dieser Junge da eigentlich?«

Alex vergrub sein Gesicht in seinem angewinkeltem Arm. Er machte sich so unsichtbar wie möglich.

»Irgendwie ist der seltsam. So geheimnisvoll. Die Chefin möchte die Tabletten erneut umstellen.«

»Schon wieder? Also, ich mag den Jungen.«

Wo kamen diese Stimmen her? Die Zimmertür war noch verschlossen. »Die reden ja gar nicht mit mir. Die reden über mich«, sagte er leise zu Hugo rüber.

Alex traute seinen Augen nicht! Gut, dass Hugo nicht im Wagen saß. Der Wagen steckte tief in der Wand. »Wie soll ich den denn wieder da rauskriegen?« Alex wollte mit beiden Händen nach dem Wagen greifen und ihn mit ganzer Kraft wieder herausziehen. Doch ein zufälliges Anstoßen mit der rechten Hand ließ den Wagen sofort unversehrt zu Boden purzeln. Dabei bröckelten größere Putzstücke von der Wand. Ein helles Licht kam aus der Öffnung.

»Was war das?«, fragte Schwester Elke.

»Was war was?«, wollte Schwester Monika wissen.

»Da war doch grad ein Geräusch.«

»Ich habe nichts gehört.«

»Da war so ein Rascheln. Na ja, vielleicht habe ich mich auch verhört. Hier hört man ja so viele Geräusche in dieser Irrenanstalt.«

»O ja, besonders nachts. Obwohl die Zimmer doch schalldicht sein sollen.«

Alex war ganz aus dem Häuschen. Nachdem er die gebrochenen Gipskartonstücke vorsichtig entfernt hatte, kam ein Stück Glaswolle zum Vorschein. Von seinem Vater wusste er, dass man mit der Wolle, obwohl sie weich war, nicht kuscheln konnte. Sie kratzte. Alex entnahm sie vorsichtig mit Daumen und Zeigefinger. Seine Hand war nun ein Kran mit einer Greifzange. Der Kran brummte leise und beförderte das Stück Hochleistungsdämmstoff vorsichtig an die Wand neben das Loch. Seit die Glaswolle in der Wandöffnung fehlte, verstand der Junge jedes Wort, welches im Schwesternzimmer nebenan gesprochen wurde.

Er krabbelte unter dem Bett hervor, stellte sich mitten in den Raum und lauschte. Die Stimmen waren deutlich leiser geworden. »Die Stimmen kriechen durch das Loch und dann unter dem Bett her.«, erklärte Alex seinem Freund Hugo.

Er robbte wieder unter das Bett und steckte vorsichtig die Glaswolle zurück in die Öffnung.

Dann stellte er sich wieder mitten in den Raum. Es war nichts mehr zu hören. Oder hatten die aufgehört, zu reden?

Alex ging raus. Auf Socken schlich er vorsichtig zur Tür des Nachbarzimmers. Die beiden Schwestern waren noch in ein Gespräch vertieft. Einmal lachte Schwester Monika auf.

Alex tippelte wieder schnell in sein Zimmer. »Hier hört man nichts.«

Zur Sicherheit tippelte er nochmal vor die Nachbartür. »Die sind immer noch am Labern.«

In Zimmer Nummer eins A war wiederum nichts zu hören. Vor Freude machte er einen Köpper. Mit den Händen konnte er sich abfangen. Die Knie prallten aber unsanft auf dem Boden auf.

Dann tauchte er wieder unter das Bett. Er holte die Glaswolle erneut heraus und kratzte weiter am Putz. Die Putzstücke stapelte er an der Seite auf. Mit dem Gesicht ganz nah an der Wand schaute er durch das Loch. Auf der anderen Seite der Öffnung war ein Lüftungsgitter mit waagerechten Lamellen angebracht. Warum auch immer. Durch die Lamellen konnte man streifenweise etwas von dem Boden des Schwesternzimmers erkennen. Oder war es mal eine Lüftung für beide Räumlichkeiten gewesen? Hieß sein Zimmer deshalb eins A? Weil es vorher zum Schwesternzimmer gehört hatte?

»Wow!« Alex blickte gespannt hindurch. »Jetzt kann ich die immer ausspionieren, wie ein richtiger Detektiv.« Das Ausdrücken von Tabletten war zu hören. Das Geräusch kannte er von Opa Josef. Und das Auf- und Zuschieben der Tabletten-Kalender. So nannte Noel seine

Tabletten-Schachtel, in der die Schwestern seine Wochenmedikation zusammenstellten. Einmal sah er graue Crocs vor den Lamellen des Lüftungsgitters herlaufen. Dann erspähte er das sich öffnende Türblatt. Alex war nun ein Geheimagent, so was wie ein Spion! Mit seiner neuen Abhörstation hatte er ab sofort den Eingang zum Schwesternzimmer immer im Auge!

In der Mittagszimmerzeit transportierte er Medikamente und lauschte immer mal wieder am Loch. Schwester Elke hatte Dienst. Von ihr hörte er keinen Mucks.

»Hugo! Erinnere mich daran: Ich darf nicht einschlafen. Ich möchte abends auch mal lauschen.« Als Gedächtnisstütze stellte er den Wagen mit dem Heck nach unten hochkant auf den Kleiderschrank.

Nachmittags im Garten war ihm sein Schwur schon fast egal. Nach dem Abendessen ging Alex wie ferngesteuert in sein Zimmer.

Er wollte sich wieder ins Bett fallen lassen, ging dann aber ein paar Schritte auf den Kleiderschrank zu. »Bisse aufn Mond geflogen, Hugochen?« Alex bekam Gleichgewichtsstörungen, fiel nach vorne, konnte sich noch mit den Armen am Schrank abstützen.

Das Auto stürzte hinab, zuerst auf Alex' Kopf, dann auf seine Schulter, schließlich überschlug es sich mehrmals, prallte auf den Linoleumbelag und rutschte bis kurz vor das Bett.

Alex sank zu Boden, sah mit einem halbgeöffneten Auge seinen Freund Hugo in der Ferne in seinem Auto sitzen. Der schaute nur geradeaus. Was für ein Freund. Alex streckte seine Hand nach ihm aus. Millimeter für Millimeter zog er sich über den Boden, als hätte man ihm in beide Beine geschossen.

Nach einer halben Ewigkeit schaute er wieder in den Wagen. »Danke, Hugo. Ich hätt's vergessen.«

Die beiden Freunde bewegten sich weiter. Alex wurde immer langsamer, bis er todmüde einschlief. Sein Freund und Helfer blieb wach, grinste wie gewohnt, schaute nach vorne, blickte auf das Loch in der Wand, die ganze Nacht.

Fünf Uhr, Sonntagmorgen: Eine friedliche Ruhe lag über dem ausladenden Gelände der Kinder-Psychiatrie Übermaßberg. Die ersten Sonnenstrahlen zogen durch die Bäume hinter den Hügeln. Die ersten Vögel, darunter eine Amsel in der hohen Linde über dem sanft vor sich hin schaukelnden Kroko im Park, stimmten die ersten Sommerlieder an.

Im Flur der geschlossenen Station war nicht ein Strahl, nicht ein Ton wahrnehmbar. Alle Türen waren verschlossen. Kein einziges Geräusch war zu vernehmen. Es dürfte kaum einen zweiten Ort auf der Welt geben, an welchem eine solche Stille herrschte. Mitten auf dem größten Ozean würde man den Wind und die Wellen hören. Oben auf dem höchsten Berg würde man das Rauschen des Windes wahrnehmen. Selbst wenn es windstill wäre, würde eines der unzähligen Flugzeuge am Himmel Geräusche von sich geben. Über die sich Franzi immer aufregte. Aber im Flur der Geschlossenen hörte man an diesem sommerlichen Sonntagmorgen nichts – absolut nichts.

Doch dann: ein Knall! Aus einem der Zimmer ertönte ein Knall – so, als wäre etwas zu Boden gefallen oder als hätte jemand den Kopf gegen eine Holztür gedonnert. Dann herrschte wieder Ruhe. Schwester Elke schlief tief und fest in ihrem Bereitschaftsbettchen auf der anderen Seite des Schwesternzimmers.

Alex lag immer noch auf dem Boden, lag bis zu den Schultern unter dem Bett und rieb sich den Hinterkopf, der durch den Knall gegen das Lattenrost schnallte. Der Knall hatte in aufgeschreckt. »Wo bin ich?« Er schaute umher. »Aua, aua!« Dann sah er Hugo. »Ach ja, wir wollten ja spionieren.«

Der Frühaufsteher robbte etwas weiter und legte sich bei der Öffnung auf die Lauer.

Es passierte nichts. Den ganzen Sonntagmorgen nicht. Alex und Hugo fuhren ihre Strecke mit dem Sportwagen hin und her. Die ersten fünf Etagen im Tabletten-Bunker waren schon leer geräumt. Für das bloße Auge nicht sichtbar. Wenn man sich aber an die vordere Bettkante stellte, konnte man genau erkennen, wo gerade der Tablettenabbau vonstattenging: Leergeräumte Zimmer wurden vollflächig eingefettet. Dadurch kam der Schrank Rechteck für Rechteck, an manchen Stellen auch Quadrat für Quadrat vollflächig zum Vorschein. Die Konturen der

Türen und Schubladen wurden in kindlicher Großzügigkeit noch einmal mit gestrichen. Dadurch wurden sie in der Sichtbarkeit kräftiger.

Alex ging frühstücken, kam wieder und förderte weiter. Sonntags durfte man vormittags auf dem Zimmer bleiben.

Das Telefon im Schwesternzimmer schellte. »Ups, wir haben das Loch nicht geschlossen.« Als der Sportwagen unter das Bett fuhr, schaute er zu Hugo ins Auto. »Wenn das Türschloss summt, dann saust du ganz schnell unter das Bett. Dann kann ich sagen, dass ich dich eben unter dem Bett raushole. Und dann kann ich das Loch schnell schließen.«

Der Wagen schwebte etwas und kippte vorne drei Mal hoch und runter. Hugo war einverstanden, nickte den Deal ab.

Das Telefon hörte auf zu schellen. Der gelb-schwarze Sportwagen fuhr hin und her. Alex war in seine Arbeit vertieft. Sonntagvormittags blieben die meisten Kinder auf ihren Zimmern, hörten Musik, malten Bilder oder durften sich auch mal für ein paar Stunden das Tablet der Gruppe mitnehmen. In Zimmer eins A transportierte man Tabletten. Die Art der Beschäftigung war zweifellos außergewöhnlich, sicherte dem Jungen aber das Überleben. Der Verstand blieb auf allerkleinster Flamme erhalten, drohte aber stündlich zu erlöschen.

Das Telefon im Schwesternzimmer schellte erneut. Die Tür ging auf, schnelle Schritte zum Schreibtisch waren zu hören. »Die Kinder-Psychiatrie Übermaßberg, Sie sprechen mit Schwester Elke.« Für einen Augenblick herrschte Stille. »Nein, wir haben aktuell keinen Platz frei.«

Nach drei Tabletten-Transporten schellte das Telefon abermals. »Die Kinder-Psychiatrie Übermaßberg, Sie sprechen mit Schwester Elke.« Wieder einen Moment Stille. »Ach, du bist es noch mal. Bei mir wird immer angezeigt: ›Anruf Kinderstation‹.« Es wurde ruhig. »Nein, das habe ich der Frau mit dem Doppelnamen auch schon gesagt. Wir haben zwar noch einen Platz frei, aber der ist für Notfälle gedacht.« Erneut Schweigen. »Wie, mit Security?« Es folgte wieder längere Zeit Ruhe, dann lachte Schwester Elke zwei Mal auf. »Nicht dein Ernst! Wie geil ist das denn? Frau Doktor Ämtchen untersagt ausdrücklich den Einsatz von Sicherheitsleuten in unserer Einrichtung. Unsere Waffe sei die Medizin. Unser Sicherheitsschutz die Medikamente. Einen besseren Schutz gäbe es nicht.« Es wurde still. »Was sagt denn Frau Doktor Mairainer dazu?« Stille. »Verstehe – und Franziska Albers kommt nicht zurück?« Erneut Stille. »Immer dieses Abwarten. Dreizehn Betten – das ist schon eine Hausnummer. Versuch mal, Frau Ämtchen zu erreichen. Schlussendlich wird sie über den Notfallplatz entscheiden. Zur Not muss er mit seinem lieben Herrn Mister auf den Alsberg gehen oder mit dem Zug nach Kassel fahren.« Schwester Elke lachte. »Ja, danke, dir auch gleich einen schönen Feierabend.«

»Noel kommt vielleicht wieder. Hast du gehört, Hugo?«

Das Männeken mit dem gelben Kopf grinste zustimmend. Das eingespielte Team entsorgte weiter Sondermüll.

Die Tür im Schwesternzimmer öffnete sich. »Das ist eine Tragik, dass man sogar am Sonntag, an dem man eigentlich frei hat, hier zugegen ist. Aber was macht man nicht alles für die Klinik. Manchmal denke ich, ich wohne hier. Wo drückt denn schon wieder der Schuh?« Die Oberärztin wusste von nichts. Ihre eigens aufgestellte Regel zwang sie regelmäßig dazu, der Geschlossenen ungeplant einen Besuch abzustatten. Der schlichte Grund: Datenschutz! Keine Namen, keine Informationen durften am Telefon übermittelt werden. Das führte dazu, dass sie des Öfteren wegen Kleinigkeiten herbeigerufen wurde, sei es wegen ein paar zusätzlichen Schlaftropfen oder wegen der Frage, ob man nach der ersten Einnahme von Tavor noch Mineralwasser trinken durfte. Diese und viele andere Fragen wurden von den neuen Kolleginnen und Kollegen gestellt. Wenn die Kinderstation Frau Ämtchen anrief und diese Station bereits mit Schwester Elke gesprochen hatte, wusste die Oberärztin, dass es sich um etwas Ernsteres handelte.

»Frau Plattheimer möchte, dass wir Noel Knil aufnehmen.«

»Schon wieder? Mit welcher Begründung denn diesmal?«

»Wegen Eigen- und Fremdgefährdung.«

»Die soll sie ihn erstmal in Obhut nehmen lassen. So dramatisch wird es wohl nicht sein. Wir alle kennen unseren Noel. Der tut keiner Fliege was. Sie wird ja wohl ihren Handlungsspielraum kennen. Oder müssen wir ihr den erklären?«

»Die Inobhutnahme Alsberg weigert sich, ihn aufzunehmen.«

»Die müssen den nehmen! Die Plätze gehören dem Kreis Oberstaufenwald.«

»Aber die Plätze sind alle belegt.«

»Unsere Kinderstation ist überbelegt!«

»Frau Plattheimer möchte ihn hier auf der Geschlossenen unterbringen.«

»Und wegen welchem Handlungsbestand?«

»Er wollte seine Mutter umbringen!«

Das berührte Frau Doktor Ämtchen nicht im Geringsten.

Schwester Elke reflektierte die letzte Entlassung etwas selbstkritisch: »Vielleicht hätten wir die Medikation draußen so weiterführen sollen.«

Die Oberärztin saß einfach da. Sie schaute auf den Boden und sagte nichts.

Schwester Elke stöberte und tippte eifrig in Noels digitaler Akte.

Der Kopf der Oberärztin senkte sich weiter nach vorne. War sie überhaupt geistig anwesend? War sie im Begriff, einzuschlafen? Kurz vor einem möglichen Gleichgewichtsverlust trat sie zwei harte Schritte vor.

»Lassen Sie den Jungen kommen. Ich hätte da noch eine andere Lösung. Die Aufnahme führe ich durch. Der Patient kommt für eine Woche in Quarantäne. Der Junge wird inkognito untergebracht. Sie wissen, was das bedeutet. Folgen Sie strengstens der Abhandlung unseres qualifizierten Konzeptes für Hochrisikofälle. Halten Sie den Dienstweg ein. Dokumentieren Sie jeden Schritt.« Ihre eigenen Schritte nahmen Fahrt auf. Frau Oberärztin Ämtchen verließ den Raum.

»Cool! Noel kommt zurück. Dann habe ich wieder einen Freund. Die anderen träumen ja immer nur.« Alex freute sich.

Natürlich teilte Hugo seine Freude und grinste.

»Dann basteln wir uns ein Kroko im Garten und können jeden Tag mit den Ketten rasseln.«

Zufrieden baute Alex mit seinem Kumpel Hugo Tabletten ab. Sie waren schon auf der vierzehnten Sohle. Ab elf Uhr dreißig hörten sie Radio aus dem Schwesternzimmer, welches immer mit den brandneusten News auf Sendung ging.

»Guten Morgen Elke!«

»Guten Morgen Ellen! Na? Wie war dein Urlaub?«

»Es war einfach nur herrlich. Wir haben die zwei Wochen in Spanien wirklich genossen. Bis auf die ersten Tage. Mein Mann hatte anfangs totale Kopfschmerzen. Der hat sich ein paar Ibus reingeworfen, dann ging es wieder. Es war schön, aber das Wetter war etwas unbeständig.«

»Wart ihr wieder in der gleichen Wohnung wie letztes Jahr?«

»Ja, wie die letzten zehn Jahre. Wir fühlen uns dort sehr wohl. Und was gibt es Neues?«

»Du wirst es nicht glauben, wer heute Nachmittag wiederkommt.«

»Lass mich raten: Noel Knil?«

Die beiden Schwestern lachten.

»Woher wusstest du das?«, fragte Schwester Elke lachend.

»Es ist doch mal wieder Zeit für unseren strohblonden, strubbeligen Stargast. Irgendwie mag ich ihn!«

»Ich finde den einfach nur anstrengend! Weißt du, was der gemacht hat?«

»Nein.«

»Der wollte seine Mutter und seine Oma umbringen. Und auf die Sicherheitsleute ist er auch losgegangen. Von denen wollte zuletzt keiner mehr bei Familie Knil arbeiten.«

»Ach, der Ärmste, der weiß nicht wohin mit seinen Kräften.«

»Weißt du schon das Neuste über Franziska Albers?«

»Nein – erzähl!«

»Die wird wohl rausgeschmissen, weil sie eine Tür aufgedrückt hat.«

»Das mit der Tür habe ich gehört. Ich meine, Franzi ist nicht ohne. Die hat schon etwas gewöhnungsbedürftige Methoden. Und die donnert sich ja auch ein bisschen sehr krass auf. Aber dass man entlassen wird, nur weil man eine

Tür aufdrückt. Das habe ich noch nie gehört. Das machen wir doch auch öfters hier.«

»Ich denke, da wird noch mehr vorgefallen sein. Vielleicht hat sie ja ein Kind eingequetscht oder jemandem die Tür vor den Kopf geschlagen. Die hat schon ein wildes Temperament, die Frau. Ihr Vater ist ja Italiener. Auf jeden Fall hat sich das Landesjugendamt eingeschaltet.« Schwester Elke schüttete Wasser in die beiden Gläser auf dem Tisch. »So, lass uns Übergabe machen. Ich muss pünktlich nach Hause.«

»Dann erzähl mal.«

»Also, ich fange mal hinten an: Heidi ist medikamentös eingestellt. Ihr psychischer Zustand ist okay. Die Narben an ihren Unterarmen sind gut verheilt. Sie verflucht uns zwar alle jeden Morgen, ist aber so weit ganz gut drauf. Sie wird Montag entlassen.«

»Wohin?«

»Vorerst in die Inobhutnahme Alsberg.«

»Lina ist so weit ganz gut drauf. Die Medikation wurde durch den Vorfall in der Inobhutnahme Alsberg umgestellt.«

»Was für ein Vorfall?«

»Der mit dem Kacke-Cake. Sie hatte doch in Alsberg auf der Toilette die Kuchenform aus dem Sandkasten versteckt und hat doch da immer …«

»Ach ja! Hör auf, hör auf! Und dann mit Zimt und Zucker.«

»Und mit Backpulver, damit es schön fluffig wird.«

»Ja, ja, ja! Ich bin wieder im Bilde.«

Die beiden lachten.

»Die bleibt bei uns in Therapie und bekommt eine Anschlussmaßnahme in Spanien auf einer Apfelsinen-Farm.«

»Oh! Da kann man es dann wohl aushalten!«

»In Zimmer acht ist Senie. Sie ist nach wie vor unauffällig und sehr ruhig. Bekommt seit Mirtazapin dreißig. Sie fährt ganz gut damit, klagt aber abends über Bauchschmerzen.«

»Daneben ist Frida. Die müsstest du auch noch kennen.«

»Das Borderline-Mädchen mit den grünen Haaren.«

»Ja, genau. Die festigt sich so langsam. Sie bekommt für die Nacht zehn Milligramm Aripiprazol und morgens zehn Milligramm Escitalopram. Und seit gestern zusätzlich Levomepromazin bei Bedarf, maximal zwölf Komma fünf Milligramm. Am letzten Wochenende wurde die Medikation abgesetzt, weil sie Drogen zu sich genommen hat.«

»Drogen? Wir sind eine geschlossene Anstalt. Wie kommen denn hier Drogen rein?«

»Dazu kommen wir gleich. Das ist nochmal eine ganz besondere Geschichte.«

»O nein! Ich bin ja jetzt schon wieder urlaubsreif.«

»Das ist immer total krass, ne? Wenn man zwei Wochen weg war und dann in den Dienst kommt …«

»Das ist sowas von krass! Das ist echt eine andere Welt hier. Na ja, erzähl mal weiter von unseren lieben Patienten.«

»Auf der anderen Seite haben wir ganz hinten links unseren lieben Rian.«

»Och nö! Nicht schon wieder Rian!«

»Doch, der ist vor acht Tagen in der Inobhutnahme Alsberg gewalttätig gegen zwei Mitarbeiterinnen geworden.«

»Wir haben aber wieder viele Verbindungen zur ION Alsberg. Was machen die denn da immer? Frau Niesgrauer, Frau Scheiwemann und wie se alle heißen?«

»Einen Mann haben die doch auch.«

»Ja – wie heißt der denn noch? Irgendwas mit ›sch‹ am Anfang.«

»Das ist doch der liebe Herr Mister.«

»Nein, so heißt der nicht.«

»Noel redet doch immer von dem. Der geht doch immer mit ihm auf den Alsberg: ›Sonntag gehe ich mit dem lieben Herrn Mister auf den Alsberg und Frau Scheiwemann bezahlt.‹«

»Genau - die Frau Scheiwemann musste immer alles bezahlen. Ja, aber wie heißt der richtig?«

»Irgend so ein typischer, traditioneller Handwerkername.«

»Schuster, oder?«

»Ja, genau: Schuster! Und was hat Rian gemacht?«

»Der ist mit einer Eisenstange auf die beiden Frauen los. Die haben sich mit zwei Kindern erst in der Gruppe verschanzt und sind dann durch das Fenster und haben Schutz in der Nachbargruppe gefunden. Der ist total abgedreht.«

»O mein Gott! Das sieht man dem gar nicht an. Der kann ja total lieb sein.«

»Wie alle unserer Spezies. Zimmer vier ist mit Janik Sievers belegt. Ein hyperaktiver zwölfjähriger Junge. Der ist auf eine sehr hohe Dosis eingestellt worden. Schau gleich mal in seine Akte. Die Tabletten sind alle bis Dienstagabend gestellt. Janik ist ähnlich wie Rian, hat eine sehr kurze Zündschnur. Der ist im Haus Widder mehrmals ausgerastet und hat sein Zimmer kurz und klein geschlagen. Der ist zwecks Erstellung einer Diagnostik als Grundlage für eine therapeutische Einrichtung hier.

In Zimmer drei ist immer noch Guel. Der wird noch circa vier Wochen hierbleiben. Der dreht vollkommen ab, ist nachts öfters aktiv. Er sieht immer Figuren, gegen die er kämpfen muss.«

»Das ist auch eine arme Seele!«

»Ja, keiner will ihn so richtig haben. Die Pflegemutter ist überfordert. Er braucht aber das Eins-zu-eins-Setting.

So, und nun kommen wir zu unserem ganz speziellen Fall.« Schwester Elke schaute schelmisch zu ihrer Kollegin rüber. »Sitzt du gut?«

»Ich sitze gut, schieß los.«

»In Zimmer zwei wurde Ahmad aufgenommen. Ein zwölfjähriger UMA.«

»Das wird immer mehr mit diesen UMAs.«

»Das ist aber ein ganz spezieller. Obwohl er erst zwölf Jahre alt ist, wurde per gerichtlichen Beschluss eine Zwangseinweisung in eine Kinder-Psychiatrie angeordnet.«

»Was!?«

»Die Polizei hat ihn schon seit vier Monaten gesucht – wegen mehrfachen Einbruchs, Waffenbesitz und Verdacht auf Drogenbesitz und Drogenhandel.«

»Und so einer ist hier bei uns? Ich bekomme Angst!«

»Wir mussten den aufnehmen. In der Inobhutnahme Alsberg haben die ihn zu fassen gekriegt.«

»Wieder Alsberg.«

»Er ist da durch das Fenster im Jungenbad mit einem weiteren minderjährigen Ausländer eingestiegen und dann zu einer Zwölfjährigen aufs Zimmer. Ein Betreuer hatte nachts Stimmen bei dem Mädchen gehört und hat dann die Polizei informiert. Die haben ihn dann in Handschellen hier eingeliefert.«

»Das ist ja was fürs Fernsehen!«

»Die Chefin hat ihn direkt betäubt. Er ist in Quarantäne, darf sein Zimmer nicht verlassen und steht unter strengster Chefarztbetreuung. Die Chefin muss täglich die Anwesenheit von Ahmad schriftlich bei der Kripo bestätigen.«

»Wie gruselig! Und wenn der nachts mal wach wird?«

»Wird er nicht. Der bekommt abends die volle Elefantendröhnung.«

»Und wie sieht der aus?«

»Kleinwüchsig, sehr schlank bis mager. Er hat schwarze Haare und ein sehr schmales Gesicht. Der hat irgendwie so einen hinterhältigen Wieselblick. Also ich traue dem nicht!«

»O nein! Ich will das nicht! Kannst du nicht noch eine Nacht bleiben.«

Die beiden Schwestern lachten wieder, obwohl ihnen dank der Grundstimmung auf der Station nicht zum Lachen zumute war.

»Im Notfallzimmer wird dann wohl heute wieder Noel Knil einchecken. Und auf eins A liegt Alex Schneider. Der ist vor zehn Tagen von der Kinderstation zu uns gekommen.«

»Und was ist das für einer?«

»Der ist eigentlich ganz ruhig. Er wurde aufgenommen, damit wir die Adäquanz seiner Behandlung prüfen. Ich finde, er ist total der süße Junge. Aber es liegt eine externe, nicht bestätigte Diagnostik über ADHS-HI, F 90 in sehr ausgeprägter Form mit nicht kontrollierbaren Aggressionsausbrüchen vor. Es herrscht ein striktes Kontaktverbot zum Kindesvater. Dem ist das Sorgerecht entzogen worden. Er darf laut Gerichtsbeschluss keinen Kontakt zu seinem Sohn halten, auch nicht telefonisch. Die Kindsmutter befindet sich aktuell in Kur. Sie hat das alleinige Sorgerecht an ihre Mutter abgegeben. Frau Schmidt hält regelmäßigen Kontakt zur Chefin. Sie möchte ausdrücklich nur mit der Oberärztin kommunizieren.

Alex steht oft neben sich, wirkt abwesend. Frau Doktor Mairainer und die doch so soziale und hilfsbereite Franziska Albers haben den Jungen vollkommen falsch eingeschätzt. Die Diagnostik von Frau Doktor Mairainer hat die Chefin mit beiden Händen vor meinen Augen zerrissen. Frau Doktor Mairainer ging bei Alex von einem gesunden Jungen aus. Er habe einen Hauch einer ADHS-Erkrankung. Die Symptome würden mit der Zeit aus dem Jungen herauswachsen. Franziska Albers war mit Alex und einem anderen Jungen im Wald und hat dort gezeltet. Da ist der Chefin, glaub ich, die Hutschnur gerissen. Die hat das freche Franzichen echt gefressen. Böse Zungen behaupten, das habe was mit ihrer Beurlaubung beziehungsweise Befreiung zu tun. Oder ist es schon ein Rausschmiss? Keine Ahnung.«

»Aber fremdgefährdend ist er nicht?«

»Nein! Auch nicht eigengefährdend. Er wirkt tatsächlich wie ein normaler Junge. Die Chefin prüft gerade den Verdacht auf Autismus. Alex ist total auf sein gelbes Lego-Auto fixiert. Ohne das geht gar nichts! Wenn das weg wäre, ginge für den armen Jungen die Welt unter.«

»Das hört sich ja mal harmlos an. Ab und zu brauchen wir auch mal ein paar chillige Kinder.«

»Der sieht total süß aus. Seine Haare sind eigentlich immer strubbelig und er hat total schöne Augen. Wenn der dich mit seinen Wimpern anklimpert, schmilzt du dahin.«

Alex lag auf dem Bett. Er war eingeschlafen. Von den Lobesworten aus dem Steckdosenloch nahm er keines wahr. Von den zehn Patienten hatte er am besten abgeschnitten.

Als Schwester Elke die Tür beim Verlassen des Schwesternzimmers unabsichtlich etwas zu fest ins Schloss fallen ließ, klappte sein Oberkörper nach oben. Er schüttelte sich einmal. »Ritta Lin! Wo steckst du?«, rief er wirr und verzweifelt. Dann setzte er sich auf die Bettkante und schaute ins Leere.

Der Gong zum Freigang ertönte. Wie eine Maschine stand er auf. Er bewegte sich, wie die meisten, in den Innenhof. Dort setzte sich Alex auf die Wiese. Ein neuer Junge saß auf dem Berg. Der schaute in die andere Richtung. War das Noel? Alex konnte keinen klaren Gedanken fassen. Der kleine Junge wollte aufstehen. Es ging aber nicht. Jeder blieb auf seinem Platz.

Kapitel 13 Oma und Koma

Am anderen Morgen beim Gang zum Frühstück blieb Alex im Flur stehen. »Halt! Stopp! Dich kenne ich.«
Noel Knil verzog nicht eine Miene. Er schaute seinen Kroko-Kumpel aus der Kinderstation ohne Regung an.

»Na, wie geht es dir?«

Ein leises »Gut« konnte man seinen Lippen ablesen. Sein Blick blieb starr, regungslos, verlief sich an Alex' Kopf vorbei ins Leere.

Der kleine Alex gab sich noch nicht geschlagen. »Weiße noch? Das mit dem Kroko? Wenn die Ketten immer so laut rasselten?«

Mit einem noch leiseren und lustloseren »Mmh« ging Noel weiter.

Während des Frühstücks grübelte Alex im Selbstgespräch noch etwas über ihn: »Was ist denn mit dem los? Ist der denn noch so müde?« In der Zimmerzeit nach dem Mittagessen war es Alex schon fast egal, was mit Noel passiert war. Der blonde Junge lag auf dem Bett. Vor seinen Augen rollte das Auto hin und her.

Mit einem Mal zuckte Alex zusammen. Er blieb angespannt auf dem Bett liegen und traute sich nicht mehr, sich zu bewegen.

»Ich bringe sie um! Und die Alte auch! Ich bringe euch alle um!«

Die Klinke seiner Tür wurde hastig nach unten gezogen. Zwei kräftige Fäuste schlugen auf die Tür ein.

»Frau Doktor Ämtchen, Sie müssen sofort kommen. Wir haben einen Notfall. Thomas und Markus sind auch alarmiert. Es eilt sehr!«, schallte es aus dem Abhörloch.

Thomas und Markus waren im Bereitschaftsteam. Auf Initiative von Frau Doktor Mairainer wurde vor Jahren der Notfall-Bereitschaftsdienst eingerichtet. In Übermaßberg siedelten sich viele therapeutische und medizinische Einrichtungen an. Die zweihundertfünfzig Jahre alte Kinder-Psychiatrie war ein Anziehungsmagnet. Viele Jahre lang waren ein Kinderkrankenhaus und eine Entbindungsstation an den Komplex angeschlossen gewesen. Seit den Neunzigern waren schließlich immer mehr therapeutische Stationen für Kinder und Jugendliche errichtet worden. Das krönende Bauwerk war die flammneue geschlossene Anstalt von Frau Doktor Ämtchen.

Thomas, Markus und noch fünf weitere Rettungssanitäter waren zusätzlich ausgebildete PART-Streitschlichter. Alle Kinder- und Jugendhilfe-Einrichtungen in Übermaßberg konnten diese Notfall-Bereitschaft anrufen. Das Konzept sah vor, dass sie in weniger als zehn Minuten dort erscheinen sollten, wo zwei oder mehrere Kinder oder Jugendliche in bedrohliche, körperliche Auseinandersetzungen verwickelt waren.

Die beiden Notfall-Sanitäter eilten in das Gebäude. Für derartige Aktionen hatten sie einen Chip für die Eingangsschleuse. Sie gingen zielstrebig auf Noel zu.

Thomas drückte ihn auf den Boden. Mit gezielten Griffen packten sie den schreienden Jungen an den Oberarmen.

»Ich bringe sie um! Ich bringe euch alle um!«, schrie er immer wieder.

Als er auf seinem Bett lag, kam Frau Doktor Ämtchen hinzu. In nur zehn Sekunden war das Serum gespritzt. Seine Glieder erschlafften. Sein durchschwitzter Körper kam zur Ruhe. Sein Herz pochte wild durch das nasse Unterhemd. Nur langsam legte sich seine schnelle Atmung. Der Junge war am Ende.

Der kleine Alex traute sich nicht aus seinem Zimmer. Die Jagd nach dem Wilden, der Akt der Betäubung hinterließ keine Geräuschspuren. Die schalldichten Zimmertüren machten sich bezahlt. Nur das wiederkehrende »Ich bringe sie um! Ich bringe euch alle um!« war wie ein Dolch durch die dicke, mit Stahl verstärkte Holztür gedrungen.

Das Telefon im Schwesternzimmer schellte.

Alex robbte schnell unter das Bett. Sein Ohr war so dicht wie möglich am Stimmenloch.

Man hörte ein Rascheln. Die Schwester hatte den Lautsprecher eingeschaltet. »Die Kinder-Psychiatrie Übermaßberg, Sie sprechen mit Schwester Elke.«

»Den müssen Sie einsperren! Den müssen Sie einsperren!«, krächzte es durch den Hörer.

»Wen müssen wir einsperren?«, gab die Schwester unbeeindruckt zurück.

»Den Noel! Den müssen Sie einsperren! Der ist gemeingefährlich. Der hat meine Tochter erwürgen wollen. Der wird nicht mehr in mein Haus kommen. Der ist unberechenbar. Der hat sich auch mit den Siggi … mit den Sicker … ähm, nun helfen Sie mir schon!«

»Mit den Securitys.«

»Ja! Mit den Sekörrites! Mit denen hat er … hat er sich geschlagen und so – mit die Sekörrites! Das geht nicht. Das hat Frau Doktor Ämtkes auch schon gesagt. ›Der muss bessere Pillen kriegen‹, hatte Frau Ämtkes gesacht!«

»Frau Knil, jetzt beruhigen Sie sich erstmal. Frau Doktor Ämtchen ist gerade bei Noel. Sie hat ihn beruhigt. Es geht ihm gut. Ihr Enkel kommt jetzt erstmal zur Ruhe. Ich denke, dass wir Noel ein paar Tage hierbehalten werden. Wir werden ihn medikamentös komplett umstellen. Das kann ich Ihnen schon unter Vorbehalt sagen. Machen Sie sich also keine Sorgen.«

Die Stimme von Noels Oma wurde leiser.

Schwester Elke hörte ihr geduldig zu. »Machen Sie sich nicht so viele Gedanken, Frau Knil. Wenn Noel wieder zu Ihnen kommt, werden Sie ihn nicht wiedererkennen.«

Die Tür zum Schwesternzimmer öffnete sich. Frau Doktor Ämtchen betrat den Raum. Alex erkannte sie direkt an ihren lila Sneakern mit Schmetterlingen drauf.

»Zu Ihnen braucht er ja nicht mehr kommen. Aber Ihre Tochter hat doch noch das Sorgerecht, oder?«

Frau Knil senior hatte anscheinend Redebedarf. Schwester Elke zeigte sich zunehmend genervt.

Die Oberärztin verließ das Zimmer wieder mit einem tiefen Seufzer.

»Frau Knil, wir melden uns morgen Früh noch einmal bei Ihrer Tochter. Ich wünsche Ihnen noch einen schönen Tag. Ja - auf Wiederhören.«

Alex schlief unter dem Bett ein.

Nach einer Weile öffnete sich die Tür wieder und die Schmetterlingsschuhe schritten zum Schreibtisch. Die Tür knallte zu.

Alex donnerte mit dem Kopf gegen das Lattenrost.

»Haben Sie das gehört, Schwester Elke?«

»Was?«

»Na, das Knallen gerade.«

»Das waren doch Sie mit der Tür.«

»Nein, danach hat es nochmal geknallt, leiser und dumpfer.«

»Ach, das ist die Heizung, wenn die nachmittags wieder hochfährt.«

»War das eben die Kindesmutter des Patienten Knil am Telefon?«

»Das war die Oma. Das war Frau Knil senior.«

»Noel stellt keine Gefahr mehr da. Der bleibt wie Ahmad auf seinem Zimmer. Er bekommt jeden Tag eine Spritze und nach einer Woche werden wir ihn entlassen – dann wird er brav wie ein Schoßhündchen sein.«

Alex krabbelte unter dem Bett hervor. »Was ist denn ein Schoßhündchen? Soll Noel ein Kuscheltier werden?« Er legte sich zu seinem Plüschlöwen ins Bett. Letzterer drehte sich mehrfach um die eigene Achse. Alex' glasige Augen suchten unkonzentriert nach einem Nadelstich. »Warst du auch mal ein Mensch, Löwi?«

»Höff, ich hüff-höff, hff.«

»Ach so!« Alex nahm ihn fest in beide Arme. »Ich dachte, Ritter Lin hätte Noel in dich reingezaubert.« Alex setzte sich auf die Bettkante. Seine Pupillen waren weit geöffnet. Sie schwenkten von links nach rechts, von oben nach unten.

»Welche Medikation bekommt er injiziert?«

»Das ist eine noch nicht zugelassene Zusammensetzung. Sie ist noch nicht von der BfArM freigegeben, da es sich um einen Mix aus verschiedenen Seren handelt. Das behalten Sie für sich. Ihnen vertraue ich.«

»Sie können sich, wie immer, auf mich verlassen.«

Alex wurde von Tag zu Tag träger, lustloser. Sein Schlafrhythmus änderte sich erneut. Die penetrante Stille machte ihn müde, machte seine Seele mürbe. Draußen sangen die Vögel. Draußen duftete es nach Blumen, nach Blüten, nach Sommer. Die Blätter der Pappeln vor seinem Fenster rauschten angenehm. Vom Wind angefächert, schaukelten sie mal laut, mal leise. Für die Insassen rauschten sie lautlos. Der Sommer war da, die Zeit der Lebensfreude. Die Sonne schaffte es als Einzige, dem kleinen Alex einen Sommergruß zu übermitteln. Die ersten

Sonnenstrahlen kitzelten an seinem Näschen. Die zweiten Strahlen leuchteten in Hugos Auto, das direkt vor Alex' rechtem Auge parkte.

Alex öffnete ein Auge. »Hugo, fahr schon mal los.« Sein Arm mit dem Auto fiel aus dem Bett.

Lustlos rollte Hugo vor und zurück.

»Alex, geht es dir nicht gut? Du bist ja so weiß wie die Wand.« Frau Adams bemerkte Alex' Blässe. Den Schwestern, Ärztinnen und Ärzten fiel es nicht ins Auge.

Nach dem Mittagessen spielte Alex, wie immer, mit seinem gelb-schwarzen Lego-Auto auf dem Zimmer. War das noch ein Spielen? Er lag auf dem Boden und bewegte mit seiner Hand den Sportwagen um die erste Edelstahlstütze seines Bettes herum. Er brummte vor sich hin. Die Hälfte der Zimmerzeit war um.

Das Fahrzeug wurde langsamer. Alex' Augen wurden erneut glasig. Er schaffte es nicht mehr, das Auto hinter der Stütze herfahren zu lassen. Der Wagen fuhr rückwärts, dann nur noch vor und zurück – auf einer geraden Strecke vor der Stütze. Es brummte nicht mehr.

Nach einer Weile setzte sich der betäubte Junge auf die Bettkante und schaute runter zu seinem gelb-schwarzen Sportwagen. Eine ganze Zeit saß er da und starrte es an.

Schwester Elke kam rein. »Zimmerzeit ist um. Alex, du hast Besuch. Schau mal, wer da ist.«

Alex zeigte keine Regung, sein Blick, weiterhin zum Fahrzeug gewandt, erstarrte.

Bertha Schmidt stellte sich in den Türrahmen. »Hey Alex!« Oma Bertha war außer Atem. Der lange Weg durch den Park hatte sie etwas in Luftnot gebracht. Sie ging drei kurze Schritte in den Raum. »Hey, wie geht es dir?«, fragte sie mit zittriger Stimme.

Kaum hörbar fing Alex an: »Wort, Mord! Wort, Mord! Wort, Mord!«

»Was soll das?«

»Mord, Wort! Mord, Wort! Mord, Wort! Mord, Wort …«

Sie verließ den Raum und ging zur Oberärztin. »Frau Ämtchen, Sie müssen sich dringend meinen Enkel anschauen.«

»Bitte schließen Sie wieder die Tür. Ich habe gerade ein Patientengespräch.«

»Aber es ist ein Notfall. Es geht um Alex Schneider.«

»Dann sind Sie Frau Bertha Schmidt?«

»Ja, ich bin es.«

Frau Ämtchen stand auf. »Heidi, geh in den Wartebereich. Ich hole dich da wieder ab.«

Die beiden Frauen gingen rüber zu Alex' Zimmer. Dieser saß wie eingefroren auf seinem Bett.

Frau Ämtchen blieb in der Tür stehen. »Na, Alex, wo drückt denn der Schuh?«

Sofort fing er an zu schreien: »Mord, Wort! Mord, Wort! Mord, Wort! Mord, Wort …«

Schwester Monika kam hinzugeeilt. Sie drückte sich zwischen den Damen am Türrahmen durch und hockte sich vor ihn.

Alex begann bitterlich zu weinen. Er ließ sich zur Seite auf das Bett fallen und schrie seinen Seelenschmerz aus sich heraus. Mal schluchzte er, mal weinte, mal schrie er. Die drei Frauen standen wie versteinert vor seinem Bett und schauten auf den traurigen Jungen, der einfach nicht mehr zu beruhigen war.

»Ich will doch einfach nur meinen Papa wiedersehen.« Er weinte und weinte.

Schwester Monika bekam Tränen in den Augen.

»Wir machen uns solche Sorgen um dich«, versuchte Bertha, zu trösten.

Die Tränen flossen weiter.

»Schwester Monika, Bedarfsmedikation Elvanse fünfzig verabreichen und ab heute Abend Pipam auf dreißig Milligramm erhöhen.« Frau Doktor Ämtchen verließ den Raum und machte sich auf den Weg in ihr Büro.

Bertha eilte hinterher. »Ich mache mir solche Sorgen um meinen kleinen Alex. Sie müssen etwas unternehmen. Dem Kind muss geholfen werden.«

Frau Ämtchen drehte sich im Flur zu ihr um. »Frau Schmidt, wir tun unser Möglichstes. Alex ist erst drei Wochen hier auf Station. Wenn Ihr Enkel medikamentös eingestellt ist, haben wir es geschafft und sein Fehlverhalten ist abgestellt.«

»Da bin ich ja beruhigt. Die Medizin ist ja heute so weit. Heutzutage muss kein Kind mehr leiden.«

»Ich will der Therapie nicht vorgreifen, aber wir haben da eine Art Wunderwaffe entwickelt, die wir aktuell bei einem Patienten mit ähnlichem Krankheitsbild testen. Für Ihren Enkel wäre das wahrscheinlich noch ein bisschen …«

»Machen Sie das! Verabreichen Sie ihm das Beste, was der Markt zu bieten hat. Der Junge hat so viel mitgemacht. Der leidet und leidet. Wir bezahlen das auch extra. Das ist überhaupt kein Problem.«

»Wir werden schon eine Lösung finden.«

»Aber warum wiederholt der Junge immer die Worte ›Mord‹ und ›Wort‹?«

»Das dürfen Sie nicht persönlich nehmen. Der Suizid ist hier auf der Station eine beliebte Beschäftigung. Wir hatten gestern einen Vorfall: Ein Patient wollte seine Oma und Mutter und uns alle umbringen. Das passiert hier öfters.«

»Meinen Sie, ich könnte noch einmal zu Alex ins Zimmer gehen?«

»Warten Sie noch eine Viertelstunde. Wir haben ihm etwas zur Beruhigung gegeben. So, Frau Schmidt, ich muss Sie leider rausbitten. Ich habe noch Patientengespräche.« Sie begleitete Frau Schmidt aus dem Zimmer und ging zu Heidi, die mit unruhigen Beinen und genervtem Blick im Wartezimmer saß. »Na, Heidi, was machste denn für ein Gesicht wie sieben Tage Regenwetter?«

»Ich hab' keinen Bock mehr auf diesen Klapsenscheiß!«

»Heidi, wie redest du denn schon wieder?«

»Ist doch wahr! Und dann kommt auch noch diese aufgedonnerte Omi dazwischen. Die könnten Sie mal so langsam entlassen. Oder ist das Ihre Dauerkundin?«

Frau Schmidt kam in den Warteraum. »Wie redest du denn über mich, du freche Göre? Hat man dir keinen An…«

»O Omi, fuck off! Und lass mich in Ruhe.«

»Also, unmöglich die Jugend heute.«

»›Ööh! Unmöglich diese Jugend von heute!‹«, äffte Heidi Frau Schmidt nach. »Und ihr dummen Bonzenomis geht uns gewaltig auf den Piss!«

»Nun pass aber mal auf, du dumme Pissblage, ich habe drei Kinder großgezogen …«

»Was beleidigst du mich, Alte? Geh doch einfach. Dein blödes Gelabere kotzt mich an! Setz dich einfach mit deinem fetten Arsch in deinen Achter-Audi und lass mich in Ruhe.«

»Wer beleidigt denn hier?«

»Wer hat denn ›Pissblage‹ gesagt? Wie es in den Wald reinruft, so schallt es auch wieder raus. Und jetzt hau endlich ab, du Bonzentussi.«

»Du spinnst wohl! Ich werde dich anzeigen – wegen Beleidigung! Was meinst du, was mein Anwalt mit dir macht, Fräulein?«

Heidi fing auf dem Stuhl an, laut zu lachen. Sie krümmte sich. Sie rutschte vom Stuhl auf den Boden und lachte besonders schäbig und verachtend. »Ich habe schon über fünfzehn fucking Anzeigen, wegen Einbruch, wegen Diebstahl, wegen Schlägerei.« Sie lachte weiter, ergänzte dann: »Wegen Beleidigung!«

»Bringen Sie diesen gestörten Kindern denn kein Benehmen bei? Also das müsste meine Tochter sein, was meinen …«

»Deine Tochter?«, schrie Heidi. »Zum Glück bin ich nicht deine fucking Tochter! Ich müsste mich mit Drogen und Alk vollpumpen, damit ich es bei dir aushalte.«

»Frau Schmidt, bitte folgen Sie mir. Diskussionen führen in solchen Situationen zu nichts.«

Die volljährigen Frauen gingen in das Ärztezimmer.

»Sie dürfen sich nicht mit unseren Patienten anlegen. Den Krieg werden Sie immer verlieren. Die sind in einer anderen Dimension. Die sind in einer Welt, die nicht von hier ist.«

»Aber ich lasse mich doch nicht von so einer unerzogenen Göre beleidigen. Und ob ich meinen Anwalt einschalte. Eine andere Sprache verstehen die doch nicht.«

»Das müssen Sie für sich entscheiden. Vielleicht sind Sie auch einfach nur ein bisschen aufgebracht wegen der Situation eben mit Alex. Unsere Psyche lässt sich nur schwer kontrollieren. Meistens tritt der Dampf an einer Stelle aus, an welcher der Druck am höchsten ist. Die

Entstehung des Druckes ist aber ganz woanders in unserem Körper.«

»Darf ich jetzt noch einmal zu Alex?«

»Ja, schauen Sie ruhig.«

Bertha machte sich erneut auf den Weg zu seinem Zimmer. Vorsichtig öffnete sie die Tür. Alex lag eingekuschelt in seinem Bett. Mit dem Köpfchen zur Seite und Löwi im Arm. Schwester Monika hatte alles lieblich hergerichtet. Auf dem Nachtschränkchen stand die gedimmte Lampe, darunter parkte Hugo, der auf Alex aufpasste.

Bertha stellte sich vor ihren Enkel. »Schlaf schön, mein Kleiner. Die Oma hilft dir. Deine Mama wird bald auch wieder gesund sein. Du wirst sehen: Weihnachten sind wir alle wieder zu Hause. Dann kannst du wieder die vielen, vielen Geschenke von deiner lieben Omi öffnen. Das machen wir dann Jahr für Jahr, unser Leben lang. Hier wird dir endlich geholfen. Deine Mama und ich – wir haben für dich gekämpft. Gute Nacht, mein Kleiner.«

Alex verzog keine Miene. Der Junge bewegte sich keinen Millimeter. Man hörte nicht einen Atemzug.

Bertha ging noch einmal zu der Oberärztin. »Alex schläft jetzt. Ich dachte für einen Moment, dass er tot wäre, weil sein Atem nicht zu hören war.«

»Das ist er im Prinzip auch. Wir haben ihn in eine Art Kurzzeitkoma versetzt. Er kann Sie hören. Er versteht jedes Wort von Ihnen. Er kann nur nicht reagieren. Aber die Worte die nimmt er auf – jedes einzelne Wort.«

»Also nimmt er das in sich auf, was ich ihm sage.«

»Ich sagte doch: Jedes Wort wird verinnerlicht.«

»Ich gehe noch einmal kurz zu ihm und dann bin ich wieder weg.«

Bertha Schmidt ging wieder zu Alex' Zimmer. Vor dem Eintreten schaute sie nach links, nach rechts und nach hinten. Bevor sie die Tür schloss, horchte sie, ob jemand anderes über den Flur lief. Sie blieb an der Tür stehen und kramte ihr Handy aus ihrer Handtasche. Sie sprach eine Memo: »Auf diesen Moment habe ich neun Jahre gewartet. Ich stehe hier im Zimmer von Alex auf der geschlossenen Station der Kinder-Psychiatrie Übermaßberg. Der Junge schweigt. Endlich schweigt er. Er wurde mir einfach zu mächtig, seinem Vater immer ähnlicher, vor allem die narzisstischen Züge. So ist es gut. Nun habe ich wieder die alleinige Macht.«

Oma Bertha stellte sich wieder vor ihren Enkel, der wie in Stein gemeißelt unverändert in seinem Bett lag. Sie kramte einen Lippenstift und einen Handspiegel hervor und färbte ihren Mund blutrot nach. Dann zog sie noch einmal das Handy aus ihrer Tasche und machte drei Selfies.

Die alte Frau schaute ihn an. Für eine kurze Zeit herrschte Stille im Raum. Frau Schmidt sammelte sich. Sie schloss die Augen und atmete einmal tief durch.

Dann öffnete sie die Augen wieder, strahlte zufrieden. »So, mein Lieber! Was ich dir schon immer sagen wollte: Das hast du dir alles selbst zuzuschreiben. Als du das Öl auf meinen Treppenstein geschüttet hast, hätte ich dich am liebsten erschlagen. Ich hatte so viel Geduld mit dir. Aber du wurdest ja immer frecher! Habe ich es dir nicht gesagt, dass böse Kinder in ein Heim kommen? Ich habe dir doch extra den Film gezeigt. Und dann bist du ausgeflippt und wolltest zu deinem Vater laufen. Und nun hast du die Bescherung. Deinen Vater habe ich auch fertig gemacht. Der wird dir bestimmt nicht mehr helfen. Den habe ich ausgeschaltet. Wir Frauen sind das stärkere Geschlecht. Merkt euch das ein für alle Mal!« Sie öffnete die Tür und blieb im Türrahmen stehen.

Frau Doktor Ämtchen lief auf dem Weg zum Schwesternzimmer an ihr vorbei.

Frau Schmidt lächelte die Oberärztin an und rief leise durch den Türspalt: »Schlaf schön, mein kleiner Schatz. Die Oma hat dich ganz doll lieb. Du weißt ja jetzt, ich werde immer für dich da sein.«

Zwölf Uhr Mitternacht: Alex wachte schweißgebadet auf. Er rannte zur Tür, dann zum Fenster und wieder zurück und erneut zum Fenster. Dort blieb er stehen. »Franzi!«

Franzi Albers ging durch den Park. Die Laternen am Wegesrand strahlten sie mal mehr, mal weniger an. Sie hatte einen DIN-A4-Briefumschlag unter dem Arm. Sie blieb stehen.

»O mein Gott, was geht denn da ab?« Genüsslich schaute Franzi zu. »Was hast du dir denn wieder eingeworfen, Schätzchen?« Sie schaute durch die bodentiefen Fenster

zum Bereitschaftszimmer der Oberärztin. Man erzählte sich, Frau Ämtchen würde sogar in dem Trakt wohnen. Platz genug gäbe es im Obergeschoss.
Die Oberärztin trug ein Trikot-Oberteil der deutschen Fußballmannschaft, kniehohe Fußballsocken und ein gewagtes, knappes Höschen. Mit einer Flasche Sekt in der Hand tanzte sie unbeschwert. Immer wieder flogen ihre Hände in die Luft.

Franzi ging weiter. »Vielleicht muss man der Frau Doktor mal sagen, dass Spionspiegelglas im Dunkeln genau andersherum wirkt. »Einfach die elektrischen Plissees herunterlassen. Das wäre auch noch eine Idee. Aber du Tabletten-Schnepfe wirst morgen nach deinem Vollrausch schon noch einen Schreikrampf bekommen, wenn du den Brief von Herrn Sommer bekommst. Was auch immer du mit mir vorhattest, du krankes Geschöpf.« Sie schaute noch einmal hoch zur tanzenden Ärztin und schrie laut: »Mach einen Strich durch deinen Rausschmissplan!« Ihren Brief warf sie im Kasten der Verwaltung ein. Franzi ging den gleichen Weg wieder zurück. Alex stand noch immer am Fenster. Franzi sah ihn nicht. Schnell rannte er zur Tür, zum Lichtschalter. Das Licht des Zimmers eins A ging dreimal an und aus. Schnell rannte Alex wieder zum Fenster und winkte mit beiden Armen. Franzi erkannte das Lichtsignal. Die Erzieherin freute sich, Alex zu sehen. Sie schlug ein Rad und sprang hoch wie ein Reh. Alex lächelte. Er winkte ihr zu. Er löschte das Licht. Franzi winkte ihm zu.

Fünf Uhr am anderen Morgen: Alex lag in seinem Bett. Als wäre er in einen hundertjährigen Schlaf gefallen. Hugo schaute aus dem Auto. Auch er hatte sich seit Stunden nicht mehr bewegt.

Um acht Uhr kam Schwester Monika in das Zimmer. »Guten Morgen Alex! Aufstehen, wir haben schon acht Uhr.«

Alex regte sich keinen Millimeter. Die Schwester ging wieder aus dem Raum, in der Erwartung, dass der Patient in wenigen Minuten aufstehen würde.

Nach einer halben Stunde lag er immer noch da.

Die Schwester kam erneut. »Alex, nun wird es aber Zeit. Steh bitte einfach auf!« Sie fühlte ihm die Stirn. »O mein Gott! Der Junge kocht ja.«

Sie eilte in das Schwesternzimmer und kam mit einem Thermometer wieder. »Vierzig Komma fünf – hab ich's mir doch gedacht.« Schwester Monika ließ den heißen, versteinerten Alex so liegen.

In kürzester Zeit verweilten drei ›Koma‹-Patienten auf der geschlossenen Station der Kinder-Psychiatrie Übermaßberg. Das war neu. Das war ein Rekord in der jahrhundertealten Geschichte der Einrichtung. War das die Zukunft? Man hatte drei wilde, junge Kerle ruhig gestellt. Sie gezähmt, ihnen unsichtbare Hand- und Fußfesseln angelegt.

Noel war der beweglichste ›K.-o.-Patient‹. Noch ein paar Tage und er sollte wieder als gesellschaftsfähig in die

Freiheit entlassen werden. Die medikamentöse Behandlung war individuell auf ihn abgestimmt worden. Aus dem rastlosen, hyperaktiven Dauerredner wurde ein ruhiger, gemächlicher Vorzeige-Jugendlicher: Er stand auf, zog sich an, ging frühstücken, ging zur Therapie. Er aß den ›Klapsenfraß‹, wie er Großküchenmenüs zu Anfang genannt hatte, ganz ohne zu murren, diesen zu übersalzen oder in Schweizer Würzsauce zu ertrinken. Noel Knil setzte sich nachmittags auf seinen Alsberg und genoss die Kurzsicht. Wie ein Musterschüler eines katholischen Kloster-Internates ging er abends schweigend ins Bett ohne ein nerviges »Darf ich heute länger aufbleiben?« oder »Liest du mir noch eine Geschichte vor?«

Ahmad, der von Freunden bereits mit zehn Jahren in komaähnliche Zustände versetzt worden war, lag noch steif auf dem Rücken. In drei Tagen würde die Rehabilitation vorbereitet werden. Am Reißverschluss seines Rucksackes, welcher an der Wand stand, hing ein verkratzter Anhänger mit einem Bild einer Frau mit Kopftuch. War das seine Oma?

Der neue Ansatz der ›Ämtchen-Tabletten- Therapie‹ lautete: Zunächst sollte der Patient in ein Kurzzeitkoma versetzt werden. Anschließend galt es, ihn psychisch neu aufzubauen oder »neu zu programmieren«, wie es die Oberärztin in der Vorstellung ihres neuen Konzeptes formuliert hatte.

Schwester Elke, der sie blind vertraute, da sie die Frau Oberärztin verehrte, sagte sie mal zu fortgeschrittener

Stunde: »Also wir waren in unserer wilden Zeit, als wir nicht kicken durften, genauso heiß auf diese Medi-Cocktails. Das war in euren wilden Siebzigern auch noch so. Wir haben uns die schon mit dreizehn im Mädchen-Internat reingepfiffen. Wir haben heimlich Fliegenpilze bei den unzähligen, dämlichen Wanderungen gesammelt. Die haben wir getrocknet und heimlich geraucht. Alter, was sind wir abgedriftet. Wir haben uns total aus dem Leben geschossen. Und seien wir doch mal ehrlich: Aus uns ist immerhin etwas geworden. Wir sind Akademikerinnen. Wer nur Alk zu sich nimmt, schafft es auf ein Maurergerüst oder auf ein Hausdach!« Sie grinste verächtlich. »Während meines Psychologie-Studiums haben wir uns einen Film über ein Camp in den USA angeschaut. Da wurde die Psyche der Insassen gebrochen, indem man ihren Tagesrhythmus auf den Kopf stellte. Da gab es nachts um drei Mittagessen. Eine Stunde später wurden die wieder geweckt. Dann mussten die sechs Stunden im Moor arbeiten. Anschließend war am helllichten Tag Schlafenszeit. Am Tag drauf gab es einen komplett anderen Rhythmus. Der Film hat mich fasziniert. Da wuchs in mir der Traum, diese Art des Psychebrechens auf die medikamentöse Art zu übertragen. Und bald bin ich dem Ziel nahe. Und das Ganze mit minimalem Aufwand, mit null Risiko und unerschöpflicher Rendite! Ich bin so gut! Ich werde eine Klapsen-Kette aufmachen.«

Am Lüftungsgitter des Schwesternzimmers zischte ein Rohr. Alex öffnete die Augen. »Was ist das für ein Geräusch?« Es klapperte, dann rauschte und pfiff es wieder. »Wo bin ich?« Seine Augen wurden größer. »Was ist mit mir? Ich kann mich gar nicht bewegen. Bin ich im Himmel? Werde ich aufgesaugt?« Nur seinen Mund konnte er kontrollieren und so ließ er leise seine Verzweiflung, seine ungezähmte Fantasie heraus.

Es war wieder ruhig. Zwei, drei Mal klopfte etwas an der Wand, als würde jemand etwas dagegenschlagen. Dann war es wieder totenstill. Alex blieb wach. Er versuchte, seinen versteinerten Körper zu bewegen. Sein Gesicht war nass geschwitzt. Nicht einmal die Finger konnte er bewegen. Er versuchte, seinen Körper hin und her zu schaukeln. Es war wie in einem Alptraum. Das Bett saugte ihn förmlich an sich.

Doch was war das? Von jetzt auf gleich konnte Alex seinen Körper nach links bewegen. Seine Energie war wieder da. Mit voller Kraft drehte er seinen Rumpf nach rechts und zog die restlichen Teile mit in die Tiefe. Dabei klatschte seine Wange auf das Nachtschränkchen. Sein Kopf rutschte unsanft an der Kante entlang.

Der Junge lag vor seinem Bett. Seine Arme, seine Beine waren noch betäubt. Auch die Halsmuskulatur war noch erschlafft. Die aufgeratschte Wange lag auf dem kühlen Boden. Alex weinte. Er wollte nicht mehr leben.

Hugos Wagen lag mit dem Dach nach unten vor der Tür. Sein Freund und Tabletten-Chauffeur konnte ihm nicht helfen.

»Guten Morgen Moni!«

»Guten Morgen Elke.«

»Na, wie war deine Nacht?«

»Och, so weit ganz gut.

»Weißt du, was ich grad auf dem Gelände gehört habe?«

»Nein, was denn?«

»Franzi Albers ist schwanger!«

»Ach, wie schön! Dann war das mit dem Rausschmiss beziehungsweise mit der Abmahnung nur ein Fake. Die machen es aber auch immer spannend hier!«

»Manchmal wird hier auch einfach zu viel getratscht. Und wie war es sonst in den letzten Stunden?«

»Alles war ruhig. Ahmad kann die Hände bewegen.«

»Wie kommt das? Das ist eigentlich unmöglich. Hast du das der Chefin gesagt?«

»Nein, noch nicht. Ist das denn wichtig?«

»Na ja, der sollte noch zwei Nächte im Kurzzeitkoma bleiben. Der Wirkstoff löst die Muskulatur von innen heraus. Also die Hände werden zuletzt wieder aktiviert. Ich spreche gleich mal mit der Chefin.«

»Alex Schneider hat leichtes Fieber?«

»Oh! Wie hoch?«

»Konstant vierzig Komma fünf fünf.«

»Die Chefin will ihm auch Toxfem2024 geben.«

»Was?«, schrie Schwester Monika entsetzt.

»Wieso? Das ist das Medikament der Zukunft. Das werden wir bald allen hier verabreichen. Schau dir Noel an! Der ist ein ganz lieber Junge geworden.«

»Ich muss hier raus!« Alex versuchte, zur Tür zu robben. Er kam nicht voran. Es kribbelte in seinen erschlafften Gliedern. Aber ihre Funktionen waren immer noch blockiert.

Kapitel 14 Der Ausbruch

Alex lag vor der Zimmertür und war wieder eingeschlafen. Doch nach wenigen Sekunden öffnete er die Augen und stand auf. »Was war das denn? Habe ich das alles geträumt?« Er schaute sich um. »Das fühlte sich so echt an.« Seine Hand griff nach Hugo. Seine Glieder schmerzten.

Die beiden fuhren zum Tabletten-Bunker. Der Schrank war so gut wie leer. Routiniert fuhr der Wagen rückwärts mit einem leisen »Piep, piep, piep« vor das Loch. Anhand des Zeigefingers konnte man verfolgen, wie schnell die Tabletten im Zickzack ruckzuck das Treppenhaus herunterschossen.

Hugo saß mittlerweile mit einem Besen, den Alex tief in seiner Hosentasche gefunden hatte, auf dem Dach. Mit dem Besen konnte Hugo das Auto lenken. So hatte es Alex mal bei Mr. Bean gesehen. Der konnte auch mit Besen und Wischmopp auf dem Dach sitzend seinen Mini vom Ohrensessel aus lenken. Hugo brauchte zum Bremsen nur den Besen. Sein gelb-schwarzer Sportwagen hatte Automatik. Das ganze Auto war voll mit Medikamenten in den verschiedensten Größen und Formen. Die drückten automatisch auf das Gaspedal. Seit Hugo auf dem Dach saß, passten noch mehr Tabletten rein.

»Alex! Was hast du denn gemacht?!«, rief Schwester Elke beim Betreten des Zimmers.

Alex und Hugo waren gerade auf halber Strecke auf der ›Tabletten-Schnellstraße‹. Unschuldig schaute der Junge die Schwester an.

»Lass dich mal anschauen. Hast du Zahnschmerzen?«

»Nein, Fieber.«

»Und warum ist deine Wange so angeschwollen?«

»Was ist eine Wanger?« Alex lachte. »Komisches Wort.«

»Eine Wange ist eine Backe. Eine Backe von dir ist ganz dick.«

Alex wurde klar, dass er nicht geträumt hatte. Seine Wange schmerzte und auch seine Muskeln und Knochen. Er ließ sich nichts anmerken. »Ich weiß nicht, warum die dick ist. Vielleicht weil ich Fieber habe, einundvierzig Komma fünf fünf.«

»Leg dich mal auf das Bett. Wenn man einundvierzig Komma fünf Grad Fieber hat, muss man sich hinlegen. Und die Wange müssen wir kühlen. Bist du irgendwo dagegengerannt?«

»Nein, ich weiß nicht, warum der Wanger dick ist.«

»Wange! Alex, das heißt ›Wange‹!

»Okay.«

Die Schwester legte ihm eine Kühlpackung auf die Wange. »Solange du Fieber hast, bleibst du auf deinem Zimmer. Möchtest du etwas frühstücken?«

»Nein.« Alex blieb liegen. Er hatte keine Kraft für einen Tablettentransport. »Mein Akku ist leer«, sagte er zu

Hugo. Das Lego-Auto stand dicht vor seinem Auge auf dem Laken.

Das Fieber hielt an. Alex lag nur noch auf dem Bett. Er aß nicht mehr. Seine Fröhlichkeit, seine Unbeschwertheit, seine blühende Fantasie waren wie weggezaubert. Er lag nur noch da und lauschte den Übergaben. Er hatte das Bett etwas von der Wand weggerückt. So konnte er vom Bett aus zuhören:

»… Alex hat absolut keinen Appetit. So langsam mache ich mir Sorgen um seine Gesundheit. In drei Tagen ist die Tablettenumstellung.«

»… Alex Schneider sagte, er hätte einundvierzig Komma fünf fünf Grad Fieber. Hast du ihm das gesagt?«

»Nein, bei den Patienten sagen wir doch immer nur eine Nachkommastelle.«

»Seltsam! Wer hat es ihm dann gesagt? Da kann er doch unmöglich alleine draufgekommen sein.«

Am Sonntagmorgen war es wieder besonders ruhig. Alex war nun vierzig Tage auf der Geschlossenen. Abgemagert und kreidebleich lag er auf dem Bett.

Neun Uhr dreißig: ein lauter Schrei! Dann herrschte wieder Ruhe.

Wie ferngesteuert stand Alex auf. Er öffnete die Tür. Frau Doktor Ämtchen lag auf dem Boden – mit einer Spritze im Oberschenkel.

Ahmad kam aus seinem Zimmer. Er konnte kaum laufen.

Schwester Elke trat aus dem Schwesternzimmer, sah die Oberärztin auf dem Boden liegen. »Hilfe! Hilfe! Ein Überfall!« Sofort rannte sie wieder in das Zimmer zurück.

Ahmad versuchte, auf die Oberärztin zuzulaufen. Wie ein Zombie trat er Schritt für Schritt nach vorn.

Alex lief wie in Zeitlupe zurück in sein Zimmer. Instinktiv versteckte er sich unter dem Bett.

Schwester Elke marschierte aufgeregt von links nach rechts. Immer wieder konnte Alex ihre grauen Crocs hinter den Lüftungsgittern beim Wenden erkennen. In das Diensttelefon wurden drei Zahlen eingetippt. »Hier ist die Kinder-Psychiatrie, Übermaßberg, Station zweihundertzwölf. Eine Person wurde mit einer Spritze verletzt und liegt bewusstlos auf …«

Es donnerte laut an der Tür. Mit dem Kopf und dann mit dem ganzen Körper versuchte Ahmad, die Tür einzurammen.

Schwester Elke kreischte einmal laut auf. »Und jetzt versucht er, mich zu verletzen oder zu töten. Dieser Junge ist unberechenbar!«

Die Kopfstöße donnerten vor Alex' Tür. Dieser drückte sich noch weiter an die Wand unter dem Bett.

»Ja, bitte! So schnell es geht. Er geht nun auch auf die Patienten los. Es besteht Verletzungs- und Tötungsgefahr.«

Es dauerte keine fünf Minuten und das Blaulicht blinkte vor der Eingangsschleuse, welche sich sofort öffnete. Ahmad schlug mit den Fäusten auf Alex' Tür ein.

Die Polizisten eilten zum Ort des Geschehens, griffen ihn sofort an den Armen und legten ihm Handschellen an.

Alex hörte dumpfe fremde Stimmen vor der Tür. »Das ist die Polizei, Hugo.« Er kroch unter dem Bett hervor, stand auf und horchte. Die Tritte und Schläge gegen die Tür blieben weiterhin aus. Mit zitternder Hand öffnete der kleine Junge die Tür.

Ein Polizist stand mit dem Rücken zu ihm. Alex zupfte an seiner Uniformjacke. Der Polizist schaute zu ihm runter.

»Herr Polizist, kannst du mich bitte an Obhut nehmen?«

»Alex! Du gehst sofort in dein Zimmer! Das ist hier viel zu gefährlich!« Schwester Elke nahm ihn und schob ihn wieder in seine Kammer.

Die Rettungssanitäter eilten zu der auf dem Boden liegenden Oberärztin. »Hallo? Können Sie mich hören?«

Frau Doktor Ämtchen gab keine körperliche Reaktion von sich.

»Hallo! Hören Sie mich?« Die Sanitäterin schlug mehrmals leicht an ihre Wange. »Hallo? Können Sie mich verstehen?«

Wie ein betäubter Elefant lag die Leiterin der geschlossenen Tablettenschachtel auf dem Boden.

Die Sanitäterin war fassungslos. »O mein Gott, wer hat die denn so abgeschossen?«

»Der da.« Schwester Elke zeigte auf Ahmad, der stumm und grimmig auf den Boden schaute.

»Und wie kommt der junge Mann an Spritzen mit derartigen Betäubungsmitteln?«

Schwester Elke erwiderte nichts. Doch sie wusste: Darauf konnte es nur eine Antwort geben.

»Wir bräuchten dann noch Ihre Personalien«, sagte der junge schwarzhaarige Polizist.

Seine Kollegin hielt Ahmad fest an den Unterarmen.

»Ja, kommen Sie mit in das Schwesternzimmer.« Schwester Elke trug ihre persönlichen Daten vor.

Dann fragte der Polizist: »Können Sie den Tathergang näher beschreiben?«

»Also ich saß hier im Zimmer und auf einmal hörte ich im Flur einen lauten Schrei. ›Hilfe!‹ oder ›Zur Seite!‹ – etwas in der Art hat die Chefin geschrien. Ich bin dann raus und dann kam der Patient auch schon auf mich los. Zum Glück ist er noch in Teilnarkose …«

»Ach, dann galt die Spritze eigentlich ihm?«

»Ja, er bekommt jeden Tag eine Spritze mit einer neuartigen Injektion. Die darf nur die Oberärztin verabreichen.«

Alex, inzwischen wieder unter dem Bett liegend, hörte aufmerksam zu. Er konnte den Worten nicht ganz folgen, wartete eigentlich darauf, dass sein Name fiel. Mit den Lippen dicht am Dach und an der Autotür von Hugos Flitzer flüsterte er enttäuscht: »Die machen gar nicht ›an Obhut‹. Jetzt müssen wir hier verhungern. Na gut, du nicht, du isst ja nur Luft.« Enttäuscht kroch er unter dem Bett wieder hervor.

Die Formalien waren geklärt. Der Polizist verabschiedete sich wieder. An der Tür sagte er noch: »Halt! Eine Sache war da noch. Der Junge mit der geschwollenen Wange, den möchte ich noch einmal sprechen.«

»Der braucht jetzt Ruhe. Er hat alles mitbekommen. Das muss er erstmal verarbeiten. Wissen Sie, die Kinder hier sind emotional und psychisch sehr …«

»Ich möchte den Jungen sehen. Das ist eine polizeiliche Anordnung.«

»Darüber kann ich nicht verfügen. Ich muss erst eine Genehmigung der stellvertretenden Oberärztin einholen. Und ich habe weiß Gott gerade anderes zu tun. Ich weiß gar nicht, wo ich hier anfangen soll.«

»Gute Frau, wir können das hier auch abkürzen: Der Junge hat mich gebeten, ihn in Obhut zu nehmen.« Zu seiner Kollegin sagte er: »Sabrina, kannst du den Notruf des Kindes bestätigen?«

»Ja, zweifelsohne! Er sagte mit klaren Worten: ›Kannst du mich bitte an Obhut nehmen?‹ Er sagte ›an‹ statt ›in‹.«

»Diesem Notruf müssen wir nachgehen. Der Vorfall, zu dem wir gerufen wurden, hatte natürlich Priorität. Aber die Sachlage ist geklärt. Nun ist es unsere Pflicht, einen Hilferufenden zu schützen. Also behindern Sie uns bitte nicht dabei.«

Unfreiwillig schloss die Krankenschwester die Tür von Alex auf. Der Kleine saß auf der Bettkante – wie an seinem ersten Tag. Unschuldig schaute er zu dem Beamten und seiner charmanten Begleitung.

Der freundliche Herr kniete sich vor den Kleinen. »So, jetzt bin ich für dich da. Wiederholst du bitte noch einmal das, was du eben zu mir gesagt hast?«

»Kannst du mich bitte an Obhut nehmen?«

»Gibt es dafür einen Grund?«

»Die wollen mich müde und ganz tot machen. Mich und die andern …«

»Der Patient ist nicht zu …«, unterbrach ihn Schwester Elke.

»Bitte schweigen Sie.« Der Polizist schaute bestimmend zur Krankenschwester hoch. »Bitte!«

»Und die anderen?«

»Und die anderen Kinder auch. Alle Kinder.«

»Weißt du, was eine Inobhutnahme ist?«

»Ja, ein Schutzhaus.«

»Dann pack dir mal die Zahnbürste ein und ein paar Sachen. Dann fahren wir dich zur nächsten Inobhutnahmegruppe. Sabrina, ruf bitte das Jugendamt des Kreises Oberstaufenwald an. Die sind zuständig für diesen Fall. Sie sollen uns dann durchgeben, wo wir den Jungen hinbringen sollen.«

»Ja, mache ich sofort.«

Auf der Fahrt zur Inobhutnahmegruppe saß Alex vorschriftsgemäß angeschnallt hinten auf einem Kindersitz. Auf der Sitzschnalle gab es sogar ein Polizei-Logo. Er quasselte und quasselte. Als würde der komplette unterdrückte Redebedarf der letzten Tage aus ihm herausquellen: »… Wir mussten immer mehr Tabletten essen. Die angeschossene Frau, die auf dem Boden lag, nennen wir ›Ritter Lin‹. Also Peter sagte immer ›Ritta Lin‹. Ritalin mussten wir alle fressen. Deswegen hieß die auch so. Die hatte immer gesagt: ›Ritter Lin hilft euch. Der macht euch stark.‹ Hugo hat dann den Tabletten-Bunker gefunden. Den haben wir ausgeraubt. Unter dem Bett ist ein riesiges Tabletten-Meer. Da haben wir die alle versenkt. Man darf auf keinen Fall aus dem See trinken …«

Die beiden Beamten schauten sich an und lächelten.

Polizistin Sabrina bekam Tränen in den Augen, weil Alex so süß vor sich hin erzählte, aber auch, weil der Großteil der Geschichte so entsetzlich grausam war. Sie schaute nach hinten. »Wer ist denn Hugo?«

»Das bin ich!« Hugos Sportwagen rollte über die Sitzkante des Fahrers.

»Wie süß ist das denn? Und der hat den Tabletten-Schrank ausgeraubt?«

»Ja, aber drei sind noch voll.«, piepste Hugo.

»Wo steht der Schrank?«

»Na, in Alex sein Zimmer!«

Die Polizistin und der Polizist amüsierten sich erneut, ohne es Alex zu zeigen.

»Den schaue ich mir gleich mal an, den Tabletten-Bunker«, sagte der Fahrer.

»Auch das Tabletten-Meer?«, freute sich Alex.

»Auch das Tabletten-Meer«, erwiderte der Schutzmann.

Der Polizeiwagen fuhr auf das Gelände der Inobhutnahme. Das kleine Glöckchen im Ida-Türmchen begann zu läuten.

»Läutet das immer, wenn ihr kommt?«, fragte Alex.

Polizistin Sabrina lachte. »Nein, es ist sieben. Das ist das Abendläuten.«

»In Südtirol läuten die Glocken auch immer, wenn Gefahr droht – bei einem Gewitter oder bei einem Schneesturm.«

»Wow, du weißt aber ganz schön viel!«

Die drei kamen zum Eingang der Schutzstelle. Die Tür wurde geöffnet. Der Erzieher im mittleren Alter traute seinen Augen nicht. Für einen Moment herrschte Stille. Es war ein unbeschreiblich harmonischer Moment. Keiner traute sich, etwas zu sagen.

Dann ging Alex einen Schritt vor und schaute mit großen traurigen Augen hoch.

»Papa, kannst du mir bitte helfen?«

Die Polizistin Sabrina brach in Tränen aus. So rührend fand sie diesen Moment. Michael Schneider hatte nach dem niveaulosen Rausschmiss aus der Firma seiner Ex-Schwiegereltern wieder seine Tätigkeit als Erzieher aufgenommen. Er kniete sich vor seinen Sohn. Er hatte auch Wasser in den Augen, wie schon oft in solchen

Augenblicken. Selbst der cool wirkende Polizist kämpfte mit den Tränen.

Michael streichelte seinem Sohn über das Köpfchen. Mehr war nicht drin in dieser Grauzone. Offiziell war Alex nun sein Klient. »Na klar helfe ich dir. Du weißt doch: Ich bin immer für dich da!«

Das Jugendamt kam hinzu. »Oh, hier wird aber jemand besonders herzlich begrüßt.«

Das Polizisten-Pärchen verabschiedete sich. Auf dem Weg zum Wagen fragte die junge Polizistin ihren Kollegen: »Fährst du jetzt echt noch einmal zur Kinder-Psychiatrie?«

»Aber klar! Das habe ich dem Kleinen doch versprochen. Solche Versprechen halte ich immer.«

»Du bist ja cool drauf!«

»Wir sind es noch einmal. Dürften wir einmal das Zimmer von Alex Schneider sehen?«

»Nein, das dürfen Sie nicht. Wir sind eine geschlossene Einrichtung. Da hat die Privatsphäre höchste Priorität«, wetterte Schwester Elke durch die Sprechanlage.

»Alex Schneider hat uns Informationen gegeben, denen wir nachgehen müssen. So wie es aussieht, sind das Vorstellungen aus seiner Fantasie. Aber von Rechts wegen müssen wir die Behauptungen ernst nehmen und prüfen.«

Die Eingangsschleuse öffnete sich. Das Zimmer von Ahmad war versiegelt, der Bereich, in dem Frau Ämtchen lag, abgesperrt.

Schwester Elke öffnete die Tür von Alex' ehemaligem Zimmer. »Aber wir bleiben dabei!«

Schwester Monika stand neben ihr.

»Na klar, das ist kein Problem.«

Zu viert schaute man sich um. Keine, keiner konnte etwas Auffälliges finden.

»Der Junge sagte, in seinem Zimmer stände ein Tabletten-Schrank.«

»Alex Schneider ist ein schwerkrankes Kind mit einer vollkommen verdrehten Wahrnehmung und einer unerschöpflichen Phantasie. Mehr dürfen wir Ihnen aus datenschutzrechtlichen Gründen nicht sagen.«

Man verließ den Raum.

Die Polizistin drehte sich noch einmal um. »Da! Da ist der Schrank!«

Alle wendeten sich ihr zu. Schwester Elke kam wieder in das Zimmer.

»Wo?«, sagten die drei fast gleichzeitig.

»Na, da an der Wand. Stellen Sie sich mal hierhin.« Sie ging zwei Schritte vor. »Nur von der Stelle aus sieht man den geheimnisvollen Schrank.«

»Tatsächlich!«, staunte der Polizist.

»Was soll das sein? Das sind fettige Recktecke.«

»Das darf doch nicht wahr sein! Natürlich ist das ein Schrank, ein ganz besonderer sogar!«, führte Schwester Monika aus.

»Jetzt fang du nicht auch noch an!«, wertete ihre Kollegin den Sensationsfund ab.

»Das ist der alte Medizin-Schrank von Frau Ämtchen. Er hat ihn an die Wand skizziert. Er hat den Umriss exakt nachgemalt. Seht mal! Sogar die vier runden Füße!«

Die Polizistin ging näher ran. »Der Schrank ist bis auf die drei Rechtecke ausgemalt.«

Alle näherten sich dem Kunstwerk.

»Das sind die drei Räume, die noch voll sind. Das passt zu dem, was er sagte: ›Oben sind noch drei voll mit Tabletten.‹ Zwar als Negativ dargestellt, aber es passt zusammen. Beeindruckend!«

»Na, dann wird es ja wohl auch ein Tabletten-Meer geben.« Der Polizist rückte das Bett zur Seite. Ein Meer kam nicht zum Vorschein, aber das Loch in der Wand.

»Deshalb sagte er einundvierzig Komma fünf fünf!«, erschrak Schwester Elke. »Der hat alles gehört.«

»Dieser Junge war etwas ganz Besonderes. Er hat sich selbst gerettet!«, strahlte Schwester Monika:

»Alex wird seinen Weg gehen!«